モニカ

ある日系二世の物語

Nisei Daughter

モニカ・ソネ著
永岡規伊子・大島カレン訳

モニカ・ソネと長男フイリップ、長女スーザン
Nisei Daughter 出版後、ミシガン州に住んでいた1955年頃（Susan Davison 提供）

モニカの父・糸井誠三が経営していた当時のキャロルトンホテル
（Shawn Brinsfield 提供）

ホテルの跡地：オクシデンタル・スクエア。モニカが生まれ育ったキャロルトンホテルはちょうどこの一角に建っていた。（訳者撮影）

当時の日本語学校（https://www.jcccw.org/）

日本語学校の建物がそのまま「ワシントン州日本文化会館（JCCCW）」として現在使われている。（訳者撮影）

ベイリー・ギャツァート小学校。現在はレンガ造りの門だけが記念に残されている。門の前に立っているのはサミー・澄子・ブリンスフィールド（Shawn Brinsfield 提供）

永島ファミリー：永島與八・ゆき夫妻、長男・真一（Elbert）、次男・善男（Carl）、三女・平賀菊枝（Mary）・慶重夫妻、次女・糸井弁子・誠三夫妻と子どもヘンリー、モニカ（糸井文提供）

カムデン・アパートから引っ越したビーコンヒルの２階建ての家（https://web.seattle.gov/DPD/HistoricalSite/QueryResult.aspx?ID=-877025353）

ミニドカ強制収容所のモニカの両親と 妹・澄子（Shawn Brinsfield 提供）

東部で学んでいるモニカと澄子から、収容所に残る両親宛に送ったと思われる署名入りの写真（Shawn Brinsfield 提供）

父・誠三の葬儀：前列左から、ミニー、ヘンリー、澄子、弁子、モニカ、夫ゲイリー・ソネ（1948 年）

日本へのグリーティングカード（1960 年）
シアトルで暮らす家族：母・弁子、兄夫婦（ヘンリー、ミニー）と長男ビクター、弁子の母・ゆき
（上下とも糸井家提供）

晩年のモニカ・ソネと、*Nisei Daughter* 執筆以来晩年まで使っていたスミス社製のタイプライター
（2011 年 8 月 27 日、Andreas Kalmes 撮影）

モニカ　ある日系二世の物語

一九七九年版への序文

Nisei Daughter が一九五三年に初めて出版されてから二六年が経ちました。私の物語は、兄と妹と私が強制収容所を離れて、セントルイス、ニュージャージー、インディアナというそれぞれの目的地に向かうところで終わっています。その頃、私たちの両親はまだ収容所にいました。西海岸は日本人立ち入り禁止で、シアトルに戻ることができなかったのです。一九四二年に一二万人が収容された十か所の強制収容所は、一九四六年にようやく閉鎖されました。

私はインディアナ州南部のハノーバー・カレッジを卒業後、臨床心理学を学ぶためにウェスタン・リザーブ大学に進学しました。その後、カリフォルニア州出身の日系二世の退役軍人ゲイリー・曽根と結婚しました。私たちは、デトロイトからランシング、デモイン、アイオワシティと移り住み、現在はオハイオ州カントンに住んでいます。二世の娘は二世の母となり、フィリップ・ゲイリー、スーザン・マリ、ピーター・セイジ、ジョン・ケンゾーという四人の子どもがいます。そしてつい最近、私たちはスーザンとゲイリー・デイヴィソンの最初の子ども、アンドリュー・ハロルド・ゲイリーの祖父母になりました。

現在、私の母と兄夫妻のヘンリーとミニーはシアトルに、妹夫妻の澄子とシャーリー・ブリンスフィールドはイリノイ州に住んでいます。ＪＡＣＬ[1]（日系アメリカ人市民同盟）と連邦議会の努力のお蔭で母はアメリカ市民となりましたが、一九四九年[2]に亡くなった父には間に合いませんでした。

日系アメリカ人は、自分たち独自の経験について長年にわたって深く考え続けた結果、ある種の理念や感情が凝縮され、強い決意へと結晶化しました。それは、公の場に出て、政府との未解決の問題に取り組むことでした。その主な目標は、強制退去を憲法上の問題として政府に対処させることにあります。また、アメリカ連邦議会に対して補償を求める請願を行うことでもありました。

アメリカ建国二〇〇周年にあたる一九七六年、ＪＡＣＬの勧告を受けて、ジェラルド・Ｒ・フォード大統領は大統領令九〇六六号を正式に撤回し、強制収容が国家の過ちであったことを認めました。これは過ちを正すための、小さいながらも重要な一歩でした。

一九七八年の感謝祭に、ＪＡＣＬはシアトルで最初の「追悼の日」の式典を行い、補償運動を開始しました。それに続いて、同様の公開式典がポートランド、サンフランシスコ、ロサンゼルスでも行われました。

日系の人々は自分たちの物語が未来の世代に忘れ去られることがないように、一九四二年の出来事を国民に伝えています。その時、日系アメリカ人は自国の政府によって、何の告発もなく、何の裁判もなく囚人とされたのです。これは、大統領と議会が、五〇年にわたって日系人を排除しようとしてきた西海岸の農業や他の経済団体の圧力に屈したために起きたことでした。マスメディアは、この目的のために世論を形成する手助けをしました。そして何よりも驚くべきことに、最高裁判所はアメリカ市民であった日系二世の人権の問題に触れないことを選んだのです。平林、安井、是松の各訴訟において、裁判所は、人種だけを理由に選んだ特定の市民グループに対して夜間外出禁止令を出し、強制収容を行ったという基本的な憲法上の問題について、判決を下すことを慎重に避けました。裁判所は、罪と罰は個人の行いに対して問うべきものであり、他の人たちの不正行為と関連させてはならないというアメリカの重要な原則を見過ごしたのでした。ロバート・ジャクソン判事は反対意見の中で、「最高裁判所はいつの時代も、刑事訴訟手続きにおいて人種差別の原則を正当化してきた」と書きました。

日系アメリカ人は、この補償運動が他の人々に対する同様の不当な扱いを防ぐ抑止力となることを望んでいます。イエール大学のV・ロストウ教授は、「その過ちが認められて正されるまで、私たちは民主社会の責任、つまり等しく正義を行う義務を果たしていないことになる」と著書の中で述べています。日系人は白人アメリカ社会と協力し、そのような共通の使命を果たすことを目指しています。

モニカ・ソネ

モニカ　ある日系二世の物語／目　次

凡例

一、原書は、これまでに初版（一九五三年：リトル・ブラウン社）、著者の序文とフランク・ミヤモトの解説が加えられた一九七九年版、さらにマリー・ローズ・ウォンの解説を加えた二〇一四年版（共にワシントン大学出版局）が出版されている。本書の翻訳には二〇一四年版を用いた。

二、原書でローマ字の斜体で書かれている日本語を、本訳書では片仮名で表記した。また著者が説明している部分は原文通り（　）を使い、訳者が説明を加えた場合は〔　〕で示した。

三、英語の「ジャップ」、「東洋人（オリエンタル）」、「インディアン」、また日本語で「キチガイ」とあだ名する場面など、現在では差別用語として使われない言い回しや用語があるが、本書では原文を尊重してそのまま用いた。

四、名前が判明している以下のモニカの家族・親戚には実名の漢字を用いた。
糸井誠三（父）、弁子（母）、誠一・ヘンリー（兄）、和子・モニカ（著者）、健二・ウィリアム（弟）、澄子・サミー（妹）、永島與八、ゆき、安子、菊枝、真一、善男（弁子の父母と兄弟姉妹）、糸井六郎（誠三の弟）。なお、アンクル・フジオは、実際にはモニカの従兄弟の藤雄と思われる。

それ以外に登場する日本名の人物については、ローマ字表記された名前に漢字を充てた。

　モニカの愛称について、母親からは「カッチャン（Ka-chan）」、父親や兄弟、友人からは「カズ、カズコ、カズィ」など様々な呼び方がされているが、漢字で「和チャン」「和」「和子」と表記した。

五、『婦人朝日』掲載の二つの手記には、英文から日本語への訳者の記載がなく、編集部訳と思われる。ここでも差別用語が含まれるが、旧仮名遣いと旧漢字だけを改めてそのまま資料として本書に収録した。

六、原書の中の真珠湾攻撃から強制収容所を出て大学に入るまでを描いた8章から12章を簡潔に要約した日本語訳が、英文の初版が出た一九五三年に以下の雑誌に掲載されている。モニカ・曾根著、山室まりや訳「二世ムスメの戦争記録―真珠湾シヤトルにこだます」、『文藝春秋』第三一巻第一三号、昭和二八年九月号、一六六―一八〇頁。

第一章　人生の衝撃的な事実

私は生まれてから五歳まで、自分が植物なのか動物なのかもわからないアメーバのような至福の時を過ごした。シアトルのウォーターフロントにある古いキャロルトン・ホテルでのことである。そして幸せな六歳だったある日､私は日本人の血を引いているという衝撃的な事実を知った。私は日本人だったのだ。

ある日曜の午後、母はこの事実を穏やかにゆっくりと話して聞かせた。それはホテルの一室を改装した小さなキッチンで夕食に集った時のことだった。長方形のテーブルには、丈夫で光沢のある黒いオイルクロスが敷いてある。それを囲んでいつもの位置にみんなが座っている限り、六人家族にはこぢんまりと十分な広さのキッチンだ。でも母以外に誰かが立ち上がって動き回ろうものなら、醤油が床に飛び散り、炊飯釜に肘を突っ込む大渋滞となる。そのため、父はテーブルの上座に座り、健二とヘンリーと私は壁に沿って片側に並び、母と赤ん坊の澄子は反対側のコンロの近くに座ることにしていた。

湯気が立ち昇るつるつるの麺が入ったザルを、母が沸騰した鍋から持ち上げるのを見ていた時のことだ。母がヘンリーと私に向かって話し始めた。なんだか嫌な予感がする。父は麺にすっかり気を取られている様子で、おいしそうな匂いのする豚のスープに麺を浸して、その上に細かく刻んだ青ネギを振りかけていた。

「日本人の血？　どうして私にあるの、ママ」

熱いお茶をこっそりお茶碗に注ぎながら尋ねた。母はご飯をお茶で流し込むのはお行儀が悪いと言うが、オバンチャのお茶漬けはとってもおいしかった。

「お父さんとお母さんには日本人の血が流れているから、あなたも同じなのよ。ヘンリーも健チャンも澄チャンもね」

「ふーん」そう聞いたって心がざわつくわけでもなく、冷たい牛乳をゴクッと一口飲み、パリッとした沢庵を、短くて赤い箸で突き刺した。

「それで？　ママ」口元で振り子のように揺れる麺を箸で押さえながら、ヘンリーは母の方に顔を上げた。

「それでね、パパとママはあなたと和チャンを小学校が終わってから毎日、日本語学校に通わせようって決めたのよ」母はにこやかに微笑みかけた。

ごはんが喉に詰まった。

ひどい、ひどいわ、最悪！　日本人だっていうのはそういうことだったのね！　放課後遊べなくなるってことなんだ！　自分の血が突然私の人生に割り込んできたのが無性に腹立たしかった。

「でも、ママ！」私は悲鳴を上げた。

「今だってベイリー・ギャツァート小学校[3]に通ってるのよ。もうひとつ行くなんていやだ！」

ヘンリーはテーブルの足を蹴って不満そうに言った。

「ウソでしょ、ママ！　ダンクスと二郎は行かなくていいのに、なんで僕が！」

「あの子たちも行くんだって、お母さんがそう言ってたわ」

怒りで顔が熱くなって私は大声を上げた。

「いやだ、行かない！」

父と母は私に明るい未来を描いて見せた。

「よく考えてごらん。二つも言葉を話せる賢い素敵な女の人になれるのよ。そんなチャンスを与えてもらったことをいつかきっと感謝する日が来るわ」

でも、それでは納得できなかった。この衝撃的な瞬間までは、人生は穏やかで理にかなったものだと思っていたが、もはやそうではなくなった。私たちが日本人の血を引いているというだけで、なぜ父と母はこんなに大騒ぎするんだろう？　どうして日本語学校に行かなきゃならないんだろう？　私は食べるのを拒否し、泣きじゃくりながら座っていた。お茶漬けの上に大粒の涙がぽとぽと落ちた。

　私より賢くて運命にはすぐに従うタイプだったヘンリーは、浮かぬ顔をしながらも食欲をなくすこともなく食事を続けていた。

その時まで、私は父と母が日本人だなんて考えたことがなかった。たしかに二人はアーモンド形の目をしているし、私たちには日本語で話したが、それが変だなんて感じたことはなかった。赤毛の人もいれば黒髪の人もいる、それと同じだった。

父はよく若い頃の話をしてくれた。栃木県の小さな村の出身で、五人の兄弟と一人の姉妹の三男として生まれた父は、法律を学ぶために東京に出て、数年間弁護士として働いた。当時、多くの若者が太平洋を渡って将来性とチャンスに満ちた素晴らしい新天地に向かったが、やがて父もその熱狂に飲み込まれることになる。

ミシガン州アン・アーバーで法律の勉強を続けようと決意し、大望を抱いた二五歳の青年は一九〇四年アメリカに向けて出航した。シアトルに降り立った父は、学資を貯めるためにさまざまな雑役に就いた。鉄道敷設団の一員として原野に枕木を敷く作業をし、ヤキマのジャガイモ畑で暑さに耐えながら働き、コックとして大小さまざまな船でアラスカ・シアトル間を往復した。しかし運は向いてはこなかった。それである日、父は一〇番アベニューとジャクソン・ストリートの角にあった小さなクリーニング店を買い、荷馬車と「チャーリー」という名のおとなしい白い馬を手に入れた。年月はあっという間に過ぎていったが、死に物狂いで働いたわりには貯金は増えなかった。年を追うごとに、父のアン・アーバーへの夢は薄らいでいった。

ついに父は結婚を考えるようになった。その頃、私たちの祖父である永島與八牧師がアメリカに家族を連れて到着した。祖父は東京から北に二〇マイルほど離れた栃木県佐野町にある組合教会の牧師で、在米日本人への伝道活動のため、それまでに合衆国を二度訪れたことがあり、アメリカの持つ自由と教育の機会に感銘を受けてやってきたのだった。祖父は妻のゆきと、三人の娘である安子、私の母・弁子、菊枝と一緒にシアトルに到着した。娘は二二歳、一七歳、一六歳で、丸い目をした二人の幼い息子の真一と善男は六歳と四歳だった。

港に着いた母と姉妹はよそ行きの着物姿で、エキゾチックな南国の蝶々のようだった。母は青い絹のちりめんの着物、安子は濃い紫色、そして菊枝は淡い薄紅色の着物を着ていた。着物の袖はとても長くて優雅で、真っ赤な絹の裏地が付いていた。歩く時に着物の裾がめくれ上がらないように、その上にハカマ［袴］という濃い紫色の長いプリーツスカートを履いていた。純白のタビ（日本のストッキング）と、コルク底のついた緋色の草履を履いた若い娘たちは、緊張した面持ちで船の手すりのところに立っていた。長女の安子は若い男性の写真を手に持っていたが、たくさんの顔で埋め尽くされた桟橋を見下ろすなんてとてもできなかった。そこには、彼女のまだ見ぬ将来の夫が待っていたのだ。母と菊枝が思い切って群衆を見渡すと、若く好奇心に満ちた何百もの男性の顔が上を向いて、写真花嫁を探していた。

永島家の人々の到着を耳にした父はすぐに挨拶に行った。適齢期の三人の娘に会うために父は訪問を重ね、最終的に共通の友人を仲人に立てて、長女・安子との結婚を申し込んだ。しかしその友人の話によると、永島氏はすでに安子と谷氏との縁談を決めていた。それでも父は諦めず、もう一度友人を介して次女の弁子に結婚を申し込んだ。父親の書斎に呼ばれて、糸井さんが自分と結婚したいと言っていると聞かされた時、母はショックのあまり自分の部屋に逃げ込み、ベッドの下に潜り込んで大声で抗議した。

「いやです、お父さん。どんな人かも知らないのに！」

父親は四つん這いになり、ベッドの下の母を覗き込んで厳しく叱った。

「子どもみたいな真似はやめなさい、弁子。糸井さんと今すぐ交際を始めなさい」

それで決まりだった。母はついに結婚に同意し、一四番アベニューとワシントン・ストリートの角にあるメソジスト監督教会支部の日本人教会で結婚式を挙げた。後に、家族のアルバムで二人の結婚式の写真を見つけた時、ヘンリーと私は日本式に米粉を白く塗って固まった母の顔を見て笑いが止まらなくなったのを憶えている。鋭く見つめる母の黒い目だけが生きているようだった。西洋の伝統に従って白いウェディングドレスとブライダル・ベールに身を包んだ母は、フォーマルなホワイトタイと燕尾服を着て苦しそうに直立不動で立っている父のそばで、小さく人形のように写っていた。

一年ほどの間、母は見よう見まねで父のクリーニング店を手伝った。客のどんな気まぐれにも応えようと懸命だったが、母が書き留めた電話のメッセージは間違いだらけで、父がその通りの住所に洗濯物の回収に行くと、雑草だらけの空き地の前に荷馬車を停めたり、幻の番地を探して軽快に荷馬車を走らせているうちに市外に出てしまうことが一度や二度ではなかった。

一九一八年一月、最初の子どもヘンリー・誠一（誠の息子の意味）が生まれた。それから間もなく、父は小さな店を売り払い、メイン・ストリートとオクシデンタル・アベニューにあるキャロルトン・ホテルを買った。それは、賑やかなウォーターフロントや騒々しい鉄道から目と鼻の先にあった。開拓者であるヘンリー・イエスラーがウォーターフロントに製材所を作って町の目覚ましい発展が始まったため、そこはまさしくシアトル誕生の地だった。その昔、私たちが住んでいたイエスラー・ヒルの南側一帯はスキッド・ロードと呼ばれていた。スキッド［横滑り］というのは、当時は丸太を牛に引かせて製材所まで運んでいたが、その仕事をするチームを助けるために、木こりが道を定期的にグリースで滑りやすくしていたことに由来する。それから約一〇〇年後、この地区はスキッド・ロードが訛ってスキッドローと呼ばれ、粗末な店や朽ち果てた建物が並び、やつれ果てた男たちが暮らすようになっていた。

アラスカのゴールドラッシュの頃に全盛期を迎えたキャロルトン・ホテルは、今や古い赤レンガ造りの建物の二階部分にある時代遅れのホテルとなっていた。窓に面した外側の部屋が二〇室と窓のない内側の部屋が四〇室あり、長い廊下で三つのブロックに分かれていた。廊下と内側の部屋は、天窓を通して換気と照明が行われていた。寒い冬の間は、階段を上って左側のロビーに置いたダルマストーブが内側の部屋を温めることになっていた。六〇人以上の人を清潔に保つのに、広いバスタブを備えた浴室がたった一つしかなかった。それとは別に男性用のトイレがあったので、浴室の混雑は多少緩和された。付加サービスとして、全ての部屋に巨大な水差し、大型の洗面器、そして飾りのついた室内用便器を備えていた。

一九一八年に父が引き継いだ時、ホテルは戦時労働者や軍人であふれていた。そういう人たちが、ロビーの椅子でいいから寝かせてほしいと四六時中やってくるので、廊下に予備の簡易ベッドを設置しなければならないほどだった。

父と母は、荒れ果てて蚤だらけのキャロルトン・ホテルを自分たちの手でいかに甦えらせたかという話を、私たちによく聞かせてくれた。父が「簡易宿泊所を経営するなら、このあたりで最も清潔で静かな場所にしてみせる」と断言した通り、二人で忍耐強く、注意深く、古いホテルのあちこちの傷みを修繕し始めたのだった。階段のタバコの汚れをこすり落として塗装し、照明をつけた。父は床にニスを塗り、母は室内の木材部分にペンキを塗った。廊下には新しい緑のカーペットを敷き、六十室の壁紙を一部屋ずつ張り替えた。いつもの客室清掃が終った後、母は毎日、廊下の長い仮設の作業台に並べた新しい壁紙に、バケツで小麦粉と水を混ぜて作った糊をブラシで塗った。

その間ずっと、父は良い客を選り分けようとしていた。というのも、飲んで騒ぐ酔っ払いが一人でもいると、殴り合いのけんかが始まり、家具が壊されるのが常だったからだ。しかし、スキッドローでうろついている粗野であやしげな浮浪者の中には、まだ自尊心と尊厳を失っていない人がいることに父はすぐに気がついた。その中には、妻が死んで子どもが自立したために家族がバラバラになり、わずかな蓄えや月々の年金で質素な生活を送っている孤独な老人がいた。父は他にも、海で鍛えられた船乗りや造船所の労働者、航空機の作業員、果物の収穫作業員や工場労働者もホテルに宿泊させた。一方、卑劣な泥棒、酒の密輸人、麻薬の売人、変質者、アルコール依存者、逃亡犯などは一掃しようとした。無精ひげを生やし、しわだらけで目が赤くなった男が、一日中懸命に働いて戻ってきたのか、それとも酒場で飲んでつまらない一日を過ごしてきたのかを一目で見分けるのは難しいが、父には簡単に見分ける方法があった。つまり正真正銘、汗の匂いしかしない人はホテルに入ることができた。しかし、メタノールやベーラム[4]の匂いがすると、事務室の窓はその人の鼻先で閉められた。

　第一次世界大戦の休戦協定の締結直後に生まれた私は、和子・モニカと名付けられた。日本名の和子はその時期にふさわしく「平和」を意味している。モニカは、母が本で読んだことがある、聖オーガスティンとその母・聖モニカに由来する。二年後には健二・ウィリアムが生まれた。日本名は「心身の健やかさ」の意味で、母がウィリアムという名前をつけたのは、詩的な響きがあると思ったからだ。それから二年後に、「心が澄んでいる人」を意味する澄子が生まれた。

　母はメイン・ストリートに面した南向きの三室を家族の住居にし、家族が増えると四つ目の部屋を加えた。そこは古く老朽化した五階建ての倉庫と向かい合っていた。父と母の小さな寝室の片方の壁は黄色い真鍮のベッドで塞がれ、母の白い小さなドレッサーと、本や書類で山積みになった小さな四角いライティングテーブルがもう一方の壁を占めていた。そして父の茶色のドレッサーは別の隅に置かれており、唯一の飾りは襟を入れるための丸いえび茶色の漆塗りの箱だけだった。足踏みミシンは効率よく使えるように窓の前に置かれ、母は夜になるとそこに座って、破れたシーツや枕カバーを繕っていた。そして四番目の壁にかけたポールを緑の花柄のカーテンで覆ってクローゼットとして使っていた。

リビングは広くて明るく、楽しげな雰囲気で、角に光沢のあるマホガニー仕上げのアップライトピアノがあった。そのすぐ上には、私がピアノの前に座るたびに見下ろしているキリストの顔の厳かな絵が掛かっていた。物思いに沈むキリストの目に見つめられると、それまでの行いによっては、落ち着かなくて後ろめたい気持ちになったり、またある時は自己満足でうぬぼれたりしたものだ。ピアノの隣の壁際には、おしゃれなガラスケースの書棚付きの書き物机があって、父の日本語の本、分厚いホテルの帳簿、光沢紙に印刷された新品のままの百科事典のセット、そしてナショナル・ジオグラフィック誌のバックナンバーが詰め込まれていた。窓際の小さな四角いテーブルの上に巨大な玉虫色のアワビの貝殻と水が入ったガラス玉の文鎮が置いてあり、ガラス玉の中には小さなサンゴや貝殻が海底に沈んでいる風景が描かれていた。別の二つの窓の前には、革製の長い茶色の大型ソファと小さなガスヒーターが置いてあった。そして部屋の真ん中にある丸い客用の食卓の周りに三つの簡素な椅子が並んでいた。

子ども部屋の家具は、茶色い鉄製のベッドと古めかしいドレッサーという必要なものだけだった。リビングと両親の寝室にはラグが敷いてあったが、子ども部屋は手入れが簡単でつま先が冷たくなるリノリウム敷きだった。リビングの隣が澄子と私の部屋で、一番奥がヘンリーと健二の部屋だった。

簡素でわずかな家具を一見しただけでは、日本人の家族が住んでいることを示すものはほとんどないが、ベッドの下にきっちりと並べられたゾウリ（麦藁のスリッパ）のようにそれを示す決定的な証拠があった。母のベッドには、青緑・黄緑・黄・紫の和傘が描かれた、きれいな赤い絹の掛布団が掛けてあり、テーブルの上には地元の日刊紙の横に『北米時事』というシアトルの日本人コミュニティ新聞が置いてあった。日本語新聞の印刷文字はまるで黒い多足の昆虫が並んでいるように見えた。さらには、父が月に一度帳簿をつけるために使う東洋式のそろばんもあった。

キッチンは廊下のずっと奥にあった。窓は路地に面していて、ちょうどエース・カフェの真上に開き、古いリンゴの木箱で作った屋外アイスボックスが窓枠にしっかりと釘で取りつけられていた。狭い流し台の隣に置いた巨大なガスコンロがキッチンの床のほぼ全面を占領していた。さらに父は反対側の壁に天井近くまで届く五段の棚を釘で打ちつけ、その横に繊細なすりガラスの窓がついた背の高い食器棚を取りつけた。そのため大きな長方形のテーブルは、ドアの近くの隅にわずかに残ったスペースに押し込まれていた。

このキッチンには紛れもなく東洋人が住んでいる痕跡と匂いがあった。テーブルの端には、六組の赤と黄色の塗箸を立てたガラスのタンブラーと醤油の瓶が、模造カットグラスの砂糖壺や緑色のガラス製の塩と胡椒入れと一緒に仲良く並んでいた。背の高い食器棚には、あざやかな手描きの茶碗、赤い漆塗りの汁物椀、そして母の大切なソウマヤキ［相馬焼］の茶器セットがぎっしり入っていた。

茶器はとても美しく、凹凸をつけた灰色の陶器の表面は黒と金の斑点で彩られていた。小さい湯呑の飲み口の周りはくすんだ緑色でひと塗りされていて、ちょうど草をむしり取った時に手に付着する染みのような色だった。湯呑の底には疾走する黄金の馬が描かれ、お茶を満たすと、その馬が表面に浮かび上がってまるで生きているように見えた。しかし、その茶器は特別な場合や祭日用で、普段は地元の金物店で買ったアメリカ製の食器や、引き出し一杯に入った銀メッキのカトラリーを使っていた。

食糧庫では、小麦粉・砂糖・紅茶・コーヒーが入った象牙色の缶の隣に、米袋と醤油のガロン瓶が並んでいた。キッチンの窓に近い隅っこに置いた五ガロンの陶製の壺から、鼻にツンとくる独特の匂いがした。母が壺の中に、キュウリ、ナッパ（白菜）、ダイコン（大根）を、米ぬか・塩・米・干しブドウから作ったヌカという、漬物のぬか床に漬け込んでいたのだ。この発酵食品はとてもさっぱりして美味しい野菜で、食事の最後のお茶漬けにぴったりだった。

普通の鍋やフライパンの間に石でできたえんじ色のすり鉢が並んでいて、その内側はレコード盤のように細かい溝が刻まれていた。その鉢でケシの実や大豆をすりつぶして柔らかいペースト状にし、スープや日本料理の味つけに使った。私はこの鉢の上に何時間も身をかがめて、重い木の棒で大豆を挽き、滑らかできめの細かいペーストを作った。ミソシル（大豆のスープ）を作るのにこんなに手間がかかっても、私には海水で茹でたおがくずのようにしか思えなかった。母はこんなに栄養のある食べ物はないと言ったが、私は身震いしながらほんの二、三口飲むのがやっとだった。

我が家の食事は西洋料理と東洋料理の両方だった。母は高校を卒業したばかりでアメリカに来たので、日本の料理を習ったことはほとんどなかった。そのため最初は、父が知っているすべての料理を母に教えた。父は大量で豪快な料理の作り方をアラスカへ向かう船の厨房で身に付けていて、ハムエッグ、ステーキとポテト、アップルパイとパンプキンパイをよく作った。母はのちに、本格的な和食の調理法を自分で身に付け、素晴らしい中華料理も学んだ。私たちはいろんな種類の食べ物の味を覚えたが、基本的にはシンプルなアメリカのメニューが一番だった。

こんなふうに私たちは古いキャロルトン・ホテルで暮らしていた。四人の黒い瞳をした、ジェット機のように元気な子どもたちが騒ぐ中、父と母は毎日ホテルで働いた。朝になると、二人は客室を回ってベッドを整え、掃除をする。その仕事を早く済ませる手伝いをしようと、私たちはドアを強く叩きながら廊下を走り回った。

「起きて、寝坊さん！　起きなさい、ベッドメイキングだよ！」と大声を上げながら拳でドアを叩き、寝坊している人たちを容赦なく起こした。そして誰かが、父の代わりにリネンを運ぶ台車を押すことを思いつくと、残りの子どもも同じことをしようと駆けつけ、最後にはいつも激しい取っ組み合いになるのだった。父も母も見ていない時の私たちのお気に入りのゲームは「洗濯物の山登り」だった。汚れたシーツ、枕カバー、湿ったタオルが天井まで高く積まれた嫌な臭いのする山に、誰が一番高く登れるかを私たちは競い合った。ヘンリーが廊下の真ん中でスタートを切って走り出すと、若いガゼルのように軽快に小山を登り、いつも天辺に到達した。私は顔を真っ赤にして必死にシーツをつかんでよじ登ろうとするが、枕カバーをつかんで転げ落ちてしまう。そんな私を見て、ヘンリーはばかにしたようにはやし立てた。健二と澄子はリネンの山の下で楽しそうに歓声を上げ、びしょ濡れのタオルで叩き合っていた。母がそれを見つけるといつもうろたえて悲鳴を上げた。

「キタナイ、マア、キタナイコト！　汚いし、バイ菌がいっぱいだよ。そこから出てきなさい！」

そう、私たち子どもにとって、人生は素晴らしく思いがけない喜びの連続だった。とりわけ夏の暑い夜に、父が近所の市場の屋台にこっそり行って、氷のように冷えた巨大なスイカをサプライズで買って帰った時の喜びはひとしおだった。赤くてさくさくした、みずみずしい果物を最初に一口かじる。そして果汁を滴らせながら、リビングの丸テーブルに敷いた古い新聞の上に種を落とす。それは至福のひとときだった。また、ある冬の夜には、父は腰にバスタオルのエプロンを巻いて、レーズンクッキーをあっという間に作ってくれた。私たちはキッチンのテーブルの周りに群がって見ていたが、そんなに分厚くとろけそうな黄金色のクッキーを作れる父親は、どこにでもいるわけではない。父がかつて、ロマンティックなアラスカ行きの貨物船で料理人として働いていたことが特に誇らしかった。

母が「ジャン・ケン・ポン、アイコ・ノ・ホイ」をして遊んでくれた時はいつも大はしゃぎだった。それは「ジャン・ケン・ポン」と言いながら、手で紙とはさみと石のサインを同時に出して勝負するゲームで、より強いサインを出して勝った人が、負けた人の手首を二本の指でたたくことができた。私たちの小さな指が母の手首にあたると、母は泣いたふりをした。卵形の顔で、細い鷲鼻とアーモンド形の生き生きした目をした母は、かわいらしく、やせ型で、身長五フィートの若く楽しい女性だった。

私にとっては、どのブロックにもある二、三軒の古いホテルが全世界で、私たち家族のようにホテルの一角に住む人たちだけがその世界の住民だった。そして他の住人たちはホテルの客で、衰え、髪が薄くなり、目もうつろな人、粗野で逞しいひげ面の人がいれば、父のもとで働いているサムやジョーやピーターやモンタナのように善良な人たちもいた。

私が暮らしていた世界はとても刺激的だった。

二ブロック先のアダムス・ホテルに住んでいる松子という私の好きな女の子とよくゲームで遊んだ。ある時はヘンリーとその友達のダンクスと二郎が加わって、捨てられたキャンディのビンを探しに、青果倉庫の裏の薄暗い路地を探検した。また時には、第二埠頭で長い糸の端にパンを結びつけ、それを緑のカビの色をした海に沈めて釣りをすることもあった。波がくるたびにキーキーときしむ、太陽で温まった古い材木に座って、柔らかな日の光を浴びながら銀色の小魚が餌に食いつくのを待つのは心地良いひとときだった。

私たちの住んでいた通りは狭いけれども何でも揃い、スキッドローにあるすべての種類の商売が集う活気にあふれる世界だった。私たちの住まいのすぐ下には、大きな古着屋があった。店番をしていたのは、痩せて背中が丸まり、白髪混じりのもじゃもじゃのあご髭を生やした男で、入り口の小さなスツールに座っていつもうたた寝をしていた。埃をかぶった窓は、陸軍と海軍の払い下げ衣料品、毛布のバスローブ、光る黒いレインコート、まるで自分で立っているかのように見える硬い木こりの作業服、そしてロメオの室内スリッパから膝丈の釣りブーツまで、ごちゃごちゃに積まれた靴でいっぱいだった。奇妙なことにその店は火事に見舞われやすく、時折私たちの寝室の床板のすきまから煙が充満し、消防車が轟音を立てて通りを走る音が聞こえてきた。そんな騒ぎのたびに、店の老人は赤い文字で書いた大きな看板を立てた。「火事のため大特価・・・投げ売り中！」

古着屋の隣には酒場があり、そこは私たちがうろついてはいけない禁断の悪の館だった。スイング式のドアは下がノコギリで切り取られ、下から覗くと店内を逆さまに見ることができたが、そこから見えるのは真鍮のレールに乗せた足だけだった。五セントを入れるジュークボックスからは明けても暮れても哀愁漂うヒルビリー[5]の曲が流れていて、聞き取れたのは「思い出の松の木が切り倒された時・・・」というフレーズだけだった。その歌は隣の伝道会館から聞こえてくる、天を裂くような歌にかき消された。そこはうつろな目をした白髪の老人たちでいっぱいで、ボロボロの帽子を落ちないように膝の上に乗せて無表情に座っていた。

私たちのホテルの入口の隣で、若松さんはエース・カフェを営業していた。彼は背が高くて愛想が良くハンサムだったので、私たちは大好きだった。声はきれいな澄んだテナーで、「子牛肉、付け合わせにフライドポテト・・・」と注文を伝える声が路地に響き、我が家のキッチンまで届いた。若松さんの商品陳列棚の食品サンプルはいつ見ても見事だった。紫色のイチゴ・ショートケーキが整然と並んでいたり、ニスを塗ったようにつやつやしているアップルパイがあったり、硬い真っ赤なゼリーの列が厚手の白い皿の真ん中に置いてあった。

エース・カフェの隣には、ダンクスのお父さんの小さな散髪屋があった。そして白いペンキを塗った小さなホットドッグの屋台で、私たちは玉ねぎや涙が出るほど辛いチリソースがたっぷりかかった美味しいホットドッグやハンバーガーを買った。ホットドッグのおじさんは、肉をのせる板の上でしきりにハエを叩いていたので、赤いひき肉の中にどれだけのつぶれたハエが入っていたことか、それについてはあまり考えたくない。

さらに、ストリップ小屋というもう一つの禁断の場所があった。丁寧におしろいで皺を隠した焦げ茶色の髪の女性が、ガムを噛みながらショーのチケット売り場に座っていた。私たちが通り過ぎるたびに、彼女はきらきら光る紫色のまぶたでウインクするので、微笑み返していいのかどうかわからなかった。劇場の大きな看板にはくすんだ黄色い電球が散りばめられ、「リアルト」と書かれていた。そして羽飾りや風船やシフォンのスカーフの後ろからまさに出てこようとしている等身大の半裸の少女の絵が扉一面に貼ってあった。

オクシデンタル・アベニューとワシントン・ストリートの角には小さな葉巻店があった。薄汚れた革製の円筒の箱にサイコロを入れてがらがらと振る癖のある店主は、昔はきっと名うての賭博師だったに違いない。目の下がたるんで、葉巻を口にくわえ、巨大な宝石の指輪をつけている様子から、そんなふうに見えた。

その角を曲がったところに、トラック運転手組合の事務所があった。毛むくじゃらの腕でシャツを開け、入れ墨をした男たちは、たばこの煙が立ち込める部屋をドスンドスンと音を立てて出入りしていた。一日に二度、一人の男がせかせかと木箱を抱えて出てきて、通りをぶらついている男たちに、近くに集まって話を聞くように身振りで誘っていた。その男は次第に熱して、無関心な聴衆に対して、時にやさしく、時に叱りつけるように演説するのを私たちは群衆の端っこで爪先立ちして見ていた。

「・・・教えてくれ、友よ、君たちはいったい何ものなんだ？　人間か、獣か？　クソったれの資本家にとって、君たちはただの獣なんだ！　一生奴らの足元で這いつくばっているつもりか？　クズ！　奴らが君たちに与えるのはクズだけだ！・・・それで満足なのか？　俺はいやだ！　もうこんなのはごめんだ・・・奴らを今やっつけるんだ、今だ！」

「その通り」誰かがそっけなく言った。

反対側の角には、もう一つの小さな人だかりがあり、銀白色の髪をなびかせてあごひげを蓄えた男をぽかんと眺めていた。彼は「手遅れになる前に悔い改めよ」と聴衆に訴えかけ、上を向いた顔に涙が伝って落ちて髭の中に消えていった。彼の話を聞くと、私はいつも手遅れにならないうちに急いで悔い改めなければと思ったが、私の罪のうちどれを告白すればいいのかわからなかった。

救世軍はいつもそこにいて、真鍮のドラムに合わせて通りを行進していた。歩道の縁で向きを変えて上手に半円形の編隊を組み、制服姿の男女がラッパやトランペットを持ち上げ、讃美歌を力強く演奏した。献金のためにタンバリンが回されると、ホットドッグに小銭をつぎ込んでしまった私たちは、後ろめたさを感じながら立ち去ったものだ。

この場所こそが、自由に楽しく歩き回った私の遊び場だった。そしてついに小学校に入った時、もう一つの魔法のように楽しい世界を見つけた。私は毎朝急いでアダムス・ホテルに向かい、暗い階段を上って松子を迎えに行った。二人は一緒に、ファースト・アベニューから一二番アベニューにあるベイリー・ギャツァート小学校まで、長いわくわくする旅をした。私たちはいつも四番アベニューの橋の上を歩き、鉄の欄干から身を乗り出して、列車が私たちの下を轟音を立てながら通り過ぎるのを待った。そうすると、シューという音を立てて押し寄せる雲のような白く温かい蒸気にすっぽりと包まれるからだ。私たちは町の国際地区をぶらぶらと歩いて、早朝の時間帯にすでに賑わいを見せている日本人の小さな店を通り過ぎ、フィリピン人でいっぱいのカフェや理髪店を通って、中国人街を歩いた。そしてなだらかな傾斜の坂を上ると、ついにベルベットのような緑の芝生と広大な運動場のある、美しい赤レンガ造りの低層で横に広がった建物に着いた。明るく日が差し込む廊下の、つるつるでピカピカの床を歩くと、お姫様になった気分だった。何人かの男の子や女の子が私には不思議に思えた。青白い顔をして、銃声のようなスピードで奇妙な方言の英語を話すのだ。松子は「ハクジン（白人）」だと教えてくれた。そして、黒髪・黒目で私にとてもよく似ているが、歌うように高い音で話す子どもたちがいた。松子は中国人だとささやいた。

そして今、母は私たちが日本人だと言う。私はずっと自分はヤンキーだと思っていた。なぜなら私は、オクシデンタル・アベニューとメイン・ストリートで生まれたのだから。私たちのホテルに住んでいたモンタナという、壁を揺るがすほど大きな男は、私をヤンキーと呼んだ。ヤンキーでありながら同時に日本人であるなんてどうしても納得がいかなかった。二つの頭を持って生まれたようなものだ。それは奇妙でとても厄介なことのように思えた。何よりも、日本語学校に行きたくなかった。

第二章　頑固な娘

恐れていた日本語学校の初日が否応なしにやってきた。ヘンリーと私は、この極めて不当な仕打ちに駄々をこねながらタクシーに無理やり押し込まれた。大きくて四角い灰色の建物の前で車が止まると、母はフジツボのようにドアにしがみつく私たちを力ずくで引きはがし、抱えるようにして丘を登った。私たちは学校の入り口に着くまで激しく泣きわめいた。するとドアから一人の男性が飛び出してきた。御影石の彫刻のような顔だった。への字に結んだ口、不満そうに広がった小鼻、そして黒いビー玉のような目に圧倒されて、私たちは震えあがって黙った。これが校長の大橋先生だった。校内に響き渡る、日本人にあるまじき不快な大騒ぎはいったい何事かと飛び出してきたのだった。

母は深々と頭を下げて小声で言った。

「よろしくお願いします」

校長先生は母に堅苦しくお辞儀をした後、ヘンリーと私に目をやり、もう一度ゆっくりと丁寧にお辞儀をした。私たちが急いでお辞儀を返そうとして軽く会釈すると、先生は冷ややかに軽蔑を込めて厳しい口調で言った。

「それはオジギではありません」

そして、円滑で正確な動きで身を屈めながら言った。

「腰から曲げるのですよ。こんな風に」

大橋先生が、母の前で子どもを批判するような大胆な人なら、母がいないところでは何をされるのだろう。

授業はすでに始まっていて、廊下は人気がなく寒々としていた。大橋先生はきびきびとした足取りで先導してドアを開け、ヘンリーは母と一緒に教室の中に連れて行かれた。年少の男の子と女の子が背筋を伸ばして座り、本を机の上に立てているのがちらりと見えた。

廊下で一人待っていると、なんだかうずうずしてきた。逃げるなら今だ。走って、走って、走るんだ。何日か行方不明になって、父と母がやっと私を見つけ出したら、きっと嬉しくて二度と日本語学校へ行かせないだろう。しかし大橋先生は私には手強すぎた。突然ドアが開いて先生と母が出てきたのは、私が考えていることを見透かしたからに違いない。

「サア、こちらへ」と先生はまた堅苦しく頭を下げ、歩き出した。

望みが完全に消え失せて後に続いた。恐ろしい悪夢の中にいるようだった。母は私の手を取り、優しく微笑んだ。

「和チャン、そんなに悲しそうにしないで。慣れてきたら、とても楽しくなるわよ」

明るい照明の部屋に案内されたが、私の方を向いてずらりと並んだ輝く黒い目がまぶしくて、十倍も明るく見えた。紹介された安田先生は、丸顔でふくよかな女性だった。長くてダボッとした綿のプリント模様のスモックの前面には、チョークの粉が筋状についていた。彼女は私に優しく話しかけたが、それは普通、鈍感な子どもに対して見せるような優しさだった。彼女はゆっくりと大きな声で言った。

「あなたの、お名前は、何ですか？」

先生にもっと小さい声で話してほしいと思って、「和子」と小声で答えた。会話がそんなに露骨なやり方で続けられるべきではないと感じたからだ。

「和子サン　デスカ」と先生は大きな声で繰り返し、「あちらに座ってください」と後ろの空いている席を指さした。鋭く黒い目が両側に並んで、果てしなく続くように思える通路を歩いた。

「和子サン、帽子とコートを脱いで後ろに掛けたらどうですか？」

くすくす笑う声が波のように伝わっていった。顔を真っ赤にして席を立ち、私は必死でコートを脱いだ。

母が大橋先生の後について教室を出ると、喉が引きつり涙がまたあふれた。安田先生が私のそばに立っていることに気づかず、鼻をすすっていると、先生はそれを無視して本を渡した。最初のページを開くと、そこに描かれた大きく見開いた目の絵が涙でぼやけて見えた。その真上には、真ん中に横棒のついたアラビア数字の１に似た、曲がりくねった黒い字が書いてあった。安田先生がまた教室の前に行って、「メ！」と声を出して読んだ。それは「目」だった。ページをめくると、大きないかめしい鼻の絵があってその字は「ハナ」と書かれ、耳は「ミミ」、大きく血色の悪い口は「クチ」だった。やがて私はクラスのみんなと一緒に「メ、ハナ、ミミ、クチ」と声を張り上げていた。

次第に私は二つの学校に通う生活を仕方なく受け入れるようになった。日本語学校と小学校はあまりにも違っていたので、毎日カメレオンのように自分の性格を切り替えていることに気がついた。ベイリー・ギャツァート小学校では、元気よく、騒々しく、乱暴なヤンキーだったが、三時になって終業のベルが鳴り、ドアがあちこちで開いて、生徒たちが破れた袋から飛び出すジェリービーンズのように一斉に出てくると、私は急に臆病で小さな声で話す、控えめで真面目なおどおどした日本人の少女になっていた。足取り重く、他の黒髪の少年少女たちと一緒に急な坂道を上り下りして日本語学校に向かった。運動場では私たちは用心深く行動した。お辞儀をしないといけない近さに先生が来ると、互いにシーッとサインを出し合ってゲームをやめ、足をきちんと揃え、手を膝まで滑らせてゆっくりと神妙にお辞儀をした。そして礼儀正しい穏やかな口調で、尊敬の念を込めて「コンニチハ、センセイ、こんにちは」と声を揃えて挨拶をした。

毎日一時間半、私たちは徹底的に鍛えられた。クラスが始まる時は毎回、安田先生が机の上の小さなベルを叩いた。私たちは「気を付け」の姿勢で椅子のそばに立ち上がる。次の「チン！」で全員揃って先生にお辞儀をし、先生も厳粛にお辞儀を返す。そして三度目の「チン！」が鳴るとみんな一斉に座った。

生徒が一人ずつ呼ばれ、その日の授業で学んだところをはっきりと大きな声で読む、ヨミカタ［読み方］という授業があった。初めての朗読の時、私は立ち上がって前夜に予習しておいたところを自信満々で読み上げた。一語一語を慎重に発音し、各文の終わりで適切な間を取った。ところが突然、安田先生に止められた。

「和子サン！」

どんな間違いをしたのだろうと戸惑いながら、先生を見上げた。

「片手で本を持っていますね」と指摘された。その通りだった。二本の指で支えられるくらいの薄い本を両手で持つ必要があるのか私にはわからなかった。

「両手を使いなさい！」と先生は命令し、さらに私をじっと見て言った。

「机に寄りかかっていませんか？」わずかにだけど、その通りだった。

「背筋を伸ばして真っすぐに立ちなさい！」

「ハイ！　わかりました、先生！」

この時私が学んだのは、勉強でどんな間違いをしてもセンセイの機嫌が悪くなることはないけれども、だらしない姿勢は彼女への侮辱になるということだった。両手で本を高く掲げて兵士のように直立し、足を動かさないようにしていなければならなかった。

私たちは日本語のアルファベット五一文字を何度も何度も声に出して復唱した。「ア、イ、ウ、エ、**オ**！　カ、キ、ク、ケ、**コ**！　サ、シ、ス、セ、**ソ**！」それぞれの行の最後の音節を強く発音するという、覚えやすいリズムを少しつけてみることを考え出した。そして鼓膜が破れるほどうるさく、勝ち誇った調子でその練習を締めくくった。「ラ、リ、ル、レ、**ロ**！　ワ、イ、ウ、エ、**オ**！　**ウン**！」

安田先生はいぶかし気に私たちを見た。その読み方は少し元気が良過ぎて、リズミカル過ぎた。何かが欠けているとしたら、たぶんそれは慎み深さと敬意だった。

カキカタ［書き方］の時間には、机の上に前かがみになって苦労しながら片仮名という簡略化された日本語の表意文字を丁寧に書いた。それは英語の活字体に似ていた。歯を食いしばり手に汗をかきながら、私は直線や曲線の微妙な違いや細くすぼまるところを強調した。

五時半になると安田先生が再び机のベルを鳴らした。「チン！」で立ち上がり、「チン！」でお辞儀をし、「チン！」で私たちは魔法のように教室から消えた。ただし黒板を拭いたり、床を掃いたり、机を拭くオトーバン［お当番］に当たった列の生徒だけは残っていた。先生が目を光らせている中でその雑用をするのはまるで囚人の重労働のようだった。

時が経つにつれて、日本語学校は日本語だけでなく、それ以上のことを学ばせようとしていると気づき始めた。背後にあったのは厳しい躾をしようという熱意で、それが生徒一人ひとりの意識に伝わって重くのしかかっていた。その原動力は校長室から発せられていた。

大橋先生は渡米前、小笠原氏が考え出した社会での振る舞い方を教えるオガサワラ　シキ　サホウ〔小笠原式作法〕を熱心に学んでいた。先生自身も日本の礼儀作法に関する本を書いていたので、東洋人男性版のエミリー・ポスト[6]のようだった。こうして大橋先生は、完璧なお辞儀の仕方を携え、完璧な侍の自制心で固めた表情でアメリカに到着した。彼は異国の地で生まれた、まだ年端のいかない日本人の子どもたちにこの知識を伝えたいという、燃えるような志を持ってはるばるやってきたのだった。他の先生たちも熱意に燃え、猛烈な勢いで私たちの教育に全力を傾けた。言語を学ぶだけでは十分でなかった。私たちは、最も優れた日本の伝統に従って、話し、歩き、座り、お辞儀をしなければならなかった。

　私から見ると、大橋先生が優秀と考える基準はこの点に集約された。模範的な子どもとは、騒がず、問題も起こさず、口答えもしない、いわば「死後硬直」した子どもだった。

　大橋先生が私たちに何を望んでいるのかはよく理解していた。何よりも願っていたのは、私たち全員を山田源二のような模範生にすることだった。源二は私たちがことごとく嫌っていたクラスメートだった。彼はシアトルで生まれたが、両親は昔ながらの良い教育を受けさせるため、彼が幼い頃に日本に送った。その結果、堅苦しい振る舞いと傲慢な態度を身に付けて別人となって帰ってきたのだった。彼は、一人の強い敵であろうが、一〇人の弱い敵がかかってこようが、誰でもやっつけることができると豪語し、何度もそれを実証してみせた。彼は柔道の達人だった。

　源二は、大きく輝く黒い目、立派な貴族的な鼻、そして漆黒の角刈りの髪が非の打ち所のない色白の顔を際立たせているハンサムな少年で、まさに武士の息子のようだった。彼は他の子と距離を置き、先生の言うことに真剣に耳を傾けた。成績はトップで、朗読は流暢かつ完璧、そして大胆で男性的な直線と曲線で書かれた手書きの文字は絵のように美しかった。何よりも私たちを苛立たせたのは、彼が竹のようにまっすぐ立って、腕や足を決して動かさなかったことだ。彼のお辞儀はきびきびして元気が良く、先生が言うことにはすべてに礼儀正しく、歯切れ良くはっきり「はい！」と答えた。私たちがお行儀良くしているか様子を見るために大橋先生が予告なしに教室に入ってくると、いつも源二のところで足を止めて少し話をした。そして、直立不動で尊敬を込めて自分を見つめる源二に向かって話しかける時、先生の目には心地良い誇らしさが隠し切れず表れていた。その会話から聞き取れたのは、源二の鋭くスタッカートのように短く歯切れの良い「ハイ！・・・、ハイ！・・・、ハイ！」という返事だけだった。

これは大橋先生にとって最高の応答で、まさに男同士の会話だった。大橋先生が近づくたびに、私たちは座ったまま固まってしまい、源二のようにピシッと気を付けの姿勢を取る代わりに、しおれて力が抜けてしまった。大橋先生は私たちの様子を、日本の「コンニャク」という無味乾燥でゼリー状の食べ物のようだと言った。大橋先生の視線を浴びて少年が緊張のあまりそわそわすると、先生の首の後ろから鮮やかな赤い斑点が広がってこめかみに達し、鞭がピシッと音を立てるように怒りが爆発した。「キヲツケ！（気を付け！）」その声で私たちは皆、椅子から飛び上がり、日本人としてこんなに出来の悪い自分にひどく罪悪感を覚えた。

私は母に尋ねた。

「なぜ大橋先生はずっとあんなに怒っているの？　先生はいつも青い柿を食べたような顔をしているの。笑顔を見たことがないわ」

「大橋先生は古いタイプの先生みたいだね。先生は確かに厳しいけれど、それは良かれと思ってそうしているのよ。お父さんもお母さんも、日本では学校の先生だけじゃなくて両親からももっと厳しい躾を受けたのよ」と母は答えた。

「知ってるわ、ママ」古い革製の大きなソファに座って、衣服を繕っている母の膝にもたれかかった。父と母は無理やり私たちを日本語学校に行かせたが、それでも素晴らしい人たちだと思っていた。

「松井さんも自分の子どもにはとっても厳しいのですって。ママは私たちを甘やかせてるって思われてるわ」私はクスクス笑いながら、すぐに母を安心させるように言った。

「でも、ママが私たちを甘やかせてるなんて全然思ってないわよ」

松井さんは母より一〇歳年上で、日本にいた時に母の父親と知り合いだった。そのためこの異国での母の成長を見守ることが彼女の義務だと感じていたのだ。鋭い目を持つタカのように、彼女は母の弱点を見抜いた。

「なぜ毎晩遅くまで起きて、詩を読んだり書いたりする必要があるの？　次の日の仕事のために体を休めないといけないのに」

松井さんが家に来るたびに母はハラハラし、どうにかして私たちの行動を遠隔操作できないものかと必死だった。松井さんの前でやってはいけない小さなことが数え切れないほどあって、それを覚えるなんて不可能だった。お客さんの前では、大笑いして歯を見せたりおしゃべりしてはいけないし、大人の会話に割り込んだり、膝を組んで座ったり、キャンディーをねだったり、座っている時に落ち着きなく体を動かしてもいけなかった。

松井さんの一人娘の八重子には到底かなわないとわかっていた。彼女は私より二、三歳年上で、母親に似て太って意地悪だった。八重子は母親のそばで静かに膝を揃えて座り、ワンピースを足首までしとやかに下げ、両手は膝の上でお行儀よく組み、退屈そうに床に目をやっていた。母が雑誌を渡すと、八重子はいつも「アリガトウ　ゴザイマス」と礼儀正しくお辞儀をした。彼女があまりにも長い時間をかけて一枚の写真を丁寧に見つめ、ゆっくりと音も立てずにページをめくるので、私は思わず彼女をやっつけて、その頁をガサガサと鳴らしてやりたくなったものだ。でも外で遊ぶ許可が出ると、八重子は別人になった。

「ジャックス7はもういいわ！　そんなの赤ちゃんの遊びだから。何か面白い雑誌はないの？『トゥルー・ラブ』とか」

『トゥルー・ラブ』なんて持ってなかったので、私たちはお互い不機嫌にジャックスで遊んだ。私の番が回ってくると、八重子は早くやってよと言わんばかりに、ズルをしたり、私の肘をつねったり揺さぶったりした。

松井さんは、私たちの親子関係がメチャクチャだと考えていて、同情するように声をかけた。

「まだ『ママ』とか『パパ』って呼ばせているの？」

「ええ、そうです」母はいらいらを隠すために作り笑いをした。

「ご存じのとおり、この辺りでは子どもたちはそれしか聞いたことがないの。私たちも悪い影響を受けたのは確かですわ。お互いに『ママ』、『パパ』って呼び合ってますから。でもこの環境ではそれがとても自然なことなんです」

松井さんは自慢げに背筋を伸ばした。

「私は最初から子どもたちには『オトウサン』『オカアサン』って呼ぶように教えましたよ」

「それはすばらしいことですね。松井さん。でもうちにはもう遅すぎますので」

「まあ気の毒に！　それにね、糸井さん、子どもにはもっと厳しくしないといけませんよ。『いけません』と言えば、うちの子は言うことを聞きます。手に負えなくなりそうな時はいつでも夫と一緒に手を打つんです」

母は興味を持ったようだった。

「うちではよく『オキュウ』を据えるんです」松井さんは両手をきっちり組んで言った。お灸は祖国の昔ながらの躾の方法で、子どもの背中に火のついた百草を当てるという、痛くて効き目が長い罰だった。

「本当よ。お灸を据えた後は、ほんとうに長い間困ったことが起きないのよ」

ヘンリーも健二も澄子も私もびくびくしながら互いに目を合わせ、松井さんが母にそんな話をするのはやめてほしいと思った。

大橋先生と松井さんは、私を徐々に理想的な日本のオジョウサン、つまり、物静かで、純粋で、礼儀正しく、穏やかで、自制心のある、洗練された乙女に仕立て上げることができると考えていた。しかし二人はほとんど進展を見ることはなかった。なぜなら、私は生粋のスキッドローの子どもだったからだ。

私にとって日本語学校は全く無駄だった。ホテルの人には日本語を使えないし、お辞儀が役に立つのは日本語学校だけだった。ホテルの常連客にお辞儀なんかしたら笑われるだろう。だから、毎日五時半になるとすぐに日本語学校を離れ、私にとって唯一現実の世界であるスキッドローへとほっとしながら帰って行った。私には人生は待ったなしの、刺激と変化に富んだものだったので、大阪の従姉妹のように客間で静かに座って生け花の菊を鑑賞していることなどできなかった。

当時私は、『トゥルー・ディテクティブ』という探偵雑誌の懸賞金三〇〇〇ドルを獲得するのに野心満々だった。逃亡中の殺人犯の逮捕に協力すれば誰でももらえるので、お尋ね者の顔写真をよく見て、特に一番高い懸賞金がかかった犯罪者の顔を覚えようとした。私たちのホテルの客の多くが、見かけが狂暴でけんか早く、粗野な無法者だった。そのためホテルが宝の山だと確信していた。時々、本物の捜査官がバッジを光らせてホテルの受付に現れ、無言でホテルの帳簿を調べ、謎めいた様子で去っていった。どこかの部屋のドアの向こうにおびえた逃亡犯が身を潜めているに違いない。

年中部屋にこもって白昼は姿を見せない、痩せて人目を気にする様子の男が怪しいと思った。夜だけは、灰色の暗い目が隠れるように帽子をかぶってこっそり出て行くのだ。宿泊リストで名前を探すと、彼はジャック・モンテーンといった。ジャックの素性をさりげなく探ってみた。誰も彼のことをよく知らないようだったが、古くから働いていたサムは、ジャックが夜警として働いていると教えてくれた。ジャックは働き者でネブラスカにいる年老いた母親に定期的に仕送りをしていたのだ。これで私の思惑は大きく外れたが、一度失望したくらいでやめようとは思わなかった。来る日も来る日も躍起になって犯罪者がいないかと見張りを続けるので、母は私の陰険さや強欲さが心配になった。

私はカービー・デアを警察に引き渡したかったが、彼の写真が犯罪雑誌に載ることはなかった。カービーは二〇歳代半ばの痩せた小柄な若者で、あざやかな青い目とピノキオのような鼻、血色が良くて笑うと老人のように皺が寄る奇妙な顔をしていた。彼が上機嫌の時は、鶏のように甲高い笑い声を上げながら廊下を行ったり来たりし、腕を羽ばたかせて甲高い声で叫ぶと、顔が赤くなって首の血管が浮き出た。遠慮のない大きな歌声で、彼が近くにいることがわかった。

「ケーケーケーケイティィ！　君だけが僕の憧れの女の子・・・タンテタンタ、タンテタンタ、ダダダァー！」父はカービーがちょっとキチガイに違いないと思っていた。それで、カービーに「キチガイ」というあだ名がつけられた。

カービーは一日に六回も風呂に入ったので、茹でたロブスターのようだった。「清潔でいることが大事なんだ。清くあることは神のようになることだから。[8]」と言った。そして大型の聖書を小脇に抱え、周りに人がいるとそれを開いて声に出して読んだ。彼がそのように機嫌がいい時でなければ、とても無作法で意地悪だった。私たち子どもの誰かがカービーと廊下でとすれ違うと、彼は手を伸ばして腕や頬を強くつねってきた。痛かったので、私は時々彼のすねを蹴って、「キチガイ！」とからかいながら素早く逃げた。

　子どもには近づかないようにと、父はカービーに何度も警告した。カービーはいかにも優しく、自分は子どもたちが大好きで、危害を加えようなんて思ってもいませんよ、と父に断言した。すると今度はキャンディやおもちゃで私たちを自分の部屋に誘い込もうとし始めた。私たちはカービーが怖かったが、どうしてもキャンディが欲しかった。ある日、彼の部屋の敷居をまたいで入り、カービーの手からキャンディをひったくると、大慌てで廊下を走って逃げた。それがとても楽しくて、つい父に自慢げに話してしまった。すると父は青ざめ、怒りで声を震わせて、父の許可なしには絶対に誰の部屋にも入らず、何も貰わないと約束させた。そして、カービーは有無を言わせず追い出された。

　スキッドローの人たちが、みんなカービー・デアのように風変わりというわけではなかった。サム、ジョー、ピーター、モンタナのように親切でおとなしい男性もいた。私たちは彼らを家族の一員だと思っていた。

サム・オーランドは、背が高く、逞しく、青い目の引退した海兵隊員だった。彼は写真のような記憶力があって、スキッドローのあらゆる人物の性格や習慣を知っていた。父がホテルの経営を引き継いだ当初、サムは事務室の窓際に座り、父の代わりにホテルの客を審査した。悪人や飲んだくれとわかると、サムは暗い顔で首を横に振った。

一九二八年に隣の大きな伝道会館が空いたので、父はそこを借りてこぎれいなベッドが何列も並ぶ巨大な簡易宿泊所に改装した。父がこの宿泊所をサムに任せると、彼は大きな誇りを持って管理した。サムは甲板を歩く船長のように通路を見回りながら、ホテルを整然と清潔に保つよう気を配り、こっそり忍び込んでうたた寝をする浮浪者が来ないか目を光らせた。サムは強固な意思を持っている上に筋骨たくましかったので、酔っ払いや乱暴者は速やかにつまみ出された。

ジョー・スボティッチは太った陽気な男で、小さな黒い口ひげを生やし、あごには深いくぼみがあった。彼のポケットはいつもチョコレートやリンゴやナッツでパンパンに膨らんでいたので、彼を見ると、日焼けしたサンタクロースを思い出した。ジョーは数年前、一家離散でオレゴンを去り、精神的にも金銭的にも破綻して父のホテルにふらりと入ってきた。仕事を失うと、次の仕事を見つけるまでに数週間かかることもあったが、父はジョーを信頼したので、彼の父への感謝の念は尽きることがなかった。やがてジョーはホテルの夜警となり、父の忠実な友人となった。

ピーターは物腰の柔らかい穏やかなボヘミア人の老人で、即興の民族舞踊を踊ったり、ボヘミアの陽気な歌を歌って私たちを楽しませてくれた。私たちが年齢を何度尋ねても、彼は真面目な顔で毎年七〇歳だと答えた。彼は昼も夜も、透き通るような青白い禿頭を帽子で覆っていた。ピーターは痩せて虚弱そうな体つきだったが、私がこれまで会った男の人の中で一番逞しくエネルギッシュだった。父に二つ目の新しい簡易宿泊所を任されると、ピーターは本領を発揮した。彼は神経質な家政婦のように、あたふたと動き回り、枕の形を整え、ベッドカバーのシワを伸ばし、すでにきれいな床を一日に何度も掃除した。

モンタナは私たちの用心棒を引き受けてくれた。それは酒場だけでなく、スキッドローのあらゆる場所で必要だった。モンタナの身長は六フィートを超え、しっかりカールした黒い髭が色褪せたフランネルのシャツまで伸びて、人を怖れさせるほどの巨体だった。彼は体重が二五〇ポンドもあり、ロビーで居眠りをしていると、その巨体を支えるために頑丈な椅子が二脚必要だった。彼の耳は、騒がしく口論する声に特に敏感だった。父が気質的にも体格的にも決して暴力を使うタイプではないことを知っていたので、モンタナは巨大なセント・バーナードのように父の周りをうろついていた。

「ねえ、ボス、面倒を起こす奴らを放り出したい時は、俺に合図をくれたらすぐに出口を教えてやるよ」

モンタナの筋肉が盛り上がった肩にかろうじて届く程度の身長だった父は、彼の申し出を断るのは得策ではないと思ったので、当たり障りなく微笑んだだけだった。たいてい父はトラブルに巻き込まれても騒ぎになることもなく、うまく脱することができた。

ある晩、父がベルの音でフロントに行った時のことを覚えている。大きな声が廊下からキッチンまで響いた。

「ちくしょう！　金返せ！　俺は今夜泊まってないんだ、俺の一ドル返せ！」

ヘンリーと私は何事かと急いで外に飛び出した。熊のような男が父につきまとっていた。

「いいえ、お客さん、私は一ペニーの借りもありませんよ！」と言いながら、父はその話を終わらせようと事務室の中に入った。

男は目を細め、ズボンを引っ張り上げて喧嘩腰で父の後を追ってくると、大声で怒鳴った。

「おい、くそったれジャップ！　俺が誰だか知ってんのか？　有名な大学を出た弁護士だ。俺を騙した罪で警察に突き出すことだってできるんだぞ！」

「そうかい？　僕も弁護士で、アメリカの法律は知ってるよ。あんたは今朝五時に来て午後までずっと寝てたよね。一昼夜寝てないからって、あんたにお金を返さないといけない法律なんてないよ」

「何だ！　この臭いチビネズミめ！　頭をぶちのめすぞ、チビのクソ野郎・・・・！」

ヘンリーと私は立ちすくんだ。男が映画さながらに、椅子を頭上に持ち上げて父を打ちのめそうとしたのだ。

「待て！」と父は手で制した。

「喧嘩したいのか？　柔道はできるのか？」

「えっ？　いや、柔道なんか知るもんか」

「僕はできるんだ。でも、あんたが知らないんなら、残念だが戦えない。ここから出て行け。これ以上面倒を起こすんじゃないぞ」

父は柔道なんて全然知らなかった。もし男が父のはったりを見破っていたら、父はプレッツェルのようにねじ曲げられていただろう。しかし男は思わず椅子を落とし、大きな足音を立てて事務室から出て行った。階段の踊り場で彼は振り返り、最後に口汚くののしった。

ちょうどその時、巨漢のモンタナが現れた。モンタナは男の頭から足元へ、足元から頭へと静かに見つめ、彼が話し終えるのをじっと待っていた。男はモンタナの大きさに目を見張り、ささやき声ほどの小さい声になった。モンタナはわざとらしい礼儀正しさで言った。

「ボスに話は終わりましたか？」

かわいそうな男は小さな悲鳴を上げた。

「モンタナ！　大丈夫だ。もういいんだ」と父は言った。

その言葉はモンタナの耳には入らなかった。彼は男のコートの襟をつかみ、まるで迷子の子犬をつまみ上げるように床から持ち上げ、無造作に階段から落とした。男は声も上げず、頭から真っ逆さまに音を立てて長い階段を弾みながら転がり落ちた。モンタナは、まるでジャガイモの袋が転がっていくのを見るように平然と眺めていた。怯えた男は起き上がって通りに飛び出した。

サム、ジョー、ピーター、そしてモンタナは一見粗野でみすぼらしい外見だったが、たとえ警官の一団を相手にしても彼らを信じると誓うことができる。それほど私たちは彼らを信頼していた。生粋のスキッドローの住人として、私たちは街を二人一組でパトロールしている赤ら顔で太鼓腹の警官を本能的に嫌っていた。酒に酔って正体を失った男を、警官が店の入り口の人目につかないところに引きずり込む光景に私たちは慣れていた。そこで警官の一人がふらふらの男をまっすぐに支え、もう一人が慣れた手つきで酔っぱらいのポケットを探って金品を巻き上げた。私たちはゲームを中断し、いくらお金を見つけるか興味津々で近くに寄って行った。警官は子どもたちの黒い目にじろじろ見られているのを感じて警棒を振りかざして言った。

「お前たち、さっさと行け！　このでっかい棒に気をつけな！」

でも、いつだって警官に捕まりっこないのを知っていたので、私たちは生意気に笑い、スキップをしながら逃げ出した。

私たちがこのように多感な頃、特にある晩、二人の警官が強引にわが家に入ってきて父を酒の密造者として逮捕して以来、警察は私たちの宿敵となった。それはあまりに突然で予期しない出来事だったので、その事件が悲劇的で人生で最も恐ろしい体験として大げさに記憶することになった。

夕食の時間になり、家族がいつものようにキッチンのテーブルを囲んでいた時だった。ヘンリーが甲高い声で食前のお祈りを捧げていた。「・・・この食事をいただく私たちに祝福を与えて下さい。エイメン」唱和する小さな声がはっきりと「エイメン！」と響いた。父と母は日本語のアクセントで「アーメン！」と熱心に応えた。

四人は丸く黒い頭を素早く上げた。そしてヘンリーが木の箸で茶碗を太鼓のようにしてたたくと、すぐにみんなが真似をして、歌ったりキャッキャ言ったりし始めた。

「お行儀はどこへ行ったんだ？」父は優しく叱った。母は六つの茶碗に湯気が立っているふっくらとしたご飯をよそった。そしてあつあつの豚のスープで煮た大好きなお手製の卵麺をお玉ですくって、赤い漆塗りのお椀に入れるのを見て、私たちは歓声を上げた。霜の降りた秋の夜にうってつけのご馳走だった。麺の入ったお椀を口元に運び、私はしばらくじっと手を止めた。そして澄んだ茶色の熱い汁から立ち上る温かい湯気が冷たい顔にかかるのを感じ、その豊かな香りを吸い込んだ。

幼い澄子は、母の長い箸をぽっちゃりした拳でつかむと、生きたウナギのようにテーブルの上をずるずる滑っていく麺と必死に格闘した。よだれが垂れた口に麺を運ぶことができなくて、澄子は苛立って金切り声を上げた。母が澄子に食べさせようと席についたちょうどその時だった。誰かがドアを叩き、頭上の欄間窓をガタガタと鳴らした。

「誰かがまたお金を借りに来たのね」母はため息をつき、父の肩に手を回してドアを少し開けた。

その隙間から低音の声が響いた。

「こんにちは、おばさん」

二重あごで牡蠣のようにどんよりした目をした警官の頭が見え、続いてその巨体を押し込むようにしてキッチンに入ってきた。そして自分が入れるように父を無理やり椅子から立たせて、狭いキッチンを素早く見回した。

「何でしょうか?」父は苛立って言った。

警官は薄黄色の液体が入ったウィスキーの小瓶を後ろポケットから取り出して、父をじっと見た。

「これが何かわかるだろう、チビ公? 覚えてなくても、これはお前のものなんだ」

父の目が憤然と光った。

「僕の? 違うね。僕は酒なんて飲まない。あんたはこのあたりでは新人のようだから知らないだろうが、僕は酒は飲まないんだ」

「飲まないかもしれないが、売ってはいるだろ。このボトルをお前から買ったという奴を通りで逮捕したばかりなんだ」

「誰にも酒瓶を売ったことはない。とんでもない間違いですよ。僕は夕食を始めたばかりで、ここにいたんだ。外には出てない!」

その時、事務室のベルがけたたましく鳴り響いた。

「ちょっと待っててくれ。事務室に誰が来たか見てくるから」

不安で苛立った父は、急いで立ち去った。私たちは警官に笑いかけた。父がそんなことをすると思っているなんて、とてもおかしな話だった。父は酒なんか密造していないことを証明するだろう。警官が自分の間違いに気づいて父に謝ったら、家族は夕食に戻れるだろう。

しかし驚いたことに、警官は食品棚のカーテンをはね除けると、食料の入った袋や缶を床に投げ捨て、棚を引っかき回してくまなく探し始めた。母は彼の背中を叩き、冷静に尋ねた。

「どうしたの？　何探してるの？」

「まあまあ、おばさん、わかったよ。落ち着いてくれ。旦那さんが造ったこういうものが他にもあるか知りたくてね。あれ！　この水差しには何が入っているの？　サケ、米のワイン？」警官はガロン瓶を手に取り、持ち上げて電球にかざした。

母は激怒して言った。

「何ですって。それはショウユ、日本のソースよ。味見してごらんなさい。ほら」

母は大瓶を警官から奪い取ると、腹立たしげに醤油をコップに注ぎ、それを警官の顔に押しつけた。警官は慎重にその醤油を嗅ぎながら言った。

「そんなに興奮しないで、おばさん、万事うまくいくから。心配しないで。あぁ、これは安っぽいジュースだな」

母は警官に向かって指を振りながら言った。

「ほら、うちには酒などないんだよ。造ってないし、飲みもしないんだ。あんたが間違えてるのよ。他の誰かよ。糸井じゃない！」

「わかった、わかった。さあ落ち着いて。まったく心配ないよ」彼は声を小さくしてなだめるようにささやいた。

「たったの五〇ドルだよ、おばさん。たった五〇ドル。それだけで片づくんだよ、ねっ？」

母は一瞬唖然として立ち尽くしていた。そして、日本語で思わず「ばかにしないで！」と口走り、警官に面と向かって嘲笑った。母が笑うのを聞いて、健二と澄子はくすくす笑った。ヘンリーと私は怒って警官をにらみつけた。

父が客かと思ってフロントに行くと、窓口にいたのは別の警官だった。

「おい、チャーリー[9]、二人だけで話がしたいんだ。事務室に入れてくれないか」

父が中に入れると、警官は内緒話をするように言った。

「あんたからウィスキーを買ったという男を見つけたとしよう。そうやって酒を売り歩いたら、どんな罪になるか知ってるだろう。大変なことになるんだぞ、法律だからな」

父はまるで石の壁に向かって話しているような気がした。

「でも人違いですよ。僕は酒を飲まないし、作らないし、売らない。いったい何を考えてるんだ？」

「でもこっちには証拠があるんだ。確かな証拠なんだよ。こんなことから逃げられるわけがないだろ」

「違うよ、お巡りさん、僕は何も悪いことはやってない」

「そうか、意地を張る気だな。全部判事に話したいっていうんだな、チャーリー。さあ、帽子を取ってこい。あちこち連れまわされることになるぞ」父が怒りをあらわにして、廊下を急いでキッチンへ向かい、警官がその後ろをピタリとついてきた。

母は父の腕をつかみ、早口の日本語でまくしたてた。

「ひどい話よ！　お巡りがあなたのために口止め料五〇ドルよこせ、って言うのよ！」

「ナンダ！　こんな乞食どもにイチモン〔一文〕もやるもんか。誰が法を犯しているかはっきりさせてやる！」父は急いで帽子をかぶり、挑むように警官を見上げた。

「サア、行こう。準備はできた。判事と話そうじゃないか」

警官の一人が突然、愛想よく笑い、父の背中を叩いた。

「ちょっと待った、チビ公。賢く解決しようじゃないか？　もう一度チャンスをやろう。五〇ドルで片づくからさ」

父は怒鳴り声を上げた。

「言っただろう。僕はサケを売らない。そんなことはやってない」

「畜生！　話は終わりだ。連れて行こうぜ」

「イクトモ！　もちろん行く！」

私たちは恐怖に身がすくみ、警官が父の腕を乱暴につかんで外へ連れ出すのを見ていた。父は裁判所でこの問題を一刻も早く解決しようと、早足で歩いた。

突然、健二が悲鳴を上げた。

「ママ、パパを連れて行かせないで！　パパじゃない！」

ヘンリーは彼をなだめようとした。

「心配しなくていいよ、健チャン、パパは大丈夫だ。すぐに帰ってくるよ。そうでしょ？　ママ」

声はだんだん小さくなっていった。

「ええ、もちろんよ」と母は力強く答えた。それ以上何も言わずに、母は廊下に出て電話の所に走った。緊張で震える指でダイヤルを回し、張り詰めた様子で返事を待った。

「もしもし、加藤さん！　すぐにこちらに来てもらえません？　夫が逮捕されたんです。酒を売ったと言われて」

一〇分もしないうちに、裏通りの向かいにあるホテルを経営していた加藤さんが、長い階段を駆け上がってきた。彼は日本人コミュニティでは広く知られて尊敬されている人物で、困ったことになったら何をすべきかを常に心得ていた。涙に暮れる私たち家族の周りに集まった数人の男たちを押しのけて、加藤さんは来てくれた。ホテルの客の多くは、ボスが赤ら顔の二人の警官に両脇を護衛されて、ホテルから急いで出てきた様子を目撃していた。母は澄子を抱いて玄関を行ったり来たりしていた。健二はヘンリーのシャツに顔を埋めて泣きじゃくっていた。

母は何が起きたかを手短に話し、加藤さんは首をかしげながらじっと聞いていた。

「おかしな話ですね。捜索令状も逮捕状もない。そんな状況で糸井さんは行く必要がなかったのに、ちょっと軽率でしたね。すぐに連れ戻すのは難しいかもしれませんが、警察署まで行って、何かできることがあるかやってみます。よし、いい考えがある！」胸ポケットから一枚の名刺を取り出しながら、彼は顔を輝かせた。

「これでうまくいくだろう」母の感謝の叫びを背に、彼は階段を駆け下りていった。

その間のことを、後に父が私たちに話したところによると、二人の警官は父に手錠をかけ、ゴミの散乱した暗い通りを引き立てて、数ブロック先の角の電話ボックスに向かった。たむろしていた男たちはそれを平然と見ていたが、何人かの大胆な男が野次を飛ばした。

「どうしたんだ、ポリ公？　チビのトーキョー野郎が何かやらかしたのか？」

「気をつけな、トーキョー野郎、奴らに騙されるなよ」

警官たちは父を青い鉄の電話ボックスの前まで引っ張っていった。

「さあ、チャーリー、護送車を呼ぶぞ。簡単に決着をつけたくなければの話だが」

父は冷ややかに電話するように言った。警官はためらっていたが、ゆっくりとドアを開けて電話に向かってぶっきらぼうに大声で指示を出してから、バタンと閉めた。

警察署はたった五ブロック先のイエスラー・ヒルのふもとにあった。しばらくして、ブラック・マリアと呼ばれる囚人護送車がワシントン・ストリートを猛スピードで走ってきて、角で急停車した。警官は後ろのドアから父を担いで乗せ、あっけにとられて口をぽかんと開けて見ている男たちの顔の前でバタンと閉めた。

警察署では、父は受付で手続きをさせられ、警部から五〇〇ドルの保釈金を支払わない限り釈放されないと告げられた。父は無実を訴え、保釈金の支払いを拒否したため、それ以上何もなく、すぐに留置所に押し込められた。

そこには二人の同房者がいた。一人は浮浪罪で捕まったと打ち明け、もう一人は酒臭く床に突っ伏していた。父は二人に近づかないようにしていた。何時間も経ったと思えた頃、牢房の扉がガチャリと開いた。

「おい、そこのお前！　さあ、出してやるぞ！」

父は戸惑いながら、急いで看守の後を追った。廊下には加藤さんがいた。

「ああ、加藤クン、とっても恥ずかしい限りです。あの法外な保釈金は払ってないでしょうね？」

加藤さんは笑った。

「いいえ、必要なかったですよ。日本商工会議所の会頭時代に印刷した名刺を見せたら、私の保護の下にあなたを釈放しても構わないということになったんです。でも後で裁判にかけられることにはなりますよ」

「それはわかってます。ところで加藤クン、去年はそうだったけど、今は吉田クンが会頭ですよね」

「もちろんそうですが、警部はいつ私が会頭だったかは聞かなかったものだから」

父が出廷命令状を受け取るまで一週間が過ぎた。父は、加藤さんと若い二世の弁護士の中氏、そして私たちの教会のリューベック牧師に付き添われて出廷した。しかし警官の一人が病気で裁判は延期された。翌週、警官は自分たちの有力な証人が病気になったので、もう一度延期してほしいと願い出た。父は不審に思った。

「あの悪党どもは何か企んでいる。裁判から逃げるつもりだろう」

しかし、ついに裁判の日がやってきた。母は父と一緒に出かけ、私たちは怯え切って家に残っていた。警察官は嘘をついて父が刑務所に入れられるかもしれない。母が後になって私たちにすべて話してくれたが、それによると、警官の一人が父に対する罪状を述べ、中氏は次のように警官に質問したという。

「このボトルを買った人を捕まえたのは何日の何時ですか?」

「一〇月二四日、火曜日の夕方、午後六時一五分頃です」

「場所はどこですか?」

「ワシントン・ストリートとオクシデンタル・アベニューの角です」

「その時の状況を教えてください」

「酔っぱらって縁石に座っている男を見つけました。尋問したところ、オクシデンタル・アベニューでホテルを経営している日本人から酒を買ったことが判明しました」

中氏が被告人の妻との会話について警官に質問すると、警官の目が泳いだ。

「他の酒瓶をどこにしまっているのか聞いただけです」

「本当にそれだけですか?」

「はい・・・はい、もちろんです」

「その女性に口止め料として五十ドルを要求しませんでしたか？」

「していません」警官は中氏の目をまっすぐに見た。

その後、検察側の最重要証人が呼ばれた。警官がみすぼらしい服を着たよぼよぼの老人を椅子に案内した。彼は緊張した面持ちで椅子に座り、しわくちゃの脂で汚れた古い帽子を手でもてあそんでいた。

「この携帯用の酒瓶は誰から買ったのですか？」

老人の淡い青色の涙目が中氏を見上げた。

「俺は・・・俺はジャップから二五セントで買ったよ」

「どこででしたか？」

「えーっと、ホテルの前かな？」

「ホテルの名前は何でしたか？」

「えーっと、カール・・・カールソン・ホテルだった」

「住所はどこですか？」

「それは、えー・・・そこだよ・・・通りの名前ははっきり覚えてないけど、案内できるよ」

「では、裁判官に、あなたがその酒を買った男を指さして教えてくれますか？」

中氏は証人が証言台から降りるのを手伝って、父と加藤さんが並んで座っているベンチに案内した。老人は腰をかがめ、近づいて二人の顔を覗き込むと、節くれだった震える指で、いかめしい顔つきの加藤さんを指さした。

「こいつだ。この男だ！」

法廷にどっと笑いが起こった。誰かが叫んだ。

「でっち上げだ！　あーあ、ただのでっち上げだったんだ！」

裁判官が小槌を叩いて秩序を取り戻した。起訴は取り下げられた。無罪が証明され、歓喜した父と友人たちは法廷を出た。法廷内の騒動を聞きつけた数人の記者が、何が起こったのかを聞き出そうと素早く父に近づいてきた。ちょうどその時、父を逮捕した二人の警官がその集団に割って入った。二人は記者たちに何かをささやき、彼らを連れて行った。

父は激怒した。

「今のを見たか？　奴らは自分たちのやったことを隠そうとしている。あの悪党どもを暴いて、ケチなゆすりをやめさせるんだ！」

加藤さんは父をなだめた。

「気持ちはよくわかるけど、すべて忘れましょう。警官の方が優位なんだ。恨みを晴らそうとしようものなら、あの人たちはどんなひどいことを考え出すかわからないからね」

父は悲しそうに受け入れた。

「そうだね・・・私には面倒をみないといけない家族がいますからね」

少なくとも引き分けだった。警官は父をトラブルに巻き込んだけれども、父からお金を巻き上げることには失敗した。それでも、私が警官に対する敵意を克服するには長い時間がかかった。警官を見るたびに口がゆがみ、むこうずねを蹴って一目散に逃げ出してやろうという、自分ながらみっともない衝動に駆られた。

第三章　きまぐれな日本人女性

父はガンジーをとても尊敬していた。時に、父はガンジーに似ているとさえ思ったものだ。風呂上がりにBVDの下着姿の父が小さなガスストーブの前で温まりながら、ソファにあぐらをかいて座っている姿が特に似ていた。黒縁の眼鏡越しに足の爪を切っている父は、新聞の写真で見たことがあるインドの指導者と同じ忍耐強い表情をしていた。

父は、ガンジーの唱えた非暴力の抵抗という考え方のすばらしさについて、随分と話をしていたものだ。暴力は良くないと思っていたので、ダンクスの父親の大島さんのように激怒することは決してなかった。大島さんは日本酒をこよなく愛し、徳利が恋しくなると、しょっちゅう床屋を閉めた。ヘンリーと私がダンクスのところに遊びに行くと、飛んでくるヘアートニックの瓶や大島さんの「邪魔だ、出て行け！」という怒鳴り声に追い立てられて、ダンクスがドアから飛び出してくるのをよく見かけた。

もちろん、酒を飲まず自制心のあるガンジーのような父を持つのはいいことだが、非暴力による抵抗を私たちに対して実践するのは不公平だと思った。父にしてみれば、成長して驚くほど強情になっていく娘に対処するたった一つの方法だったのだろう。例えば、私がダンサーになると決めた時のことだ。

ある日、パンテージス劇場で催された子どもの発表会を見に行った。そこで、雲のようにふわっとしたピンクのチュチュとサテンのバレエシューズをはいたダンサーの、妖精のような可愛さに魅了された。その場で私はバレエダンサーになるしかないと思った。

家まで走って帰って母に飛びかかった。

「ママ、ママ・・・バレエを習ってもいい？　ダンサーになりたいの！」

興奮してわめきながらリビングのテーブルの周りをぐるぐる回る私を見て、母は笑った。私が探偵になるのをあきらめたのでほっとしたのだ。いつか国際スパイになりたいと言い出すのではないかと、はらはらしていたと打ち明けた。

その晩、父にダンスを習っていいか尋ねた。父は遠近両用メガネ越しにじっと私を見て穏やかに言った。

「だめだよ」

私には訳がわからなかった。素晴らしいアイデアなのに。母もそう思ったのに。

「どうしてだめなの？」

父はそれ以上話し合いたくないと言って、新聞の方に向き直った。私はしつこく食い下がった。

「でも、パパ、なぜ？　どうしてなの？」

新聞をばさばさと揺らしたり、足をくすぐったりしたが、父は感情を表に出さずに新聞を読み続けた。仕方なく、父と二人で話し合ってなぜ反対なのかを探るように母に頼んだ。翌日、その理由がわかった。

父の基準からすると、私が言ったことは過去最低最悪だったのだ。日本では踊りはゲイシャ〔芸者〕を連想させ、娘がそんな職業に就くのは父として決して許せなかった。

その上、父は西洋のダンスを初めて見た経験から立ち直っていなかった。日本から到着してすぐに、父は伝統的なカブキ〔歌舞伎〕のアメリカ版を期待して、ファースト・アベニューにあるパレス劇場でバーレスク・ショーを見に行った。そこで、興奮した馬の群れのように半裸の少女たちが踊り跳ねながら舞台に出てくるのを見て、父は目を回した。彼女たちは狂ったように舞台中を飛び跳ねただけでなく、最も破廉恥なやり方で足を空中に蹴り上げたのだ。

父は怒りで震える声で母に言ったという。

「自分の娘があんな恰好で人前に出るようなことがあったら、僕は恥ずかしくて死んでしまうよ」

東洋の舞踊か西洋のダンスか、二つの害悪のどちらかマシな方を選ばないといけないとしたら、父は前者を選んだだろう。少なくとも日本の女性はきちんとした着物を身に着けていたからだ。でもそれこそが、日本の伝統的な舞踊なんてやりたくないと私が思った理由だった。何層もの着物と何マイルもの帯で、繭みたいに完全に閉じ込められてしまうのだ。確かに、長く垂れた袖がついた着物や蝶の形に結んだ帯はエキゾチックで美しかったが、日本舞踊の良さはそれだけだった。

「あんなのダンスって呼べるの？　パパ。日本の女の子はオドリ［踊り］でほとんど動かないのよ」

私のオドリに対する見方は、父の西洋ダンスに対する見方と同じくらい偏ったものだった。父と母に連れられて、初めて日本舞踊の発表会を見るためにニッポンカン・ホール［日本館］に行った時は、期待のあまり目を皿にし固唾をのんで見ていた。

最初の演技の幕が上がった。舞台の後ろで誰かがゆっくりと落ち着いて、そして次第に速度を上げて拍子木を打った。舞台の中央には、小さな女の子が像のように動かず、観客に背を向けて立っているのが見えた。きらきら輝く金襴織りの幅広の帯は、手の込んだ蝶結びになっていた。突然舞台の袖からシャミセン［三味線］というバンジョーのような楽器を爪弾く音を伴奏に、無理やり絞り出したような女性の合唱が聞こえてきた。その歌声は、うなったり、うめいたり、首を絞められているような異様な響きだった。その時、少女はゆっくりと振り返った。

米粉で作った化粧品で白く塗り込められた顔は死人のようで、見えるのは漆黒の目と眉、そして小さな赤い点のような口だけだった。頭には、華やかにきらきら光る髪飾りがついた大きな黒いポンパドール風のかつらをかぶっていた。豪華な紫の着物はきらびやかな金色の菊の模様だった。彼女が踊り始めるのを・・・つまり、飛び跳ねたり、くるくる回って踊り出すのを待ったが、私が見たのは、上下に動く柔らかい手、わずかばかりの頭の揺れ、そして蟻も傷つけられないほどの弱々しい足踏みだけだった。演技を通して、踊り子は数平方インチの範囲しか動かず、にこりともしなかった。

とは言え、彼女にそれ以上のことを期待しない方がよかったのだ。着物で締め付けられるのがどんな感覚かを知ったのは、ベイリー・ギャツァート小学校の催しで日本人の女性が着付に来て、私も一度だけその衣装を着た時だった。まず、短くて白い「ハダジバン［肌襦袢］」という絹の着物を着て、その上に「ナガジバン［長襦袢］」という床まで届く鮮やかなオレンジ色の着物を着る。それはサフラン色の宝石のようにかすかに光っていた。次に、着付の女性が三枚目の薄黄緑の着物を着せてくれたが、それは二枚目よりも淡くくすんで見えた。そのあと、彼女は幅広の帯を丁寧に広げて私の胸に巻きつけ、肋骨が内側に押しつぶされるようになるまで、巻いては締め、巻いては強く締めた。もし彼女に遠慮がなければ、もっときつく締め付けようと両足を私の背中に押し付けて踏ん張っていただろう。着付が終わった時は息も絶え絶えだった。私はまるで地面を這う蝶のようにふらふらしながら、お茶出しを手伝うためにドタドタと歩いて大ホールに向かった。日本のオビ［帯］で大蛇のように締め付けられたままでは、側転や開脚運動は絶対無理だった。

バレエを習いたいと、父をしつこく攻め立て、バーレスクとバレエは全然違うものだと説明したが、父は私の懇願や議論に対して静かに抵抗し、礼儀正しく言った。

「だめだよ。夕刊を読ませてもらってもいいかな？」

「ええ、もちろん。・・・でも・・・」と私は続けようとした。

「それじゃ」と父は話が終わってよかったという様子で新聞に隠れてしまい、その夜はもう話せなかった。父は穏やかだった。怒ったりはしなかった。いつも礼儀正しく丁寧だった。それでいて答えはいつも「だめだ」だった。

ついに私は父の反対に降伏したが、私のダンスへの情熱はなかなか消えることはなかった。中学校でも高校でも、野球やバスケットボールの代わりに、スクエアダンス、フォークダンス、タップダンス、モダンダンス、アクロバットなど、ありとあらゆるダンスのクラスを選択した。学校で催し物があると、いつも自主的にダンスに参加した。ある時、セントラル・グラマー中学校で、クリスマスの祝祭にペアのアクロバット・ダンスを創作して演じたいと買って出た。そのダンスを「道化師と貴婦人」と名づけた。父に反対されないように、道化役できちんと服を着て踊ると言って安心させた。貴婦人役はクラスメートのグレース・土井だった。彼女はピンクの袖なしの胴着としなやかなチーズクロスで作ったチュチュを着て、脚にも足にも何も履かずに演じることになっていた。グレイシーの両親は私の両親以上に厳格なので、親の前ではその話をしないでと彼女は必死に頼んだ。

クリスマスイベントの日が来て、グレイシーと私は初舞台に立った。ステージで勢いよく踊って着地すると、窓がガタガタ鳴りカーテンが揺れた。まるで二頭の子象が跳ね回っているようだと踊りながらふと思った。緊張したピアニストが暴走し始めたので、その伴奏についていこうとして、私たちは汗をかいてぜいぜい息を切らした。音楽に追いつくためにより速く体をねじったり回転すればするほど、彼女の演奏は速くなっていった。ピアノの演奏が先に終わり、最悪にも私たちはしんとした舞台に取り残されたので、その場を繕うために大きな音を立てて派手に側転しながら退場した。観客は期待以上に満足してくれたが、その後何日もあの熱狂的な拍手を思い出すたびに胸は痛んだ。父には絶対に認めることはできなかったが、いつものように父の言うことが正しかったに違いないと結論した。

父とは違って、母は判断が常に正しいというわけではなかったが、とても楽しい人だった。哲学者のように揺らぐことがない冷静さで人生を歩んでいる父とは異なり、母はいわば高周波で振動する、感情的でエネルギッシュなタイプだった。実際、母は近所の礼儀をわきまえた女性たちを苛立たせることがあった。それは、母がアメリカに渡ったのが、日本文化がまだ定着していない元気で好奇心旺盛な一七歳という中途半端な年齢だったからだ。母は懸命に努力し、穏やかで柔らかな物腰を身に付けて、必要な時にはポーカーフェイスを装うまでになっていた。しかし心の中ではたくさんの感情に揺さぶられていたのだ。

私たちは、そんなありのままの母に満足していた。ぽっちゃりした二郎の母親の加藤さんのようにのろまでなくてよかったと思った。ある時、母と私は加藤さんとダウンタウンに出かけた。ちょうどセカンド・アベニューを走る路面電車に乗ろうとした時、私たち三人は人込みの中ではぐれてしまった。電車のドアが開いて人々が乗ろうと押し寄せたが、突然人の動きが止まった。

のんびり屋さんの加藤さんが、人込みに埋もれた母に微笑みながら優雅にお辞儀をしていたために、ボトルネックのように人の流れが妨げられたのだった。

「サー、糸井サマ、ドーゾ オサキニ。お先にどうぞ」

礼儀はいいから彼女に乗るように言って、と母に向かって叫んだ。加藤さんは母がぎゅうぎゅう詰めの人込みから出てくるのを待ってぐずぐずと立っていた。母の日本語の声は彼女に届いた。

「先に行ってください。私たちすぐついて行きますから」

加藤さんはしぶしぶ電車に乗り込み、コイン型の切符を箱に入れながら車掌にお辞儀をした。その間ずっと、人々は日本語のやり取りに驚いて振り向き、私たちをじろじろ見ていた。

目的地に近づき、後ろのドアの方に移動しないといけないのに、加藤さんはまたお辞儀をし始めて母を先に行かせようとした。食料品の入った買い物袋を二つも抱えた山のように大きい女性と、気難しい老人の間にしっかりと挟まれていた母は、その申し出を断った。

「イイエ・・・ドウゾ。お先にどうぞ」

私は叫びそうになるのをこらえて、満員の人々の間をどうにか通り抜け、加藤さんが下りたかどうかなんて構っていられず、真っ先に路面電車から飛び降りた。母はうまく脱出したが、加藤さんはその場で見失った。

母がどうしても身に付けたかったのは、英語を話すことだった。母の妹の菊枝は高校に通えたので、短期間で流暢に話せるようになっていた。母は早く結婚しすぎたためにこのチャンスを逃してしまったが、自分の持てる限りの才能で言葉をマスターしようと決意していた。四人の子どもたちが話せるようになったのだから、自分が話せないわけがない。それでも私たちは家に帰った時に、母が「あんたたち、楽しかったかい?」という砕けた英語でにこやかに迎えてくれるたびに、何だか変だと感じたものだ。

母はあまりにも忙しすぎたし、私たちもじっと座って順序立てて教えるほど我慢強くなかった。教え方はほとんどが「試行錯誤」だったので、母が「間違い」をしている時が大きな「試練」だった。母がずっとお気に入りだった奇妙な歌のフレーズの意味を聞いてきて、私たちをイラつかせた。母はラジオで聴いた歌の「ナッスィング　バット　ア　ナッスィング」という陽気で軽快な調子のフレーズが気に入っていた。そして難しい「ティー・エイチ」の音をマスターするために何度も何度も繰り返した。このフレーズには何の意味もないし、そんな話し方をする人など絶対にいないのだから、覚えても意味がないと私たちは母に言ったものだ。

現実問題として、父は丁寧な英語を学ぶ必要がなかった。なぜなら父が接するのはスキッドローの男たちで、暴れん坊の客とは、打ち解けた粗野な言葉で対等に話すほうがよかったからだ。しかし母は、それと同じような言葉遣いで切り抜けるわけにはいかなかった。お茶会やPTAの会合、学校の催しなどに出席し、先生たちと会話をしなければならなかった。多くの日本人の母親は、そのような行事に出席することがとても苦痛だったので顔を出すことはなかった。出席する人がいたとしても、子どもから離れず、ずっと笑顔を作ったままで、「はい」「いいえ」「ありがとう」だけ言って、笑うタイミングを間違えることもあった。しかし、母がそのように親しげに交わるだけの表面的なつき合いに満足せず、内容のある本格的な会話をしようと努力していることを、私は内心誇らしく思っていた。けれども母の言葉使いがもう少し控え目であればいいのにと思うこともしょっちゅうあった。先生と話しているのを私は悶々としながら聞いていたが、それは二人が同じ話題を同時に話しているとはとても思えない支離滅裂な会話だったからだ。パワーズ先生は母に微笑みかけた。

「あなたがカズーコのお母さんですね」パワーズ先生は、私の日本名はどの音節にも強勢を置かないということをいつも忘れてしまうのだ。

「糸井さん、お若く見えますね。お姉さんみたいですね」

「はい、そうです。ありがとうございます」と母は微笑み返した。その時、母は話の内容よりも愛想よく礼儀正しくしていることに集中していたのだ。パワーズ先生は平静を装っていた。

「もうすぐ五月祭で特別の催しがあることを、カズーコから聞かれましたか?」

「ええ、とても素晴らしかったですわ。とっても楽しかったです」と母は熱心に相づちを打った。私はいたたまれなかった。まだ母に五月祭のことを話していなかったし、母は「特別の催し」という言葉の後が聞き取れず、クリスマスの催しのことを話していたのだ。パワーズ先生の青い目が落ち着かなく動いたが、すぐに母が昨年の五月祭のことを考えているのだと察した。

「ええ、そうですね。楽しかったですね。でもカズーコはその時私のクラスじゃなかったですが・・・。今年は彼女にクロッカスの花になってもらう予定で、とってもかわいらしい衣装を着てほしいと思っています。クレープ紙で作るラベンダー色のスカートと紫の花びらの形の帽子なんです。カズーコが作り方の説明を持って帰ったら、ドレスを作るのを手伝ってもらえますか？」

「ええ、そうなんです。いつも私が作っているんですよ」母は自信たっぷりに微笑んだ。それは明らかに嘘だった。母はクロッカスの衣装なんて作ったことがなかったし、見たこともなかったのだ。でも母は私にかわいい洋服をたくさん作ってくれていたので、パワーズ先生がそのことを褒めているのだと思い込んだのだった。私はこの話の食い違いに助け舟を出さなければならなかった。

「パワーズ先生、母は衣装作りをお手伝いできますよ。これを作ってくれましたから」と新しいワンピースのスカートを持ち上げて見せた。それはタフタという生地でできた燃えるように赤いキャンディ色のワンピースで、どうしてもとせがんでつけてもらった小さなフリルがいっぱいついていた。パワーズ先生は母の言っている意味がようやくわかって、大げさに褒めた。

「本当にお手製ですか？　なんて素晴らしい裁縫の腕前なんでしょう、糸井さん。それに色が本当に素敵で、とってもかわいらしいですね」

「いえいえ、たいしたことはありません」母は謙遜して言った。この時は「ありがとう」と言うべきなのにと思ったが、母とパワーズ先生の話題が一致したことだけで満足だった。ところが母は突然言い出した。

「赤すぎますよね。でも娘は赤が好きなものですから。私はクソダサいって思うんです」

緊張した沈黙が続いた。パワーズ先生は真顔を保つのに必死だった。私はまるで炉の中に立っているような気分で、母の肘を引っ張って小声で言うのが精いっぱいだった。

「カエロ、ママ、家に帰ろう」

惨めな気持ちで母と一緒に家に帰りながら、パワーズ先生が他の先生に母の失態を話したら、どんなに笑うだろうと思った。一生分の恥をかいたような涙声で、母がとんでもない間違いを犯したんだと教えた。

「ママ、あの時、『ラウド［派手な］』って言うべきだったのよ！『ラウジー［クソダサい］』じゃなくて！　それは『ちくしょう』とか『なんてこった』みたいに悪い言葉なの」

「ソオ？　知らなかったわ。あなたたちがいつも使っているから、大丈夫だって思ったの」母は何とも思っていない口ぶりだった。私は家に帰るまでむっつりと黙り込み、今度学校に行ったら、どうやって先生と顔を合わせたらいいんだろうと思った。しかし、次に会った時、先生はその一件をすっかり忘れているようだった。

母のでたらめな言葉遣いは、常に不利に働くというわけではなかった。ある時、母が人違いで突然上流社会にまぎれこんで、王族のように一日を過ごしたことがあった。そんなことが起こったのは、澄子と私がミッキーマウスの熱狂的なファンで、毎週土曜日の朝にコロシアム劇場で開かれるミッキーマウス・クラブのメンバーだった時のことだ。その日はみんなでミッキーマウスの歌を歌い、ミッキーマウスの映画を見て、ミッキーマウスのセーターを着て、ミッキーマウスの腕時計をつけた。このクラブは学校のＰＴＡのお墨付きだったので、父も母も私たちが最近夢中になっていることに反対しなかった。

　ある土曜日に、お母さんたちを招待して特別なパーティーが開かれることになった。ミッキーマウスのお絵かきコンテストがあり、全員に軽食も用意されることになっていた。母は、参加したいけれど土曜日の朝は忙しくて行けないと言ったので、澄子と私は泣きだした。

「でも、ママ、他の子のお母さんはみんな来るのよ。私たちだけお母さんが来ないなんて、孤児だって思われちゃうよ」

　その催しの数日前に母がベイリー・ギャツァート小学校のＰＴＡの会合に出席した時、運よく、校長のマホン先生が、この特別なパーティーに日本人のお母さんたちも子どもと一緒にぜひ参加するように呼びかけてくれた。いろんな国籍の女性たちが集まるので、マホン先生は日本人も参加してほしいと思ったのだ。先生の言葉で、母は行かなくてはと思って参加することに決めた。澄子も私も、このパーティーがこれまでで一番盛大で、一番幸せなパーティーになるだろうと思った。

　晴れやかな土曜日の朝、澄子と私はよそ行きの赤いコートを着て、それとおそろいの赤いベレー帽をかぶった。そしてミッキーマウスのスケッチを握りしめて、長い階段をぴょんぴょん飛び跳ねながら下り、ダウンタウンまで走り続けた。母はホテルの雑用が終わり次第、すぐに後を追う約束してくれたので、私たちは劇場がどこにあるかをしっかり教え込んだ。母が紙を失ったり道に迷ったりしないように、太い赤のクレヨンで劇場の名前と住所、それに「パイク・ストリート」という路面電車を降りる駅の通りの名を大きな一枚の紙に書いておいた。

こんなふうに準備万端だったので、澄子と私は安心しきっていた。コロシアム劇場に着くと、チケット売り場の窓口に十セント硬貨を差し出し、ロビーの大きな箱に私たちが描いた絵を入れてから、座席に滑り込んだ。私たちのどちらかが賞を取れるのではないかと期待に胸を膨らませた。集会は普段通りに始まり、二重あごのいつもの司会者が挨拶して、冗談を言っては体を震わせて笑った。そしてこれから始まる楽しい時間について興奮して話した。彼の紹介で、パッツィーという元気の良いショートカットの五歳の女の子がタップダンスと歌を披露した。その後、照明が暗くなり、歌詞がスクリーンに映し出されて、パッツィーのリードでミッキーマウスの歌をみんなで歌った。やがて絵画コンテストの審査の時が近づいて来た。澄子も私もそろそろ母が来る頃だと思い、待ち合わせをしていたラウンジに行った。しかし誰もいなかった。澄子の唇が震え始めたので、私は慌てて言った。

「ママはすぐ来るわ。待ちましょう」

私たちは豪華な低いソファに深く腰掛け、言葉もなく待った。何時間も経ったように思えるのに、母は現れなかった。中で何をしているのか確かめようと急いで席に戻ったが、ステージどころではなかった。絵の審査はまだ上の階で続いていると知らされた。みんなそわそわして、二人の少年が通路でレスリングを始めた。間もなく、案内係の女の子たちが、通路を通ってディキシーカップに入れたアイスクリームとクッキーを配り始めた。物思いに沈みながらおやつを食べていると、司会者が突然現れ、コンテストの優勝者三人の名前を発表した。がっかりだった。どちらの名前も呼ばれなかったし、さらに悪いことに母が行方不明なのだ。

パーティーは終わり、客席、廊下、ラウンジはすぐにおしゃべりしている子どもたちや、笑顔で目を輝かせた母親たちでいっぱいになった。もう一度劇場を探したが、母はいなかった。たぶん母は道に迷ってダウンタウンをさまよい、途方に暮れているのだろう。それとも来ないことにしただけかもしれない。

悲しみが喉の奥深くにつかえたまま家路についた。何度も何度も約束したのに、母はどうして私たちを失望させることができるのか。ホテルの階段を重い足取りで上り、母に文句を言ってやろうと、重苦しい表情で家に向かった。部屋には誰もいなかった。薄暗い迷路のような廊下を急いで探し回り、ホテルの反対側の一番奥の部屋で父を見つけた。父は忙しそうにベッドメイキングをしていた。私は怒りをあらわにして尋ねた。「パパ、ママはどこ？　どうしてパーティーに来てくれなかったの？」

「ナニ？　何だって？　ママは二人が出掛けてから三〇分ほど後に出て行ったよ。遅刻するといけないからタクシーに乗るように言ったんだ。いったいどこに行ったんだろう？」

すっかり不安になって、澄子は泣き出した。父は急いでベッドメイキングを終え、澄子を抱き上げて二人を部屋から連れて出た。

「さあ、さあ、泣くのは止めなさい。ママはどこにいようと大丈夫だよ。前にも一人でダウンタウンに行ったことがあるんだから。多分場所を間違えただけだろう。もし一時間してママが帰ってこなかったら、警察に電話しよう」

「警察」と聞いて、私も泣き出した。父はため息をついてキッチンに連れて行き、クッキーで泣き止ませようとした。

「ほら、二人ともリビングに戻ってしばらく遊んだらどうだ。パパはもう少し仕事があるから」

いやだ、そんな気分になれなかった。お父さんと一緒にいたかった。涙に濡れた顔で湿ったクッキーを持って、父のあとを追った。今度こそ本当に孤児になったような気がした。父はカーペットの擦り切れた端に注意しながら掃除機をかけ、パーティの様子を尋ねた。私たちは鼻水をすったり、クッキーをかじったりする合間に、どうでもいいような些細なことを何とか伝えた。

すると突然うしろから、世界で一番優しい声が聞こえてきた。それは母だった。

「和チャン、澄チャン、素敵なパーティーだったわね」と母は嬉しそうに言った。

父は掃除の手を止めた。澄子と私は、いったいどのパーティーに行っていたのだろうと思いながら母をみつめた。母はまだ興奮冷めやらぬ様子だった。淡いラベンダー色のシルク・ベルベットでできた、よそ行きのロングドレスを着た母は上品で美しかった。繊細な花模様が描かれたベルベットが半透明のボイル地に織り込まれ、スカートの側面の襞はラインストーンをちりばめた大きな蝶の形のピンブローチで留めてあった。そしてマルセルウェーブをかけたばかりの黒髪にぴったりとしたベージュのフェルト帽をかぶり、長い髪を巻いてうなじのところで低く大きくお団子に束ねていた。モップや洗濯物の山が置いてある玄関で立っていると、母は美しく場違いな感じがした。母は明るく父の方を向いて尋ねた。

「ところで、『領事の妻』ってどういう意味？」

「領事の妻？　何を言ってるんだい・・・それは、リョウジの奥さんのことだよ。なぜそんなことを聞くの？」

「アラァー！」母は驚いて叫んだ。「リョウジの奥さんですって！　ドーシマショウ！」

母はどうすればいいのかわからないといった様子で、最初は口に、次に頭に手を当てた。澄子と私は自分たちに注意を向けようと母に飛びついた。

「ママ、ママ、何があったの？　いったいどこにいたの？　朝からずっと待ってたのよ」

母は興奮して笑いが止まらなくなり、ようやくこれだけが聞き取れた。

「マアー、イヤヨ。どうしましょう？　トンデモナイコトヨ」

私たちはリビングに戻り、母が落ち着くのをじりじりして待っていた。父は母を叱った。

「今までどこに行っていたんだ？　子どもたちは朝からずっと泣いていたんだぞ」

母は笑い過ぎて目に涙を浮かべながら一部始終を話した。彼女はミッキーマウス・パーティーには行っていたのだ。タクシーの運転手は母をコロシアム劇場の前まで送り届けたが、タクシーから降りるとすぐに、上品で美しい身なりの女性が母に飛びついてきて、劇場の中に案内した。

「お越しくださってとても嬉しいですわ、斉藤夫人。今朝は本当に素晴らしいパーティーになっていますのよ」

母はこの温かい歓迎に少し圧倒されたが、そんな心を込めた挨拶に慣れているかのように、親切な女性に礼儀正しく微笑み返した。

「ありがとうございます。少し遅れてしまいました。申し訳ありません」

「少しも構いませんのよ、斉藤夫人。プログラムの大事なところには間に合いましたから」

母はその女性が何を言っているのか完全には理解できなかったが、自分が斉藤夫人と呼ばれていることに気がついた。

「私は糸井ですが」と新しい友達に訂正して名乗った。

「えっ？　えーっと・・・あなたは日本領事の奥様ですよね？」

母はその意味がわからなかったが、人にはいつも愛想よくすべきだということはよくわかっていたのでこう答えた。

「はい、ありがとうございます」

接待役の女性は日本領事の妻である斉藤夫人の世話を任されていたに違いない。彼女は待ちきれずに劇場のドアを何度も出たり入ったりしていたが、ついに美しくドレスを着こなした東洋人の女性がタクシーから降りてきたので、目的の人物をようやく見つけたと思ったのだ。女性は母に向かって甲高く明るい声で言った。

「斉藤夫人、ミッキーマウスのお絵かきコンテストの審査員をお願いしてもよろしいでしょうか？」

「ええ、いいですよ」と母は上の空で答えたが、なぜその女性が自分のことを斉藤夫人と呼び続けるのか不思議に思ったのでもう一度言った。

「私は糸井ですが」

「何ておっしゃいましたか？　糸井夫人」女性は少し間を置いてから、今度はゆっくりと大きな声で質問した。

「あなたは、領事の奥様ですよね？」

「そうです！」母はキレそうになりながら答えた。その女性はたくさんの質問をしたに違いないが、最終的に母の返事に満足したようだった。

ちょうどその時、前を歩いていた女性がつまずいた。ハイヒールがカーペットの端に引っかかってヒールと靴がはがれてしまったのだ。これまでに何度も折れたヒールを直してきた母は、取れたヒールと靴を急いで拾った。ヒールの折れた女性は言った。

「まあ、こんな時に限って」

「私が直してあげますよ」と母は安心させるように言った。

接待役の女性は目を丸くした。

「お願いです、斉藤夫人、あ、いえ、糸井夫人、女中がいたしますから」

彼女は困惑してその女性の方を向いて言った。

「こちらは、日本領事の奥様の斉藤夫人です」

互いの紹介がなされたが、母はそれを無視してヒールを釘穴に合わせ、膝をついて大理石の床に叩きつけて元に戻した。

「これで直りましたよ」母は接待役の女性が甲高い声で話している間に、顔を赤くした女性に靴を返した。

母は上の階の豪華な調度品のある部屋に案内された。そこではこれまで見たことがないような鏡や優雅なクリスタルのシャンデリアがきらきらと輝き、上品なゲストたちの小さなざわめきに満ちていた。接待の女性は、明るく魅力的な人々に次々と母を紹介した。「スウェーデンの・・・イギリスの・・・ドイツの・・・」などの言葉は母でも聞き取ることができたが、何度も聞こえてくる「領事夫人」という謎の言葉の意味がわからなかった。やがて誰もが母を斉藤夫人と呼ぶようになり、母はそれを快く受け流した。こんなに親切な人たちにいちいち訂正するなんてとてもできなかったのだ。母が「初めまして」とか、軽食を勧められるたびに「ええ、いただきます」とか、何の話題か理解できない時には「そう思いますわ」としか言わないことを気にする人は誰もいなかった。

母は人形サイズの小さなカップでおいしいコーヒーを少しずつ飲み、いろんな形や色の上品なサンドイッチを少しずつ口に運んだ。テーブルの上には、ボンボンやクッキーや様々な種類のナッツを盛った銀の大皿がきらりと光っていた。母はまるで映画のセットの一部になったような気分だった。

やがて接待の女性が再び母のところにやってきて、他の三人のおしゃれな服装をした女性と一緒に、隣の小さい部屋に案内した。彼女たちは強い訛のある英語で話し、誰も相手の言っていることは理解できなかったが、ミッキーマウスの絵の入選作品をどうにか選んだ。それから再び応接室に戻って、礼儀正しいおしゃべりと笑顔を交わし合った。三十分後、パーティーは幕を閉じた。母は、フランス領事夫人、イギリス領事夫人、ドイツ領事夫人に加えて数人の新しく知り合った人たちに別れを告げた。彼女たちは丁寧に握手をしながら言った。

「斉藤夫人、ぐーとばい［さようなら］。お会いできてとてもろーぶりー［光栄］でした・・・」

なんて素晴らしいマナー！　なんて気持ちのいい人たち！　よく気の利く接待役の婦人が母を劇場の外までエスコートしてタクシーを呼び、手を振って見送った。母は後部座席に身を沈め、最初から最後まで自分を包んでくれた気遣いともてなしに、すっかり浮かれていた。

「どちらまで？　お客さん」とタクシーの運転手が尋ねなければならなかった。

「ええ、お願いしますわ。あっ！・・・オクシデンタル・アベニュー二一七番地まで」

運転手は二度も後ろを振り返って母を見た。母は東洋の宮廷のお姫様のように、香水のついたシルクのハンカチであおぎながら座っていた。「なんて盛大なパーティーだったのでしょう。それになんて洗練されて親切な人たち。私がお絵描きコンテストのお手伝いしたことをマホン先生が知ったら、きっと喜んでくださるわ」とため息をついた。タクシーがダウンタウンのショッピング街を走り抜けると、そこは私たちのホテルがある、魚とフジツボの臭いがするウォーターフロントだった。

ミッキーマウス・クラブの特別な催しを運営した歓迎委員会は、この間違いに気づいただろうかと私たちは何度も考えた。斉藤日本領事夫人がパーティーに現れなくてよかったと思った。そうでなければ、母は詐欺師で犯罪者として劇場から追い出されていただろう。そうかと思えば、もっと悪い事態を考えることもあった・・・もしかしたら斉藤夫人は出席したのに、入り口で誰も彼女を出迎えなかったんだ。それで彼女は窓口で入場料を払い、一時もじっとしていない騒々しい子どもたちの観客席で自分の席を探すことになったのかもしれない。そして案内係は彼女にもディキシーカップに入れたアイスクリームとクッキーを配ったのではないかしら。彼女はそんな粗末な待遇を不快に思って、日本領事の夫に話しただろう。そうしたら国際的に厄介な問題が起きて、アメリカと日本との外交関係が一段と悪化するのを目の当たりにすることになるかもしれない。それから何日間も、母は突然笑い出したかと思えば、決まり悪さで落ち込んでつぶやいたり、そんなことを繰り返して少し様子が変だった。

＊＊＊

日本からの船が時々シアトルに入港し、ピュージェット港に錨を下ろした。それはボロボロの大型貨物船の時もあれば、帝国海軍の若い兵士を訓練するための、つやのある灰色に塗装された古い軍艦の時もあった。訓練船が到着すると、日本人コミュニティ全体がにわかに活気づいて、店先を整頓したり、色とりどりの歓迎の垂れ幕を掲げたり、家の車を磨き上げた。それは楽しいひとときだった。日本領事やシアトル日本商工会議所の役員は、船長や士官を迎えに行って歓待した。乗組員たちは、同じケン、つまり県出身の人たちの家で飲食の接待を受けた。

日本からの訪問者は、滑らかで力強くエンジン音を響かせるキャデラックや、ガタガタと振動が体に伝わるT型フォードに乗って、シアトルの急な坂道を得意げに上り下りした。美しいワシントン湖沿いの大通りをゆっくりと時間をかけてドライブするのは、訪問客にとって見どころのひとつだった。少なくとも地元の日本人はそう信じていた。観光客はいつも、湖の南にあるスワード・パークに案内された。そこはシアトルの日本人が協力して作った、東洋の楽園を思わせる場所で、湖畔には日本の宮島の有名な鳥居を模した朱色の立派な鳥居が優雅にそびえ立ち、松の木や小さな橋、御影石でできた古い石灯籠のレプリカが美しく配置された日本庭園があった。石灯篭は一九二三年の大地震と大火の時にシアトルの日本人から受けた援助に感謝して、横浜市民から贈られたものだった。そこを案内する地元の日本人は、まるで不動産王のように誇らしげに腕を広げ、「ここにだって鳥居のある美しい東洋庭園があるんですよ」とでも言わんばかりだった。それに対して、礼儀正しい日本人はいかにも感心したような様子を見せた。日本でもっと美しい何エーカーもの広さの庭園を見たことがあっても、船員たちは驚きのあまり口を開いて見入った。そして、スワード・パークはまさにこれまで見た中で最も美しい庭園の一つで、「なんて魅力的で、絵のように美しいんだろう!」と船員が言うと、案内した人はますます誇らしくなった。

船員たちは、ディナーやピクニック、ウッドランド・パークでの映画や動物園を次々と楽しんだ後、「アットホーム」と呼ばれる船上でのお茶会を開いてお返しをした。シアトルに住む日本人全員をたった一日の午後でもてなすのは簡単ではなかった。時には、押し寄せる人々に対応するために二日間を要したこともあった。

数ある楽しい「アットホーム」の思い出の中でも、際立って記憶している一日がある。あの特別な夏の午後のことだ。二時ちょうどに私たちはスミス湾に到着し、汗をかきながら辛抱強く乗船を待つ日本人の長い列に並んだ。高くて硬いセルロイド製の襟がついた黒いサージのスーツを着て、ぴったりとした麦わら帽子をかぶった父は黙って耐えていた。白と黒のプリント模様で、透けるように薄いボイル地のドレスを着た母は、華奢で可憐だった。ドレスは海風に吹かれて蝶の羽のようにひらひらと舞い、つばが広くて白い母の麦わら帽は、とても細くて薄いわらの素材で作られていたので、つばの隙間から青い空とうっすらした雲が見えた。

澄子と私はこの行事を祝して、派手な紫色の花模様の「ハッピ」、つまり西洋版クーリー・コートを得意そうに着ていた。ヘンリーは短くごわごわした髪を水で濡らして整えようとしたが、逆毛が黒いとげのように反抗的にはね、白い半袖のシャツと黒いコーデュロイのズボン姿で、落ち着きのないスパニエル犬のように列を出たり入ったりしていた。丸々と太った健二は白いセーラー服に白い船乗りの帽子をかぶり、息を切らしてキャッキャと笑いながら兄の後を追っていた。日本からやってきたばかりの船に渡された厚板のタラップを歩くと、私たちはまるで州のお祭りと校外学習と外国旅行がひとつになったようにわくわくした。隅から隅まで磨き上げられた船の真鍮と鋼鉄は光沢のあるサテンの生地のように輝き、頭上には何百本もの各国の鮮やかな国旗がはためいていた。

いつものように、父は故郷の栃木県か隣の茨城県出身の船員に会わせてほしいと願い出て、船員が呼ばれている間、私たちは立って待っていた。あちこちでシアトルの住人と船員がお辞儀をしたり話をしながらグループになって群がる中を、母と父は若い船員の出身地を当てるゲームを始めた。のんびりとくつろいだ話し方をするグループのそばを通り過ぎると、父は「もちろん、大阪出身だ」と小声で言った。母は友人と勢いよく話している若い船員に気づくと、すぐに東京生まれと決めつけた。茨城県や栃木県出身の人はどんな感じの人なのか母に尋ねた。

「たぶん、嵐の中でも聞こえるような大きな声で話す人よ。それにそのあたりの人は、短気で率直で正直だという評判もあるのよ」

ちょうどその時、髪を短い角刈りにした細身の若い男性が私たちの前に現れ、堅苦しくお辞儀をすると、雷鳴のような大声で名乗った。

「私は茨城県出身の山下であります」

父と母もお辞儀を返したが、二人の挨拶はささやき声のようなものだった。山下サンは気さくな人だった。船内を案内してくれるというので、私たちは彼の後について階段を上り下りし、機関室、船員が居住する場所、蒸し暑い厨房、簡素で殺風景なキッチンなどを見て回った。大食堂で、彼は色とりどりの紙のボールをくれたので、私たちは小さな穴から空気を吹きこんで膨らませた。そのボールを空中に投げると、中に入っていた小さな銀の鈴がかすかにチリン、チリンと鳴った。

デッキの一角には、色鮮やかなちりめんの生地で作った垂れ幕と真っ赤なカーテンで華やかに飾られた即席の舞台があった。そこで、私たちはスモー［相撲］という日本のレスリングを観戦した。別のデッキでは、当時の凝った衣装で時代劇が上演されていた。侍の時代に使っていた昔の言葉で交わされる台詞は、私たちには変に聞こえたが、父と母は大喜びだった。私たちが出ようと促さなければ、父母は一日中そこに立って観ていただろう。最上階のデッキに続く狭い階段を上がろうとした時、誰かが転んで滑り落ちてきた。階段の下で威厳を持って立ち上がったのは、朝日のように真っ赤な顔色をした老政治家の坂口氏で、酒浸りなっているのは明らかだった。

彼は「失礼します」とつぶやいて、壁から壁へとぶつかりながら狭い廊下を急いで降りていった。父はにやりと笑ったが、母はその後ろ姿に怒った様子でフンと鼻を鳴らした。

私たちは白いリネンで覆われた長いテーブルの前で立ち止まった。その上には、日本の焼き菓子やおまんじゅう、それにライムとレモンジュースを合わせたような味の、らむねーど［ラムネ］

という日本の強い炭酸飲料の瓶が並んでいた。慎重に一口飲むたびに、泡がちっちゃな針を持った鬼のように鼻腔に突き刺さったが、それでもおいしかった。

父とヘンリーと健二は船内構造に興味を持って、山下サンと一緒に行ってしまったので、母と澄子と私は、押し寄せる人ごみの中をあてもなく歩き回っていた。その時、困ったことが起きた。ほろ酔いで赤ら顔の船員が母を呼び止め、目を輝かせて興味深そうに私たちを見たのだ。

「チョット、オクサン、ちょっと待って。あんたの子どもかい?」

彼は、私たちがまるで母に海から拾われてきた物のように、指さして言った。

酒のせいで日本人の礼儀正しさは失われていた。

「ええ、私の子ですよ。何か?」母は私たちの手を急いでつかんだ。

「まあ、この子はあなたの娘だろうけど」と、私の頭をまるでココナッツの実のように叩き、「小さい方はあんたの子には見えないなあ」と言って、驚いている澄子の顔を覗き込んだ。澄子の肌は小麦色で、毎日のようにビーチに出かけていたので真っ黒に日焼けしていた。それに、澄子はアーモンド形の東洋的な目ではなく、ラテン系の大きくきらきら光る目をしていた。船員は信じられない様子で首を振って言った。

「イヤ、この子は外人の子だ」

「私の子です」母は冷たく言って、私たちの手を引いて、急いで船員から離れようとした時、制服を着た大柄な男性に正面からぶつかった。母がしきりにわびるのを、彼は紳士的に手で制した。彼の軍用コートには豪華な袖章と記章がついていた。彼は背筋を伸ばし、踵をカチッと合わせて軽くお辞儀をし、吉武と名乗ってから自分の長い肩書きを言った。母はさらに申し訳なさそうな様子だった。士官が少しよろけると、サケの強い臭いが霧のように周囲に立ち込めた。彼は充血した目で母をじろじろ見て、それから私たちをちらりと見た。母は再び私たちの手をつかんで言った。

「私の子ですよ、両方とも」

「ソウデスカ？　かわいいですね、オカアサンと同じようにとてもかわいい」と士官はみだらな笑みを浮かべ、頭の天辺から足の先までじろじろ見たので、母は後退りした。

「逃げないでください、若いご婦人。私の部屋に来ませんか。そこなら人込みで騒がしいことなんてないですから」

母は口ごもりながらお礼を言って、夫や息子を探さなければ、というようなことを言った。

「ほら、行くわよ、ぐずぐずしないで」母は私たちを叱りながら、急いで引きずっていった。士官はよろめきながら追いかけてきて、手を振って止まるように命じた。私たちは彼から逃れようと素早く角を曲がり、頭を下げてドアを潜り抜け、急な階段を駆け下りた。しかし、その男は執念深く見失わずについてきた。気がつくと、澄子を米袋のように担いだり引きずったりしている母よりも、私は何メートルも先を跳ねるように走っていた。これはどんな追っかけっこよりも面白かった。私は怖さ半分、楽しさ半分で叫んだ。

「ほら、来るよ、ママ」

「オクサマ、ワカイ、オクサマ・・・」士官は哀れな声で呼んだ。

私たちは急いで階段を駆け上がり、再びデッキによじ登った。びくびくしながら屋台のそばを通り過ぎると、父とヘンリーと健二が、串に刺した焼き芋や大豆の入った四角い餅をそれぞれ持って、絹のようなカーテンの向こうから急に出てきた。ヘンリーは私の顔の前で串を振りながら言った。

「ほら、見て！」

母は父に倒れこんだ。

「マア、パパ、どこにいたの？　今上がってくる士官と話をしてください」

「何でそんなに興奮しているんだ？」父は焼き芋を口に入れながら尋ねた。

その時、息を切らし、顔を真っ赤にした士官が母に駆け寄った。母は素早く父の後ろに隠れて父を前に押し出した。二人の男はきまり悪そうに互いを見合った。

「ああ、失礼しました。吉武です」

士官がぐらついて父の顔に近づくと、父は顔をしかめて仕方なく名乗った。

「糸井ト　モウシマス」

士官は幸せそうな大家族に向かって懸命に笑顔を向けようとした。

「まあ、まあ、楽しんでいらっしゃるかな、みなさん」

父は慎重に最後の串焼きを口に運びながら言った。

「とてもね」

食べ終えると父は吉武をじっとにらんだ。士官は急いで逃げ去り、母は助かった。

第四章　日本らしさ

小学生の頃の私の日常は、金髪、赤毛、茶髪の友人とほとんど同じように過ぎていった。その子たちと一緒に、リンカーン誕生日、ワシントン誕生日、戦没者記念日、独立記念日、労働者の日、感謝祭、クリスマス、お正月などの国民の休日を楽しんだ。でもそれ以外に、日本人だけの休日があった。

それは「テンチョウセツ［天長節］」という現天皇の誕生日を祝う行事で、コミュニティの長老たちはこの日を盛大に祝った。年に一度、春が巡ってくるとセンセイはこう告げた。

「明日は天長節ですので学校は休みです。午後二時にニッポンカン・ホールに集合してください。そこで出席を取ります」

私は不満でブーブー言った。美しい春の午後なのに、古びて薄汚れたホールに押し込められて、言葉ひとつ、仕草ひとつ変わらず毎年繰り返される儀式の間、ずっとぼんやり座っているなんて無駄なことだ。かといって、それを逃れられないことはわかっていた。

私たちはごしごしと顔をきれいに洗い、水で髪を念入りになでつけて、翌日の午後二時ぴったりにニッポンカン・ホールに到着した。晴れ着のスーツと靴を身に着けた男の子は、人目を気にしながら落ち着きなく体を動かしている。女の子は洗いたての白いセーラー襟のブラウスに濃い色のスカートだ。私たちはまるでお通夜に来たみたいに、暗く厳粛な顔で静かに席に着いた。

壇上のちょうど中央に、紫色のベルベットの掛け布で縁取られた四角い飾り棚が置いてあった。掛け布は大きな金色の飾りで留めてあったが、それは、一六弁の菊の花びらを図案化した皇室の紋章だった。壇上では四人の男性が、飾り棚の両側に二人ずつ体をこわばらせて不動の姿勢で座り、左側の二人は白い手袋をはめていた。

最後の咳払いの響きが消え、会場が墓場のように静まり返った時、白い手袋をはめた一人目の男性がゆっくりと慎重に舞台中央まで歩み寄った。彼は飾り棚のほうに堅苦しく四分の一回転し、客席に背を向けたまま三歩前進した。そして両手をゆっくりと両脚に沿って滑らせながら上体を深く曲げ、「サイケイレイ［最敬礼］」と呼ばれる深く正式なお辞儀をし、神聖な三〇秒間そのままの姿勢を保った後、両脚に沿って両手を滑らせながらゆっくりと上体を起こした。そして再び前に進み、うやうやしく飾り棚の扉を開けると、卑しい私たちの目にヒロヒト［裕仁］天皇の写真が現れた。天皇の肖像が一般公開されるのは年に一度だけで、それは神聖な瞬間だった。

写真を開ける係に当たった人は、合図を逃さず円滑に三歩下がり、さらに三〇秒間大げさに「サイケイレイ」を行った。観客が緊張の面持ちで見守る中、彼は堂々と威厳をもって後ずさりしながら元の椅子に戻った。かかとが突然椅子にぶつかって一瞬立ちすくんだが、すぐにゆっくりと重々しく腰を下ろした。観客の緊張が解けてほっとした瞬間だった。

二人目に出てきた男性はシアトル日本商工会議所の会頭で、日本臣民への皇室の訓示である「キョウイク・チョクゴ［教育勅語］」が書かれた巻物を読むという厳粛な任務を担っていた。若松会頭が何度もこの任務を優雅に奥ゆかしく務めていたのを覚えている。彼こそが、私たちのホテルの下の階でよく火事に巻き込まれるカフェのオーナーで、背が高く威厳があった。勅語は天皇陛下だけが使う話し言葉で書かれているため、私たちには一言も理解できなかったが、若松さんの美しく明瞭な発声にうっとりと聞き入ったものだ。

しかし坂口さんが地元の商工会議所の会頭を務めていた年の式典は、なにか厳粛さと威厳に欠けていると思った。

坂口さんは父と同じようにホテルの経営者で、小柄でぽっちゃり、頭の周辺にだけ白髪が生えた禿げ頭だった。彼は近所を歩き回って愛嬌を振り撒き、太いハバナの葉巻もばら撒いた。父も友達も、坂口さんがやってくるたびに困惑した。彼の人生の大きな野望がシアトル日本商工会議所の会頭に選ばれることだと、みんなよく知っていたからだ。彼は人にへつらう性格を精一杯生かして、お世辞というオイルを会頭推薦の機械装置の歯車と車輪に注ぎ込み、いつの日にか会頭の職という軸受けに簡単に転がり込もうとしたのだった。ついに彼の根気と努力は報われて会頭に選ばれた。その年の天長節の日、正装した坂口さんはニッポンカン・ホールの壇上で落ち着かない様子だった。まるで人生で初めてモーニングコートという敵に遭遇して負けてしまったような格好で、コートの袖は指の付け根までかぶさり、コートの狭い肩幅のせいで彼のむっちりした太い腕は後ろに引っ張られ、スリットの入ったコートの裾は後ろに垂れ下がっていた。巻物を読む番が来ると、坂口さんは放心したように立ち上がった。舞台の中央にパタパタと小股で走って行くと、いつもの血色の良い顔は青ざめていた。彼は注意深く正確に肖像に向かって四分の一回転し、しきたり通り三歩前に進み、入念にサイケイレイをした。そして神聖な巻物を目の高さまで持ち上げ、手袋をはめた左手でゆっくりと巻物を広げた。

しかし読み始めると、言葉が滑らかに出てこなかった。十分に練習していなかったのだ。坂口さんはつっかえては止まった。そしてそれを何度も繰り返した。せめて誠実に聞こえるようにと声を張り上げ、さらに甲高くなっていったが、私たちには怒鳴っているようにしか聞こえなかった。巻物は嵐の中の木の葉のように震えていた。朗読が終わると、最後のサイケイレイをし、後退しながら自分の席をなんとか見つけた。彼は神聖な言葉に対するこの惨めな冒涜にひどくうろたえ、目を閉じて座っていた。日本では、これより軽い罪を犯した者でも、その不名誉を償うために自殺をせざるを得ない気持ちになると聞いたことがある。

三人目の男性が堅苦しく厳粛な表情で、この最も喜ばしい機会に、数千の喜ばしい言葉を語るために立ち上がった。彼は写真にも聴衆にも背を向けない角度で直立し、両腕を両脇に固定して微動すらしなかった。ホールが息苦しい上に、彼の単調な声は、暖かい窓ガラスにのんびりとぶつかるアオバエのブンブンという音と混ざり合って眠気を催させた。次に四人目が登場した。それは堅苦しく直立不動で立っている校長の大橋先生だった。毎年私たちは彼の先導で万歳三唱をしていたので、「バンザイ」をする時間だとわかった。ところが聴衆をじっとにらんで立っていた先生は、突然恐ろしい幽霊を見たかのように、私たちの方を指さした。それは極めて異常なことだったので全員驚いた。先生は空気を裂くような声で怒鳴った。

「お前たち、そこの女子だ・・・帽子をすぐに取りなさい。帽子をかぶったままでいるのは天皇に対する侮辱だ」

私たちは椅子を後ろに傾け、誰が叱られているのか見ようと無言で周りを見回した。ホールの後方には女子高生のグループが座っていた。西洋のセンスを完璧に身に付けた若い女の子たちが、重要な午後の催しのために、取って置きの帽子をかぶってきたのだ。彼女たちは反抗的に大橋先生をにらみ返したが、先生はもう一度大声で「脱ぎなさい！」と叫んだ。

大橋先生は激怒して顔が紫色になった。先生が彼女たちを指さして非難し続けると、一人、また一人と、反抗する元気を失くしていった。女子高生は恥ずかしさで真っ赤になり、震える指でベールのピンを外し、リボンをほどいて、かわいい春のボンネットを脱いだ。

大橋校長は満足したように、しかしまだ気分を害したような様子で、私たちに起立するよう、厳しく命じた。私たちは一斉に立ち上がった。すると突然、校長先生が両腕を頭上に突き上げて叫んだ。

「バンザイ！」

私たちはぎこちなく声を上げた。

「バンザイ！」

大橋先生はさらに激しく両腕を振り上げて叫んだ。

「バンザイ！」

私たちは叫んだ。

「バンザイ！」

そしてそれがもう一度繰り返された。

「バンザイ！・・・バンザイ！」

すると舞台の袖でピアノが鳴り響き、日本の国歌「キミガヨ［君が代］」の冒頭の短調の和音が響いた。私たちは一音一音に別れを惜しむかのように、ゆっくりと低く歌った。私は眠く、疲れていた。

私たちはまだ大橋先生の強力な魔法にかかったまま、静かに整然とホールを出た。誰もが叱られた女子生徒のことを興奮気味に話しながら歩き回っていた。女子生徒たちは離れて立っていたが、まるで怒ったスズメバチの巣のように騒がしかった。

その時、一人の少年が友人に向かって叫んだ。

「やっと終わった！　さあ、行こうぜ、おとぼけくん[10]！」

それが緊張した雰囲気を一掃してくれた。

子どもたちの堅苦しく元気のない顔が、この一言で再び生き生きとよみがえった。私たちは四方八方に散らばって、休日の予定を取り戻すために家路を急いだ。

＊＊＊

私が心待ちにしていたもっと楽しい行事は、「ウンドウカイ［運動会］」という毎年六月に開催される日本語学校のピクニックだった。日本人コミュニティ全体が、少なくともその一か月前から準備のために蜜蜂の群れのようにざわつき、学校では運動会で披露する日本の民謡や民俗舞踊、行進などの練習が始まっていた。男子は、日本から来た若い学生の内藤センセイに自重トレーニング[11]を叩き込まれた。色白で額が広く、痩せていて、フクロウのような黒縁眼鏡をかけた先生は、まるで運動選手らしく見えなかったが、テニスシューズと白いタートルネックのセーター姿で板を敷いた通路の上を跳ね回り、ものすごい正確さで「イチ！　ニ！　サン！　シ！」と号令をかけた。

女子は、買ってもらう新しいドレスや靴についてカササギのように騒がしくおしゃべりしていた。日本語学校の運動会はコミュニティに住む日本人が総出で参加し、親が子どもに新しい服をこぞって買ってあげる特別の行事だった。徒競走は運動会の最も重要なイベントなので、日本人の経営する靴屋では子ども用のテニスシューズが飛ぶように売れた。女の子はみんな真っ白なゴム底のキャンバスシューズを買った。甲の部分にはボタンで留める一重のストラップ、そしてつま先にはかわいらしい白いリボンがついていた。男の子は、厚手の黒いゴム底で足首まである白黒のキャンバスシューズを履いていたが、それはのろまなカメさえもピョンピョン跳ねるウサギに変えるという保証付きだった。

運動会当日の日曜日の朝、日本人の家庭は朝早くから目を覚まし、活気づいていた。どの家のキッチンでも、女性は大量のピクニック弁当を作るために、巨大な炊飯鍋をコンロにかけていた。母は、その日のご飯は炊き上がりが完璧でないといけないと言った。鍋の水が澄んできれいになるまで何度も何度も米を洗い、水の量を計るために手のひらを下にして鍋に入れ、手がすっぽり隠れるくらいの水を入れる。米は二〇分間ふやかしてから強火にかけて炊く。すると数分後、蒸気がシューと音を立てて重い蓋を押し上げ、鍋から吹きこぼれた白い泡がティッシュペーパーのように固まった。

「さてここで米粒が立つまでそのまま蒸すのよ」と母は言って弱火にし、鍋の下に石綿の板を敷いて、蒸気を逃がさないように蓋の上に鉄の重しを乗せた。二〇分ほど経ってご飯がふっくらと炊き上がると、母はおにぎりを握れるようにうちわで扇いだ。

「最初にマキズシ［巻き寿司］を作りましょう」

母は冷ましたご飯をパリッとした焼き海苔の上に広げ、刻んだ紅生姜、うなぎ、茹でたほうれん草と人参をその真ん中に並べた。それを竹製の巻きスダレでロールケーキのように筒状に巻いてから、一インチほどの厚さに切った。マキズシは見た目もカラフルでグルメの人にも好まれた。

母は、野菜や魚や肉を細かく刻む、まな板係を私に任せた。

「これで十分小さい？　ママ」

「だめ、だめ。まだ粗すぎるわよ、和チャン。日本料理は美味しいだけじゃなくて繊細でないといけないのよ。もっともっと小さく切ってね」

母は小さく切った人参、竹の子、椎茸、タロ芋、豚肉を醤油で煮込んでニシメ［煮しめ］を作り、一番大事にしている塗りの重箱に詰めた。ハムサンドイッチ、フライドチキン、マカロニサラダも詰め込んだ。魔法瓶に父と母の熱い緑茶を、もう一本には私たちの牛乳を入れた。他の女性たち同様、母は大量の料理を作った。父は、ジェファーソン・パークで家族全員が何週間も過ごせるほどの量だな、とぼやきながら、食料の入った箱や買い物袋を車のトランクに積み込んだ。


髪につける新品のリボンやネクタイをそわそわと整えながら、私たちはようやく車に乗り込んだ。レーニア・アベニューに入って南へ向かうと、ハイウェイは明るく日に照らされて遠くまで伸び、はるか彼方にはレーニア山が堂々と美しくそびえ立っていた。今日は素晴しい日になるだろう。車を追い越すと、ジェファーソン・パークに向かう車は風を切って私たちの横を通り過ぎた。車には幸せそうに顔を輝かせた日本人と子どもたちが乗っていた。

何百人もの日本人が、ピクニック場の美しく広大な緑の芝生に集まっていた。都会の暑さや交通渋滞から離れるのは素晴らしい気分だった。そこは優美に立っているポプラ以外に遮るものは何もなく、ピュージェット湾から涼しい風が吹き、広い青空が広がっていた。道の向こうには、きれいに整えられたゴルフコースが見えた。

大勢が集まって混乱が予想されたにも関わらず、運動会は典型的な日本流のやり方で整然とてきぱき進められた。公式の運動会の間はクラスごとに分けられ、それぞれの担任の先生が監督した。私たちは徒競走のためにロープを張った巨大な円形の区画の周りに立ち、親や観客はその後ろに集まった。

クラス別のレースは順調に進んでいった。今年はどんなレースになるのだろうと、私たちは緊張しながら順番を待っていた。過去には、クラスの女の子たちが、よく弾む小さなゴムボールを木のスプーンに乗せてバランスを取りながら走ったり、滑りやすいライ豆を木の箸で地面から一つ一つ拾って茶碗に入れるゲームもあった。ある時は、地面のあちこちに置いたちょうちんのところまで走ってろうそくに火を灯し、消さないように気をつけながらゴールまで競争したこともある。

スタートラインに近づくにつれて緊張感は一層高まった。私たちの前の女の子が競争に駆け出すと、今度は私たちが説明を聞く番だ。指導をしていたのは大橋先生で、白い綿パンに白いシャツ、ひさしのついた緑の帽子というスポーティないでたちだったが、それでも依然として堂々と威厳があった。心臓は激しく鼓動をうち、手に冷や汗をかいて、私たちはまるで最終試験の説明を受けているように先生の話に耳を傾けた。

「これは『マッチング』の競争です。カンジ［漢字］を書いたカードが入った封筒を地面に置いてあります。その漢字カードと、表向きに置いた片仮名のカードをマッチングさせてください」

大橋先生が「スタート」の笛を吹くと、私は怯えたウサギのように飛び出した。トラックを半周して封筒を拾うと、正方形のカードには、「雪」「春」「花」「木」「紙」の五つの文字が毛筆で描かれていた。私は女の子たちにぶつかりながら、それと一致する片仮名を探して走り回った。奇跡的に二番目にマッチングを完成させた私は、喜びでドキドキしながらゴールに向かって走った。ところが突然、つま先が草に引っかかりバタンとうつぶせに倒れた。観客からは同情のどよめきが起こった。私は両膝から血を流しながら、不名誉な一二位でゴールした。

男子には、一人の右足首ともう一人の左足首を繋いで、二人がペアになって走る「二人三脚」の競技があった。また、巨大なネットの下に飛び込み、腹這いになってくぐり抜ける障害物競走もあった。頭や腕や肩がネットの大きな穴から飛び出して出られなくなってしまう、愉快なゲームだった。

少年たちも観客も大いに楽しんだ競技のひとつが「コーンワリ［割り］」だった。まず、二〇〇人ほどの少年たちが赤組と白組に分かれる。そしてそれぞれがアイスクリーム用のコーンを逆さにして頭の上に置き、コーンの底に穴を開けて通した紐を顔の横から顎の下にかけて結ぶ。そして自分のチームのカラーバンドを片腕に巻き、固く丸めた新聞紙の束で武装した両チームは、グラウンドの反対側の端に並び、若い剣闘士のように向かい合った。

大橋先生が笛を吹くと、彼らは血も凍るような叫び声とインディアンの雄叫びを上げながら、敵のコーンを倒そうと突進した。グラウンドは少年たちの激戦地となった。ヘンリーは、日本の剣術の技を心得た他の少年たちと同じように飛び跳ね、若いサムライのように武器を巧みに振り回した。一分後、再び笛が鳴り、最初の戦いは終わった。少年たちは自陣の列に戻ってチェックを受け、無傷のコーンをつけている者だけが二回目の戦いに参加できた。ヘンリーは「死んだ」。二郎も太って足が遅いため、格好の獲物となってすぐに襲われて「死んだ」。ダンクスはどんな暗い路地でも自分の身は自分で守れる男の子で、あまりに獰猛で攻撃的だったため、あえて彼に手を出そうとする者はほとんどいなかった。彼はグラウンドを縦横無尽に走り回り、嬉々として一人ずつ狙い撃ちした。試合終了のホイッスルが鳴り、ダンクスのチームが勝利した。

正午になると、日本語学校の用務員がまるで校内にいるかのように、学校の古い鐘をのんきに振りながら、ピクニック場を歩いた。

「オヒル デス・・・オヒル デス。お昼ですよ。・・・お昼ですよ」

競技で暑くて埃まみれになった生徒たちは、緑が深く涼しい林の中に散っていった。そびえ立つカエデの木陰に座るのはほっとするひとときだった。母はすでに敷物の上に昼食を並べていた。加藤さん、大島さん、松井さんの家族も近くの木の下に敷物を広げた。そこに、ダンクス、二郎、ヘンリーが、生徒たちに無料で配られるアイスクリームやサンドイッチを腕いっぱいに抱えて到着した。興奮と激しい運動で腹ペコの私たちは飢えた熊のように食べた。お母さんたちは例外で、食べ物を交換したり、あっという間に空っぽになる食器に食べ物を補充するのに忙しかった。

新しい濃紺の麦わら帽子をかぶった加藤さんが、手作りのナスの漬物と黄色い沢庵を持って、にこやかにやってきた。彼女はシルクの小紋柄の濃紺のワンピースを着て、よそ行きの靴を履いていた。ほとんどの日本人女性と同様、運動会用ではなくてフォーマルなアフタヌーン・ティーに出かけるような装いだった。

「美味しくないオツケモノ［お漬物］ですが、どうぞ召し上がってください」と加藤さんは丁寧に頭を下げた。それはとても美味しいお漬物だったが、礼儀として、「食べられないものですが」と謙遜して言ったのだ。

母はうれしそうに叫んだ。

「まあ、ありがとうございます。ご親切に。きっと美味しいですわ。フライドチキンを少しいかがですか。うまくできませんでしたが、ご家族にどうぞ、少しお持ち帰り下さい」

母は、きれいなきつね色に仕上がった、「全然美味しくない」チキンが盛られた大きな皿を加藤さんに無理やり持たせると、彼女は「まあ、いただけませんわ」と母の親切を拒みながらも持って帰った。

母は別の大きな皿にマキズシを盛り、パセリを飾って松井さんのところに持って行った。二人がお辞儀を交わすのを見ていたが、やがて母は松井さんの美味しそうなボタモチ［ぼた餅］を持って帰ってきた。それは、特別な種類の米を炊いてボール状に丸め、潰して甘味をつけた小豆の餡で包んだものだった。

「ママ、座って食べて。全然お皿に手をつけていないじゃない！」

「はい、はい、マカロニサラダを大島さんにお届けしたらすぐにね」

最高のご馳走だった。私はホットドッグ、焼豚、ゴマをまぶしたおにぎりや真ん中に真っ赤な梅干しが隠れたおにぎりを食べた。梅干しはすっぱくて塩辛かったので、今思い浮かべるだけで唇がすぼまるほどだ。

　運動会でご飯を使った料理の種類がこんなにあるのに驚いた。ある女性は、アワビ、ニンジン、椎茸のみじん切り、錦糸卵、インゲンの細切りをご飯に混ぜていた。母は、いろいろな種類のおにぎりで特大サイズのオードブルを作った。おにぎりに野菜を混ぜ合わせたり、ワカサギの酢の物を薄くスライスして乗せたり、深い緑色の海藻で巻いたりして、それぞれ違った味になっていた。松井さんはご飯を使ってボタモチというデザートを作ってきた。米菓子の中で私が好きだったのは、ナッツが入った醤油味のかき餅と、とても薄くて甘い煎餅だった。

　どの親にとっても、運動会はすっかりリラックスできる貴重な機会で、街でめったに会えない友人と会うチャンスでもあった。みんなほろ酔い気分で楽しくなると、あちらこちらで歌が始まった。大島さんは、とりわけ日本酒を何本か飲んだ後だったので、あっさりと求めに応じて歌う気になった。彼は足を組み、格好をつけて両手を膝の上に置いた。そして赤みを帯びて腫れぼったいまぶたを閉じ、音域を広くするために頭をつんとそらせて、ナニワブシ［浪花節］をうなり始めた。彼は顔が真っ青になるまで息もつかずに歌い続けた。

親の世代の人たちはナニワブシが大好きだった。それは歌い手の得意な日本の古典的な話を物語るバラッドの一種で、彼らにとって古い日本そのものだった。その歌い方は独特で、一度聴いたら他のどんな種類の歌とも混同することはなかった。歌い手は永遠に続くかのように一つの音符を長々と引っ張り、顔や首がどんどん赤くなって窒息しそうになるまで歌い続けた。歌い手の身になり過ぎると、私までもこの苦痛が早く終わってほしいと身をよじり、身悶えしていたことだろう。

大島さんの歌は次から次へと続き、次第に故郷への郷愁で胸いっぱいになって、男らしくない涙が皺だらけの日焼けした頬を伝って流れ落ちた。大島さんはゆっくりと背後の茂みの奥へ奥へと入っていき、最後にはすやすやと眠ってしまった。

のんびりと昼食をとった後、私たちは午後の行事のために、急いでそれぞれの場所に戻った。親たちは、子どもが運動場に行進しながら入場し、フォークダンスや教練を演じるのを見ようと周りに集まった。女性はきれいな絹の日本の日傘をさして、紙でできた月の形のうちわで扇いでいた。男性は襟を開けて袖をまくりあげ、麦わら帽子の下から汗を滴らせて立っていた。

もともとエネルギッシュで社交的な性格のヘンリーは、この賑やかな雰囲気の中で生き生きしていた。彼は学校の少年パトロール隊の隊長で、ピクニック場に集まる何百台もの車の交通整理をしていた。最初ヘンリーは少年パトロール隊のベルトを締めて、駐車場の車の出し入れを誘導し、次にそのベルトを投げ捨てて、集団で自重トレーニングの実演をしている隊列に駆け込み、そして今度は、安ピカのサックスフォーンを持って野外ステージに急いで飛び込んで演奏に加わった。そのバンドは、スコットランドのリールというダンス曲から日本の行進曲、そして凄まじく鳴り響く「星条旗よ永遠なれ」まで、異なったジャンルを自由自在に大音量で威勢よく演奏した。

群集の中には、見慣れない西洋人の顔があちらこちらに見られた。ゴルフバッグを抱えた男女が日本人の「ピクニック」の色や音に惹かれて、道路を横切ってこちら側にやってきたのだ。彼らは好奇心いっぱいでその様子を見守っていた。時々公立学校の先生も姿を見せた。日系アメリカ人の生徒が先生を見かけると、たちまち歓迎の声を上げながら彼らを取り囲んだ。

日本語学校の運動会がついに終わり、人々は群れになって年に一度開かれる地元の少年野球の試合を観戦するために、一斉に外野席に移動した。パラソルを上下に動かしたり、くるくる回したり、派手な色のうちわやハンカチでパタパタとあおいだり、そこには陽気で色鮮やかな光景が広がっていた。日本人の慎み深さを放棄した一世の男たちは、帽子や威厳も脱ぎ捨て、日本語と英語を交えた面白い言葉で、声がかれるほどの大声で息子やひいきのチームを応援した。塁に滑り込んだ少年が砂煙の中に消え、同時にその少年の真上に塁手が飛び込むのを見ると、控えめな日本女性さえ思わず悲鳴を上げた。

最後の試合が終って観客が優勝チームに歓声と拍手を送る頃には、夕暮れになっていた。男性の清掃係がすでに忙しく働いており、それぞれ大きな紙袋と先端に鋭い釘のついた長い棒で紙くずやピクニックのごみを集めながら、会場のあちこちを動き回っていた。ヘンリーはパトロールの少年たちと一緒に戻って、出発する車の誘導をしていた。

私たちは疲れて車に乗り込んだ。母はため息をついて後ろにもたれかかった。

「さあ、終わったわ。また来年までね」

健二は後部座席の隅で丸くなっていた。澄子は母の膝の上で眠り、私は疲れながらも満足して座席に沈み込んだ。私の白いオーガンジーのワンピースはしわくちゃで、草やチョコレートアイスクリームや黒い土で汚れていた。それに両膝には二枚の四角いバンドエイドが貼ってあるし、白い新品のスニーカーは汚れ、小さなリボンが一つなくなっていた。でも私は、賞品としてピカの黒いノートと、二冊のメモ帳と、赤いペン入れと、三本の黄色い鉛筆を手に入れていた。

父は運転台に座ってそばを通る車に手を振った。坂口さんはピカピカの青い新車で通り過ぎる時にクラクションで合図した。彼の顔は、沈む夕日と、酒が回った色を反映して真っ赤になっていた。大島さんは楽しそうに歌って、小刻みに振動するT型フオードに乗ってガタガタと上下に揺れながら通り過ぎた。ダンクスは大島さんの肘の近くに座り、運転を指示していた。

「父ちゃん、もう少しゆっくり走って。まだハイウェイじゃないんだよ」

オレンジの皮の最後の一片を拾い、最後の車がハイウェイに出ると、少年パトロール隊は解散し、ヘンリーは私たちに合流した。父が砂利道で車をゆっくり走らせている間、私たちはジェファーソン・パークを振り返った。公園は今ではのどかで落ち着いていて、まるで日本人コミュニティーの最も大きいイベントである、古き良きウンドウカイの侵入を受けなかったかのようだった。

我が家で祝うお正月は、楽しいこともあったし苦しいこともあった。真夜中になるのを待ちながら家族で一緒に過ごす大晦日は楽しかった。その夜だけは、一人ずつお風呂に入りなさいと母に追い立てられても誰も文句を言わなかった。お正月のような大切な日には、私たちがそれなりの犠牲を払わなければならないと理解していたからだ。母が言うには、風呂に入るのは象徴的な行為で、古い年を洗い流して、心も体も清らかで爽やかに新年を迎えなければならなかった。

お風呂の後は、リビングのテーブルを囲んで日本古来のカルタ遊びをしながら夜を過ごした。それは百枚の札に百首の古典詩が筆で美しく描かれたもので、トランプ一組ほどの大きさだった。シモノク［下の句］つまり詩の後半が書かれた一組の取り札がよく見えるようにテーブルに並べられる。読み手は、後半のシモノクだけでなく、詩の前半のカミノク［上の句］も書いてある百枚の読み札を持ってゲームの進行役となった。その読み手が札に書かれた詩を読み上げると、競技者はテーブルの上に広げた取り札の中から、それと一致するものを誰よりも早く取らなければならない。札を一番多く取った競技者、またはチームが勝者となる。上級者は百首の詩をすべて暗記しているので、読み手が最初の数語を読み始めるだけで、すぐにどの札かわかり、何人かの上級者が競い合うと、ゲームははらはらして面白かった。しかし我が家では母と父しか詩を知らなかったので、私たちに合わせてペースを落としていた。

母はいつも読み手で、詩を朗々と読み上げた。一番年下の澄子は、母の肘のところに置いた椅子の上に立って、カードを先に見ることを許されていた。母の朗読が詩の後半に行き着くのを私たちがじりじりして待つ間に、澄子は母の札を覗き込んで椅子から飛び降り、テーブルの周りをちょこちょこ走ってその札を見つけようとした。私は憤って、「ママ、澄子がずるをするのをやめさせて。不公平だわ。カミノクを覗き見されたら、私は札を取れっこないでしょ！」と大声で言うと、母は優しく笑って言った。

「まあまあ、そんなに興奮しないで。澄チャンはまだ小さいのよ。この子も少しは楽しまないと」

私たちがテーブルの上をじっと見ながら、興奮した小さな蛾のようにバタバタと動き回っているうちに、夜は騒がしく更けていった。札を見つけると、勝ち誇ったように「ハイ！」と叫び、相手の指をつぶすほどの勢いで札の上を叩きつけた。真夜中きっかりに私たちはゲームをやめた。港では何百隻もの船が新年を告げる霧笛を響かせ、自動車がクラクションを騒々しく鳴らしながら窓の下を走り抜けていった。号砲がとどろき、カウベルがガランガランと鳴り、工場の警笛がけたたましく音を立てた。ヘンリーはテーブルの上の札を払い落とし、寝間着がふくらむほど空中に高く飛び上がって叫んだ。

「新年おめでとう、みんな！　新年おめでとう！」街中の歓声と「蛍の光」の歌声を聞こうと、私たちはラジオを大音量でつけた。父は大慌てで訴えた。

「おいおい、お客さんがいるんだよ。ラジオの音を小さくして。お客さんを起こしちゃうよ」

父と母は夜食を用意するために、そっと廊下を通ってキッチンに行った。部屋の片側の壁を走る黒い蒸気管は、元気にノッキング音を立てて熱くなっていたが、リビングは冷えびえしていた。小さなガスストーブの温度を上げて、澄子と私はその前に座って膝と冷たいつま先をフランネルの厚手のガウンで覆った。あごを膝の上に乗せ、身を寄せ合って心地よく座っていたが、ヒーターに近すぎたので顔が火照って真っ赤になった。眠りかけていると母と父の優しい声がかすかに聞こえた。

「サア、一番小さいパイになるのは誰かな？」

「私じゃないわ！」

澄子が身構えるように飛び起きると、父の目は微笑んでいた。

父は熱いコーヒーを入れたポットと焼きたての蜂蜜がけアップルパイを運んできた。パイの切り込みからは黄金色の蜜が泡のように垂れていた。母は私たちのために、ふっくらと柔らかいマシュマロを浮かべた濃厚なホットチョコレートを持ってきてくれた。

日本では大晦日に蕎麦を食べる習慣があったが、母が蕎麦を作ろうかしらと声に出して言うたびに、私たちは反対した。

「ママ、僕も蕎麦はいらないよ。熱いコーヒーが一番だ」と父も言った。父がパイを切り分け、バター風味の薄い生地を重ねたパイの皮が口の中で溶けると、蕎麦を食べている人を羨ましいなんて思わなかった。

翌朝、フルーツジュースとハムエッグ、それにトーストとミルクの朝食をとっている時に母が言った。

「お正月の朝はオゾーニ［お雑煮］とモチ［餅］を食べるものなのよ」

「そんなの朝から嫌だ！」私たちは思わず顔をしかめた。

「そんなに嫌な顔をしてはいけません。とても大事な伝統なのよ」

オゾーニは、大きめに切ったニンジン、タケノコ、大根、タロイモが入った、濃いチキンシチューのようなものだった。ドーナツをコーヒーに浸すのと同じように、この熱々のシチューに、白く膨らんだ焼きたての餅を浸すのだ。けれども、餅は糊のようにあらゆるもの、つまり箸にも、茶碗にも、口の中にもくっつく厄介な性質を持っていた。パン生地のような硬さの粘り気のある餅が喉にくっつき、胃まで進もうとしなくてパニックを起こすこともあった。

父は今度も私たちの味方をして言った。

「オゾーニがおいしいのは認めるけど、朝早くから格闘しながら食べるのはいやだな。ママ、コーヒーのお代わりをもらえないかな」

「まあ、こんなに気まぐれな家族がいると、本当に手間が省けますよ」

その時までは、新年を日本式で祝うかアメリカ式で祝うかについて、家族全員の意見が一致していた。しかし数時間後、その平和は破られた。母がこう言ったのだ。

「サア、松井さんのお宅にご挨拶に行きますよ」

「また？　嫌だよ」とヘンリーは身震いした。

「行くのよ。言うとおりにしなさい」

「でも、どうして行かなきゃいけないの？　今度はパパとママだけで行けばいいじゃない」

「年始回りはみんなで行くものよ」と母は断固として言った。

「それ以上聞きたくありません。服を着てきなさい」

私たちは着替えながら大きくため息をついた。大人たちが思い出話をして一年を振り返っている間、私たちは小さな仏陀のように黙って座って聞いていなければならないのだ。それに、おとなしくて小さな幽霊のように静かに食べて、お代わりはすべて丁寧に断らなければならないことを思うと、せっかくの松井さんの豪華な正月料理への期待さえも冷めてしまった。

「ママ・・・」

ヘンリーが部屋から叫んだ。

「松井さんの家族に言わないといけない新年の挨拶って何だった？　どう言うのか忘れちゃった。『アケマシテ　オメデトウ　ゴザイマス。コンネンモ　アア　コンネンモ・・・』そのあとは何だった？　思い出せないんだ」

「ソー、ソー。松井さんの家に着いたら、みんなにちゃんと言ってほしいの。こんなふうにね。『アケマシテ　オメデトウ　ゴザイ　マス』つまり『今年のお正月は本当にめでたいですね』っていう意味よ。その次に、『コンネンモ　ヨロシク　オネガイ　イタシマス』つまり『本年も変わらず仲良くしていただけますように』って言うのよ」

イエスラー・ヒルを松井さんの家まで登りながら、私たちは何度も何度も挨拶を繰り返した。鮮やかなオレンジ色のずんぐりとしたケーブルカーが、まるで投げ縄でつながれた野生の馬のように傾きながら丘を駆け上がり、少しずつ進んで猛然と頂上を目指すたびに、私たちはよく聞こえるように声を張り上げた。

松井さんの家は黄色い大きな木造家屋で、高台の角地にどっしりと建っていた。玄関で、父と母、そして松井夫妻がお辞儀をして何やらぶつぶつとつぶやき、またお辞儀をしてつぶやいた。私たちも両親の後ろに立って元気よくお辞儀をした。そして、松井さんが期待に満ちて私たちを見たので、母は背中を押した。私たちはもう一度お辞儀をし、声を揃えて言い始めた。「アケマシテ　オメデトウ　ゴザイマス」長い沈黙が続いた。その後を忘れたのだ。そしてヘンリーが断片的に思い出した。「コンネンモ・・・コンネンモ・・・あーっ、何かについて・・・オネガイシマス」

大人たちは思わず吹き出して、挨拶の儀式が和やかに終わった。

リビングでは、松井さんが一番良い椅子を勧め、父と母が礼儀正しく辞退する間、私たちは辛抱強く待っていた。彼女が是非にと勧めても、父と母は丁重に断った。やっとのことで、私たちは言われた通りに席に着いた。つまり、父と母はふかふかの茶色のモヘアの椅子に座り、私たち四人は磨いた靴をきちんとそろえ、両手を膝の上に置いて大きなソファにきちんと並んで座った。松井さんはお茶と薄いパリッとした煎餅を運んできた。そしてお茶を注ぎながら、「小さいお子さんたちは、そーだわた「ソーダウォーター」の方がいいですよね」と言った。

ヘンリーとケンジはにやりと笑い合い、私と澄子は欲しそうに見えないように顔を伏せていると、母がすかさず言った。

「いいえ、松井さん、どうぞお気遣いなく。子どもたちはお茶が好きですの」

私たちは取っ手のない小さな湯呑で火傷をするほど熱いお茶をすすり、薄くて割れそうな煎餅をかじった。

松井夫妻と両親が古き良き時代の思い出に耽っている間、私たちは昔のアルバムや古い日本の観光冊子をパラパラと見ていた。ようやく松井さんはその場から席を外して、食堂を忙しそうにあたふたと動き回った後、私たちを招き入れた。

「サア、たいしておもてなしできるものはありませんが、どうかお好きなだけお召し上がりください」

「マア、マア、素晴らしいオゴチソウ「ご馳走」がいっぱいね」と母は興奮して言った。

頭が禿げ上がった夫の松井さんは、大したものではないと言いたげに鼻で笑った。松井さんが海苔で巻いたオスシの大皿を持ってテーブルを回ると、私たちは一つずつ手に取り、お茶をすすりながらおいしそうにかじった。

やがて彼女は、黒と銀の漆塗りの立派な盆に、香ばしいニシメを盛った朱塗りの椀を載せてキッチンからさっそうと出てきた。そして虹色に輝く真珠のような磁器のお椀に入れたホットチョコレートに似たオシルコ［お汁粉］を私たちに出してくれた。それは特大のマシュマロのように膨らんだ柔らかな白い餅が甘い豆のスープに点々と浮かんだものだった。

父と母はそれぞれの料理の見事な味つけをほめたが、松井さんの夫は「ナニ、この人は全然料理が上手くないもので」と謙遜して笑った。

私は楕円形の大皿から今にも飛び出しそうに、頭と尻尾が威勢よく立っているヤキザカナ、つまりすずきの焼き魚に興味津々だった。この料理を囲んで、デザートを入れた漆塗りの箱が並んでいた。一つの箱には、楕円形に薄く切った赤と緑の豆餅が整然と並び、また、別の箱にはライ豆をつぶして赤と緑に色付けたキントンが山盛りになっていた。そして茶色い小枝の山のようなキンピラという野菜料理もあった。これは唐辛子で辛く味つけされたゴボウだった。

時折、松井さんが横からしきりに勧めてくれた。

「もっと召し上がってくださいね」

私はそれまでに食べた米粒の数を数えることができるほどだったが、その都度丁寧に言った。

「アリガトウ、たくさんいただきました。ありがとうございます」

けれども、礼儀良くし過ぎると、こんなご馳走に囲まれているのに飢え死にしかねないと思った。幸いなことに、彼女は私たちの遠慮を無視して、半分空になった皿に料理を補充し、湯飲みを常に満たしてくれたので、私たちは皆、上品に小食であるという幻想を壊すことなく、ついには気づかないままお腹いっぱいになっていた。

私たちは一息つこうと、のろのろ重そうに応接間に移動した。彼女は、そこにも青野菜、沢庵、「カズノコ」という魚の卵、果物の盛り合わせを持って私たちを追いかけてきた。さらに、彼女は淹れたてのお茶とヨーカン［羊羹］を持ってきた。松井さんの申し出を何度も断るのはとても失礼なことなので、私たちは弱々しい笑顔を浮かべながらそれらを口に入れ、しっかりと口を閉じてもぐもぐ噛んだ。

父と母がようやく我に返ってそろそろ帰ろうとした時、私たちはコートを取ろうと急いで廊下に出たために、危うくドアの蝶番を壊すところだった。

ついに凍てつく夜に私はフラフラと歩き出した。あまりにも長い間礼儀正しくしすぎたので、緊張して疲れ切っていた。今度訪ねる時には、松井さんがそんなにもてなそうと考えず、客の居心地を考えてくれたらと願ったが、それは日本人の女の子としては生意気な考えだった。

第五章　本物の日本人に会う

ある晩、父が夕食の席で何気なくこう尋ねた。

「みんな、日本に行ってパパのお父さんに会ってみないか？」

私たちは歓声を上げて、興奮のあまり互いに叩き合った。

ヘンリーの目が輝き、叫ぶように言った。

「いつ出発するの？　しばらく学校を休みますって、ラーソン先生に言わなくちゃ。斉藤センセイにもね。僕、侍の刀を買ってもらうんだ！　六フィートの刀だよ！」

「春頃だね。ママの両親がもうすぐアメリカに来て、みんなが日本に行っている間、ホテルの面倒を見ていてくれるんだ。いま船に乗っているんだよ」

私は巨大な船の旅を想像して喜びで震えた。しかし、健二は不機嫌そうに座って動かなかった。

「健チャン、どうしたの？　泣いちゃって」と母が言った。

みんな驚いて健二を見ると、花びら形の大きな目が水晶のような涙で震えて光っていた。そして突然怒って泣きじゃくった。

「ママ、行きたくないよ」

「でもね、健チャン、糸井のおじいちゃんは、マゴ［孫］のみんなに会いたがっているのよ。とても年を取っていて、もう八〇歳くらいなの。だからね、おじいちゃんはとっても喜んで健チャンを抱っこして、素敵なお話をたくさん聞かせてくださるわよ」

健チャンは激しく首を振った。

「でも僕、地震が怖いんだ！」

弟の気持ちはよくわかった。健二は私と同じように、日本で起きた地震について身の毛もよだつような恐ろしい話をはっきりと覚えていたのだ。一九二三年の大地震の後、しばらくはその話題で持ちきりで、それぞれが見聞きした話を何度も繰り返し、細部にわたって熱心に語った。燃え盛る火の中で焼け焦げた友人の話をする人がいれば、ある人は人間の足が道路標識のように地面から突き出ているのを見た。またある人は、焼け落ちた建物から掘り出された骨の山の近くで線香を焚く僧侶の話をした。そして愛する人の遺骨を見つけられない人に骨を売っている人がいたという。夜になってベッドに入ると、こういったぞっとするような光景がいつまでも心から離れなかった。

父と母は健二の不安を笑い飛ばそうとした。

「たいていの地震は数秒しか続かないし、それに気づかないことだってたくさんあるんだよ」

その夜、私たちはきつく巻いたばねのようにひどく緊張して床に就いた。日本に着いたら、本気でお辞儀をしないといけないんだと思った。リビングに飾った糸井の祖父の写真を思い浮かべた。濃いグレーの絹の着物の上にハオリ〔羽織〕を着て、前で絹の房を結んでいた。祖父の薄い髪、広い額、痩せた顔は弱々しく見えるが、その目には、父と同じ優しさと忍耐強さが表れていた。

それからの日々は、私たちにとっても母にとっても狂おしいほどゆっくりと過ぎ、永島のオジイチャンとオバアチャンの到着を待ち焦がれていた。そして、澄子を膝に抱いたオバアチャンが私たちと一緒にキッチンで座っているのが、まるで奇跡に思える日がついにやって来た。オバアチャンは鳩のように優しい声と、スモモのようなかわいい目をして、笑うと目尻に細かい皺ができた。オジイチャンは、私たちがテーブルの周りに座って熱心に聞き入っている間、旅の出来事を一晩中延々と話し続けた。小柄でやせた祖父の鋭い三角の目が、べっ甲の眼鏡の縁越しにじっと見つめていた。母と同じ繊細で細い鷲鼻で、豊かで艶やかな黒髪と、父よりも濃いセイウチのような口ひげを生やした祖父は、話をしながら、まるで休火山のようにしきりに座り位置を変え、テーブルの上を指で神経質に叩いていた。

四月、私たちはアラビア・マル〔丸〕に乗って、いよいよ出発した。船倉の奥深くにある私たちの寝室は、じめじめと汗をかいた壁に金属塗料を塗ったような、吐き気を催す強烈な臭いがした。そして背筋がぞっとするミソシル、つまり豆のペーストで作ったスープとご飯の食事が多すぎてうんざりしたが、巨大な船に乗っているという興奮に比べれば、取るに足りない不快さだった。沖に出るにつれ、甲高い声で鳴くカモメを見ることは少なくなっていった。ある朝、日本人の船員が緑色に勢いよく流れる水面を指さして、何百頭ものつやつやした斑点模様のイルカが白い腹を見せながら跳ねて、船と一緒に狂ったように泳いでいるのを見せてくれた。

船旅は何事もなく退屈なものになりそうだったが、ある朝、船内が騒然となった。私が手すりから身を乗り出して食べ残しのご飯をイルカにあげていると、汽笛が鳴り響き、船の大きな角笛がけたたましく鳴り響いたのだ。

船員や乗客が甲板の上を慌ただしく走り回った。

「火災警報だ」と誰かが言った。

「火災警報！」私は悲鳴を上げ、髪が逆立った。船の上でみんな焼け死ぬんだ。もうおしまいだ。日本に着いてオジイチャンに会うことはもう絶対にないんだ。私は叫びながら階段を駆け下り、取り乱して母の腕の中に飛び込んだ。

母はしゃがんで、私の流れる涙と鼻を拭った。

「これは防火訓練なのよ」と優しく言った。

「学校でやるのと同じで、訓練しているだけよ」

私は安心して、この素敵なわくわくする海上の防火訓練を一瞬も見逃さないように、母の手を取って階段を飛ぶように上がった。しかし横浜で下船するまでは、一つ間違えば悲惨な航海になっていたかもしれないという思いにつきまとわれた。

父の兄弟の一人が、東京から私たちを迎えに横浜港まで来てくれた。伯父は父よりも背が高いハンサムな年配の男性で、礼儀正しく背筋をピンと伸ばしていた。夏用の麦わら帽子を散髪をしたばかりの頭にきっちりとかぶり、特別な改まった日に着るさらさらした黒い絹のハカマとハオリを着ていた。

私は、伯父と父が肩を抱き合って大声で挨拶を交わすのを待っていた。何しろ何年も会っていなかったのだから。しかし、伯父は堅苦しくお辞儀をして、歓迎の短い挨拶をしただけだった。父と母は少し驚いたようだったが、それに負けないように頭を下げて丁寧な挨拶をし始めた。

私たちは周りの光景に目を見張った。ここは奇妙な自転車の国だった。自転車は子どもたちが乗るものだと思っていたが、ここでは西洋風の背広を着た威厳のある男の人がせっせと自転車をこいでいる。配達の少年は、片手で自転車を操り、もう片方の手で木箱の山をバランスよく支えていた。マルマゲ［丸髷］、つまりポンパドールを結った上品そうな年配の女性が、堂々と落ち着いて自転車に乗っているのを見て母は驚いた。

「マア、マア、時代が変わったものだわ」母はくすりと笑った。

私の予想通り、日本の女性は長い着物を着て、幅広の固い帯を締めていたが、着物の色や柄は思っていたよりくすんで地味だった。着物にホンブルグ帽やパナマ帽をかぶった男性たちの姿は、私たちには奇妙に見えた。

何百台ものジンリキシャ［人力車］という二輪車が波止場の近くに並んでいるのを見て、私たちは歓声を上げた。それは私の想像通りだった。それに乗ってホテルまで行くことになり、母は澄子を膝に抱え、私はその横に座った。小柄で日焼けした、筋骨たくましいジンリキシャの男は、微笑んで何度もお辞儀をした。白いタオルを額に巻き、スピードを出せるように、青い木綿の短い着物の裾を帯に挟み込んでいた。父と伯父が先に乗り、ヘンリーと健二は別の人力車で後に続いた。私たちの乗った人力車の男は、他の人力車や歩行者、路面電車や自動車の間を縫いながらリズミカルに楽々と走った。人々が私たちの外国風の服をじっと見るので、恥ずかしくなった。

ホテルでは、父と母がコンクリートの床で靴を脱いで、畳敷きの上がり框に上がった。母は澄子の黒いエナメル革の靴のボタンを外した。

「みんな、靴を脱ぎなさい。汚れた靴でタタミ〔畳〕の上は歩けないのよ」

ヘンリーと私は仕方なく靴を脱いだ。しかし、この旅にずっと反対していた健二は、床に座り込んで、「いやだ！」と抵抗した。母は靴ひもをほどこうとひざまずいたが、健二は蹴ったり叫んだりして、ホテルのロビーに声を響かせた。

「放っておきなさい、ママ。言うことを聞かない子はここに置いていくしかない」と父は言った。私たちが全員食堂に入る時、健二は頑なに背を向けて黙って座っていた。

「靴脱がない。お家に帰りたい」と健二が叫ぶ声が聞こえてきた。

着物に白いエプロン姿の女中さんたちがお辞儀をし、静かに動き回っていた。お辞儀をして、ご飯、お吸い物、魚、野菜を載せた一人ひとりのお盆を床に並べると、再びお辞儀をして出ていった。私はそのたびにお辞儀を返すのだろうかと思った。なぜかこの場では、お辞儀をするのが優雅で自然に見えた。母は床に座ってそれぞれの低い机で食事をするのだと教えてくれた。脚を折り曲げた上に腰を下ろすしかなかった。ヘンリーはあぐらをかいて座った。私も同じようにして、女性らしく膝の上にスカートを広げた。

「和チャン、ヘンリー！」

母は私たちをにらんだ。

「言った通りに座りなさい」

「でも、ママ、できないわ」

人に見せびらかしたい時には、体をプレッツェルのようにねじることができるのを私は忘れていた。ヘンリーと私が膝を曲げてきちんと座るまで、母は私たちをにらみ続けた。

私はため息をついた。結局、健二が正しかったのかもしれない。日本は楽しくなさそうだった。健二はまだ豪華に装飾されたロビーにいて、静かで重厚な雰囲気を叫び声で台無しにしていた。ついに我慢できなくなった父の兄が席を立って言った。

「子どもにそんなに厳しくしないでおきましょうよ。健チャンには、なにもかもが初めてで慣れていないのだから」

伯父は席を立って急いで出て行き、勝ち誇った様子の健二を腕に抱えてすぐに戻ってきた。健二はまだ茶色の靴を履いていて、靴ひもにはたくさんの結び目ができていた。

翌日、私たちは父のもう一人の兄弟の六郎とその家族が住む宇都宮に行った。糸井叔父さんは医者で、宇都宮で個人病院を経営していた。小さな魅力的な口髭と知的な銀縁の眼鏡で、彼がすぐに医者だということがわかった。奥さんは小柄で品が良く、はっきりとした顔立ちをしていた。その家で私より三歳年上の従姉妹の良枝を観察し、日本で理想とされる女性らしさや振る舞いがどんなものかがわかった。髪を短く刈り込み、元気いっぱいの従兄弟の義雄はヘンリーと健二を庭に連れ出し、私は良枝と一緒にいた。良枝は手入れの行き届いた艶のある長い髪を、うなじのところで黒いリボンでしっかりと結んでいた。彼女はくっきりした貴族的な顔立ちで、赤地に多彩な色使いをした美しい絹の着物を着ていた。私が好き勝手にガサガサ、せかせかと動き回るのに対して、彼女が控えめで優美な動きをするのを見ていると、自分がおてんば娘に思えた。彼女は私の白い木綿の長ストッキングや、スカート丈が短かい赤と白の木綿のワンピースを傲慢な態度で見ていた。彼女が私のことを詮索して、あまりにもじっと座って動かないので、私は気に入られていないのだとわかった。

叔母が良枝に、きれいな着物を一枚あげなさいと言うと、良枝は驚いて青ざめた。

「一枚だってあげたくないわ」

「今すぐ従姉妹にあげなさい」糸井叔母さんは不満そうに言った。

良枝は泣きながら部屋から逃げ出し、その日はずっと姿を見せなかった。

私たちは、高い竹垣ですっぽりと囲まれた静かで風流な庭でくつろいだ。草が生えた盛り土に岩が埋め込まれていて、まるで模型の山のようだった。岩の間には小さく成長を止められた木が曲がって生えていた。ビロードのような黒と、赤身を帯びた金色の魚が泳ぐ小さな池のそばに、灰色の石灯籠が立っていた。義雄は若い竹を切り倒して、ヘンリーと健二に竹を彫って小さな水桶を作る方法を教えた。

その夜、私は良枝の部屋で寝ることになった。押し入れから取り出した厚手の布団が床に敷かれた。良枝は円筒形の枕の上に頭を置いたが、彼女のうなじが枕の上に乗っているので、頭は枕を少し越えて宙に浮いていた。目を閉じて横たわっている彼女は、まるで処刑人の斧が落ちるのを待っているみたいだった。私は枕を脇に押しやった。しばらくの間、良枝と私は暗闇の中でいらいらを募らせながら静かにしていたが、私は思わず英語で叫んだ。

「あなたってとってもわがままね」

「あなたの話し方って変ね」と彼女は笑った。

私は怒って布団を跳ねのけた。彼女が驚いて身を起こした時、私は彼女の顔を平手打ちした。それから両腕で頭をかばって打ちのめされるのを待ったが何も起きなかった。良枝は布団の上に身を沈めて泣いていたのだ。叔母と母が部屋に入ってきた。母は恥ずかしさで真っ青になって言った。

「和チャン！　自分が女の子だって忘れたの？　女の子は男の子みたいに喧嘩しないのよ」

「だって、ママ、良枝は意地悪なんだもん。わがままだし」

「良枝のことはいいの。あなたが叩いたのよ。どうして良枝のようにもっとお行儀よくおとなしくできないの？」

私は別室に移された。従姉妹をぶったことは後悔していなかったが、変な感じだった。なんだか小麦粉が入った袋を叩いたように抵抗や怒りの反応はなくて、ただ静かにへたへたと座り込んだのだ。

私たちはそれからすぐに観光に明け暮れることになった。父はまず、将軍家光によって建てられた有名な神社と公園がある日光にヘンリーと私を連れて行った。二人がほとんど関心を示さなかったことを考えると、父は二匹の子犬を連れて行ったようなものだった。私たちは好奇心は旺盛だが、鑑賞力がなかったのだ。電車、路面電車、バス、ケーブルカーを乗り継いで、延々と続く旅の末、目的地に到着した。その間、覚えていることと言えば、ゆで卵とオレンジの皮が混ざったような熱い鉄のにおいだけだ。

そこで目にしたのは、耳をつんざくような轟音を立てるキリフリ・ノ・タキ［霧降の滝］だった。断崖絶壁の高さと、雪崩のように眼下の川に流れ落ちて泡立つ滝に、膝がガクガクし、自分も流されないようにと指先に超人的な力をこめてフェンスにしがみついた。

その後、半月状に曲がった赤く美しい橋のそばを歩いた。橋の両端にロープが張られて入ることはできなかったが、父は新しく雇われたガイドのような熱心な口調で説明した。

「あれがシンキョウ［神橋］という神々の聖なる橋だ。日本の天皇だけが渡ることを許されているんだよ」

私は即座に挑戦したくなった。父とヘンリーが子鹿に餌をやろうと行ってしまうと、私は急いでシンキョウに戻り、ロープの下をくぐって、弓状の橋を軽々と駆け上がるつもりだった。しかし、それはまるで壁を登ろうとしているようなものだとわかった。両手、両膝をついて、爪を立てて上ろうとするが、そのたびに後ろに滑ってしまうのだ。通行人がこの言語道断な冒涜を目撃してその場で凍りつき、言葉を詰まらせて大声で叫んだ。

「そこでいったい何をしてるんだ！　今すぐそこから出てきなさい！」

私は滑り降りてスカートを整え、父とヘンリーのところへ駆け戻った。神聖な橋の上に私の卑しい手と膝をついたことを父には自慢しないように用心した。しかし、天皇はどうやってそれができたのだろうと不思議に思った。

森の中をくねくねと曲がる砂利道を何マイルも歩き、鳥居や社殿を眺めていた時に、父が重々しい声でささやいた。

「ここで見えているものはすべて・・・すべてが四〇〇年近く前に建てられたものなんだ」

私たちは父の期待に応えるように、驚いたふりをした。確かに、これらの社殿や像はサムライの時代からここに存在していたかのように、静けさと厳粛な雰囲気に包まれていた。樹齢を重ねた巨木に囲まれ、空に向かってまっすぐに堂々とそびえ立つえんじ色の鳥居のまわりを、鳩が円を描いて飛び交っていた。社殿は、鮮やかな金と深紅の屋根が天に向かってカーブを描き、まるでおとぎ話に出てくる家のように見えた。父は壁に彫られた、「見ざる、聞かざる、言わざる」のポーズをとっている三猿の黒ずんだ古い彫刻を指さした。

さらに別の社殿をぼんやり眺めていると、父は私たちの薄れてきた興味を奮い立たせようとした。

「ほら、あの壁にいるのは『ネムリネコ』つまり眠っている猫だよ」

複雑に入り組んだ彫刻の中に寝そべっている巨大な猫の姿を見分けることができた。

「ふーん」

父は大勢の人が中に入って行く、低く水平に広がった神社に私たちを案内した。人々は、本殿の前にある大きな灰色の石でできた水盤のところで立ち止まり、柄の長い柄杓を使って手に水をかけていた。

「これは古くからの慣習で、祈りを捧げる前に手を洗って身を清めるんだよ」と父は言った。

ヘンリーと私はそっと冷たい水を手にかけ、緊張しながらくすくす笑った。内部は薄暗くて照明もなく、壁や天井の羽目板には、華やかな彫刻が施されていた。むっとするお香の匂いと、真鍮の銅鑼の神秘的な音がした。

ある部屋では、天井全体に身をよじっている、うろこで覆われた巨大な龍［鳴き竜］の絵が描かれ、人々は厳粛に手を叩きながら見上げていた。

「龍の下に立って手を叩くと、龍のうめき声が聞こえると言われているんだ」と父は説明した。

ヘンリーと私は強く鋭く手を叩き、その動物をじっと見上げながら耳を澄ませた。確かに龍が動き、低くかすかなうめき声をあげたように思った。

くたくたになった日光の旅がようやく終わった時、私は古い日本を十分に見たので、これ以上見る必要はないと思った。

ついに私たちは、糸井の祖父が住んでいる田舎の村、高山に着いた。今回も、満員電車、ハイヤー、馬車、ジンリキシャを乗り継ぐ大変な旅だった。田舎道で、農家の人たちは外国人が近づいてくるのを直感で察知したようだった。どこへ行っても、物見高い人たちが道端に集まっていた。私たちが人目を気にしながら人力車で通り過ぎると、彼らは互いを肘でつつき合って、私たちに聞こえるようにささやいた。

「ほら、あの人たち、きっとアメリカから来たんだよ。ほんとに変な服を着てるよね」

糸井の祖父はとても愛されている村の古老だとわかった。四〇年間、四つの集落のソンチョー［村長］を務めた祖父は、今は引退しているが、農作物や個人的なことで、いまだに人々から相談を受けていた。祖父が父母とアメリカについて話している間、私たちは涼しい縁側に心地良く座っていた。時には手足を伸ばして仰向けに大の字になって寝そべり、祖父が話してくれる「タヌキ」の話に耳を傾けた。敵から逃れるためにやかんや太鼓や石に姿を変えることができる、ずる賢い狸の話だった。こんな静かな午後の祖父のおやつは、いつも決まって日本茶と好物のクサモチ［草餅］だった。それは、米で作ったマシュマロのように柔らかい生地に、すりつぶした若い草の葉を混ぜ合わせたもので、作り立ての柔らかい餅を噛みしめると、若葉の爽やかな香りが中に詰めたチョコレートのような甘い餡と絶妙に調和していた。

祖父の家は竹林に囲まれ、広々として複雑に入り組んだ造りの平屋の田舎家だった。昼間は、日差しと新鮮な空気が入ってくるように、家の表側のすべてのアマド［雨戸］という木の扉やショージ［障子］と呼ばれる紙を貼った格子戸が開け放たれた。建物の内部は可動式の間仕切りで大小さまざまな部屋に仕切られ、すべて上品な海緑色の紙にシンプルなデザインの松の葉が描かれていた。

私たちは近所の子どもたちに一目でいやな奴らだと思われたので、最初は仕方なく自分たちだけで遊んでいた。彼らが塀の外に押しかけてきて、「アメリカジン！　アメリカジン！」と大声を上げるので、私たちは緊張するし、嫌な気分だった。夕暮れになると、年長の男の子たちはよく家に向かって走ってきては、ショージに石を投げつけて、ぴんと張った白い紙に穴をあけた。女中さんが毎晩ほうきを持って追いかけても、子どもたちは笑って散り散りに逃げるばかりだった。

ヘンリーと私は、近いうちに決戦があるだろうと不安な気持ちで待っていた。ある朝早く、私たちは近くの運河に小魚を釣りに行こうと、表門からそっと抜け出した。大股で歩いていると、人気がない土の道が裸足のつま先にひんやりと感じられた。やがて、数ヤード先の垣根の向こうから、子どもたちの忍び寄るガサガサという音が聞こえてきた。私は恐怖で体がこわばった。

「気づいたふりはしないで。そのまま歩き続けて、カーブに差し掛かったら一気に運河に向かうんだ」とヘンリーはささやいた。

私たちはどんどん早足で歩いたが、行き止まりで、少年たちが大声をあげて跳びはねながら目の前に飛び出してきた。

「ヤーイ！　あの腰抜けどもを見ろ。俺たちを怖がってるんだ」

ヘンリーは釣り糸をしっかりと手に持ち、毅然として彼らに向かって歩き続けた。

「オイ、アメリカから来たおまえら、けんかが怖いのか？　オイ、アメリカジン、何か言ったらどうだ！」

突然ヘンリーは釣り竿を振り回して、集団に突入していった。少年たちは歓声を上げた。一番上の子は一〇歳くらいだったが、体格は八歳のヘンリーと同じだった。少年たちはしばらく身をかわしてよけていたが、その後四人がヘンリーに飛びかかった。手足が激しく回る風車のように見えた。ヘンリーはやみくもに拳を振り回したが、勝ち目のない戦いだった。一〇歳の子が後ろからやってきて、他の子たちが好きなだけ殴れるようにヘンリーの腕を後ろに押さえつけた。もう一人の小さい子がヘンリーの蹴っている脚にしがみついた。激怒した私は一〇歳の子に突進し、彼の腕に深々と噛みついた。そして少年が痛さというより驚きで飛び退くまで顔を激しく引っかいた。女の子がそんなに野蛮だとは思っていなかったのだ。信じられない大乱闘だった。少年たちは情け容赦なく私を攻撃してきた。彼らには手加減する余裕はなかったのだ。私は故郷の路地で学んだように、髪をひっぱり、目を突いた。私たちはすぐにへとへとになったが、これがただの喧嘩でないことはわかっていた。私たちの生まれた国が試されているのだ。

この喧噪と騒動を聞きつけて、高山の女中さんが道に出てきた。彼女は私たちに気づくと、子どもたちにエプロンを投げつけて叫びながら助けに駆けつけた。

「何をしてるの、コゾウ〔小僧〕たち！　やめなさい！」

彼女は顔が汚れた少年たちの着物の襟首を持ち上げて、頭を殴りつけた。ヘンリーと私は息を切らして、砂を吐き出しながら家に帰った。疲れ切って、どちらが勝ったのかはどうでもよかった。

次第に子どもたちは私たちに向かって、はやしたてるのを止めた。ヘンリーはドジョウというウナギのような魚を網で捕りに、運河へ行かないかと少年たちに誘われた。私は誘われたり、話しかけられることはなかったが、それでも後をついて回った。女の子なんてみんな無視されて当然だとばかりに男の子たちは私を無視しようとしたが、彼らが戸惑い、困惑しながら私を何度も横目でちらちら見ているのに気づいていた。女の子は私のように振る舞わないものだというのが彼らの常識だったからだ。

家中がカイコ、つまり蚕の飼育に専念する季節がやってきた。ある朝、男性たちは着物の裾をたくし上げて、額に木綿のタオルを巻き、可動式の間仕切りを押して部屋を片づけ始めた。そして木枠の棚を運び入れ、天井まで積み上げた。女性は着物の袖が邪魔にならないようにきちんとたくし上げ、何千匹もの小さな白い幼虫の餌となる桑の葉を箱に入れて運び込んだ。

　家中のあらゆる場所が、このムシャムシャ食べる蚕の幼虫に占領された。虫たちの食べる量ときたら！　大量に食べる音は、シアトルの大雨の音に似ていた。まるで自分も食べられているような感覚に襲われるほど、その音は私の神経一本一本に響いた。私が寝不足で青白く憔悴しきっている間に、小さな幼虫たちは元気に成長し、太って青白い脂肪の塊のような色になっていた。蚕の間に小枝を敷いてやると、幼虫はそれにしっかりと体を固定して、忙しそうに自分の体の周りに絹をぐるぐると紡いだ。私たちはその様子を何時間も観察していた。すべての蚕が繭に包まれると、箱は取り外され、枠は家の外に運び出された。それから数週間、女性たちは裏庭に集まって繭を処理する作業をした。まず、白い落花生のような形の繭を、お湯を張った鍋につけて柔らかくする。茹でた幼虫の臭いは強烈だったが、女性たちは何時間も前かがみになって座り、木製の紡錘で繊細な糸を根気よく紡いだ。その糸はやがて地元の織物職人のもとに運ばれ、手と足で動かす大きな織機で美しい絹織物に織り上げられた。

　高山で、昔の雨水樽のような形をした田舎風の風呂に初めて入った。都会にいた時は銭湯を利用して、澄子と私は母に連れられて女湯に、そしてヘンリーと健二は父について男湯に入った。知らない人たちと親しげに入浴することに戸惑ったが、周りの人は私たちのことなどほとんど気にしていなかったので、私もなんとか平静を装っていた。

　しかし雨水樽の風呂はそれとは違うことがわかった。水は裏庭の井戸から運ぶことになっていて、逞しい田舎娘の政子は、いつも通り我慢強くバケツで一杯ずつ樽に水を入れていた。

「アメリカではキッチンの流しとお風呂に、冷水用と温水用の二つの蛇口があるんだよ」と私は政子に得意げに話した。

彼女はため息をつき、バケツの水を注ぎながらうらやましそうに樽の中を覗き込んで言った。

「運ばなくても好きなだけ水が出るなんて、想像できないね」

そして政子は腰をかがめ、湯舟の下で火を焚き始めた。

「政子、いったい何してるの？　下で火が燃えているお風呂になんて入らないわよ！」

「こうやってお湯を沸かすんだよ」と彼女は言いながら、香草や葉っぱを一つかみずつ湯の中に投げ入れた。逃げようともがいている私の体をおいしいスープが待ち構えているような気がした。

「準備ができたら呼ぶんだよ」と政子は言って、巨大な鍋を見つめている私を残して行ってしまった。

ここでも入浴する人のプライバシーはなかった。湯舟は台所の開けっぱなしの裏口のすぐ内側にあって、庭にいる人にも台所にいる人にも、誰からでも見える状態だった。生粋の日本人には、社会生活の場面で「見ていない」ことが求められると、たとえそれが目の前にあったとしても、「見ていない」ことにしておこう、という独特の工夫があることを私は知っていた。この手法を何度も何度も実際に見てきた。たとえば私たち家族が訪ねた時に、その家の女性が客を迎えるのにふさわしい服装をしていないと思うと、必ず彼女は顔をそらせて、私たちの横をすり抜けて奥の部屋に入ってしまう。すると、父と母は誰も見なかったかのように壁を見つめ、その後、その女性が出てくると、まるで初めて顔を合わせるかのように、三人は礼儀正しく親しい挨拶を交わすのだ。今回のように人目に付くところでお風呂に入る時にも、「見ていない」という装置が働くはずだった。しかし、アメリカのお風呂で、ドアにしっかりと鍵をかけることに慣れていた私には大きな抵抗があった。

その時とっさに考えたのは、素早く服を脱いで深い樽の中に飛び込み、見えないように体を沈めることだった。しかし沸き立っているお湯を見て躊躇した。いずれにしても、入る前に体を洗っておかないと、お湯を汚すと叱られるということは知っていた。どうしたって人から見えてしまうんだと、樽を背にして私は恥ずかしさで身がすくむ思いがした。

私は大慌てで石鹸の泡を塗り、目や耳を澄まして誰かが近づいたら、すぐに樽の後ろに屈む準備をした。それから急いで石鹸を洗い流した。私としては、これで入浴は完了だった。ところが政子は、私がお湯に浸かるという極めて重要なことをしないで、こっそり出て行こうとしているのに気づいたようだった。彼女は着物の袖が邪魔にならないようにたくし上げて、小屋に戻ってきた。

「サア、いいかい？　ここが一番いいところなんだから・・・ゆっくり浸かるんだよ」

私は政子に英語と日本語を混じえて警告した。

「気をつけて、お湯はアツイよ！」

大喜びで頭から飛び込むだろうと思って、彼女は私を持ち上げた。つま先が熱湯に触れた瞬間、私は電気ショックを受けたように感じた。政子の着物にしがみつき、樽の縁にしっかりと足をかけて、助けを求めて悲鳴を上げた。

「出してぇぇぇ——！」

政子は急に怒り出して言った。

「いったいどうしたっていうんだ？　みんなこうやってお風呂に入るのが大好きなんだよ」

彼女は、私を煮えたぎる大釜にお尻から沈めようと身を乗り出した。悲鳴を無視し、しがみつく指を引き離して、まるで私を上等なロブスターのように底に沈めた。次の瞬間、私はモリで突かれたイルカのように水面に飛び出した。足が熱い金属の底に触れたのだ。

政子はふさふさの髪を揺らして笑いながら立っていた。

「水連の葉に隠れてるカエルみたいだね」

風呂の湯が口に入らないようにつま先立ちをしていると、香草と葉っぱが、ずぶ濡れの髪からだらりと垂れた。私は日本では二度と風呂に入らないと決めた。それ以降、高山にいる間はスポンジで体を拭くだけにして、煮えたぎる樽と頑丈な政子を必死に避けた。

暑い六月のことだった。働き者の村人たちは、近くのクマノジンジャ〔熊野神社〕の年に一度のお祭りを祝うために数日間休暇を取った。この時期、農民たちは仕事着を脱ぎ捨てて特別な香りの風呂に浸かり、晴れ着を着る。そして息抜きをして、ご馳走を食べ、神社に詣でるのだ。白いゆったりした礼服に身を包み、黒い頭巾のような頭飾りをつけた神主たちが神社の儀式を司った。神主は何やらぶつぶつとつぶやき、お辞儀をし、祝詞を唱え、祭壇で香を焚いた。儀式が終わると、たくさんの巫女が出てきて、細長い葦の笛と小さな太鼓に合わせて古代の舞踊を舞った。

藤雄叔父さんは、夕方私たちを熊野神社に連れて行ってあげようと約束してくれた。夕食の後、突然の雷雨がうだるような暑さを打ち破り、乾いた茶色の大地を潤した。ヘンリーと私は足元が濡れないように雨用の高下駄を履き、厚く油を塗った紙でできた巨大な和傘を差して、森の中の暗いあぜ道をぎこちなく歩いた。泥がはねた素足の上に、濡れた草が雨粒をはじき飛ばした。藤雄叔父さんは大きな丸いちょうちんを灯して高く掲げ、柔らかく揺れ動く円形の光で私たちの足元を照らしてくれた。高くそびえ立つ木々から雨が滴り落ちてきた。その下を、ゲタ〔下駄〕でよろめいたり、茨や枝が服に引っ掛かるのに苦労しながら、私たちは薄暗闇の中を一マイルほど歩いた。突然、開けた田舎道に出てきた。道端の露店にはちょうちんが揺れ、通りは活気に満ちていた。売り子たちは鈴を勢いよく鳴らしながら、通行人たちに呼びかけていた。

「いらっしゃい、お客さん、コンニャクたった一セント、作り立てだよ！」

「風船はどうだい！　一セントだよ！」

ヘンリーと私は即座に神社への興味を失ったが、藤雄サンはお参りが目的だった。

人々は風雨にさらされた小さな神殿の前にある井戸で手を洗っていた。塗装をしていない木の柱は風雨で傷み、穴が開いていた。藤雄サンは大きな木製の賽銭箱の前で立ち止まり、格子状の蓋の上から賽銭を投げ込んだ。神殿の木の扉はすべて開けられ、簡素な祭壇の前に置かれた、幾列もの太く溶けて流れる白いろうそくの明かりに不気味に照らされて、薄暗い内部が見えた。白い礼服を着て、ひざまずいて祈っている剃髪した黒い目の僧侶は、ゆらめく光の中に不気味な大きな影を落としていた。私はこの気味の悪い場所で置き去りにされないように、ヘンリーのシャツの袖にしがみついた。大蛇のように太いロープが天井から垂れ下がっていて、藤雄サンはその一本をつかむと、全体重をかけて何度も何度も引っ張った。鐘は澄んだ美しい音を響かせた。それはまるで銀の波が深いビロードの夜に打ち寄せ、遠くへ、さらに遠くへとうねって、遠く離れた田舎の野原に響き渡るようだった。藤雄叔父さんは線香を手に取り、ロウソクで火をつけ、灰の入った壷に立てた。そして強く柏手を打って、熊の神に祈りを捧げた。

ヘンリーと私は、夜店に戻りたくてじりじりして待っていた。藤雄叔父さんは、屋台から屋台へと引っ張って行く私たちに笑顔でつき合ってくれた。甘い味噌に少し浸したコンニャクという四角いゼラチンの塊を食べ、炭火で焼いた熱いサツマイモを手のひらでそっと転がしながら食べた。そして、大きな着物の袖をポケット代わりにして、茶色くて弾丸の形をした固いキャンディーや煎餅や餅を詰め込んだ。ヘンリーは紐を引っ張ると棒をよじ登る猿のおもちゃを買い、私は夏のそよ風で陽気にくるくる回る、カラフルなセルロイドの風車を選んだ。

高山への帰り道、藤雄叔父さんは私の瞼がくっつき、よろけて溝にはまりそうになるのを見て、おんぶしてくれたので眠ることができた。確かな足取りで森を颯爽と駆け抜ける藤雄サンの広い背中に寄りかかるのは心地良かった。ヘンリーは明かりのついたちょうちんを持ち、傘を小脇に抱えて先を歩いた。暖かく青い夏の夜に、黒い木々が高くシルエットになってゆっくりと動いていくのを、私はうとうとしながら眺めていた。辺り一面にホタルが瞬いていた。湿った森の絨毯に隠れたウシガエルの深い低音の鳴き声と、コオロギの柔らかく繊細な鳴き声が、感覚がなくなっていく耳の中で次第に小さくなり、私は満ち足りて夢路に落ちていった。

新しくできた友人に対して急に温かい気持ちが湧いてきたところだったので、別れを告げるのは名残惜しかったが、アメリカへの帰国の時が近づいていた。

「もうすぐ七月だ。これからひどく暑くなるので、なんとしても避けた方がいい。アメリカ生まれの子どもは、この時期によく病気に罹るからね」と父が言った。

あとでわかったことだが、出発するのが遅すぎた。日焼けして、小さな遊び仲間と庭であれほど楽しそうに転げまわっていた健チャンが高熱を出したのだ。彼は痛みと苦痛で泣いていた。田舎のお医者さんが来た。賢そうでのんびりした医者は、お茶をすすりながら安心させるように言った。

「夏によくある症状です。おそらくかき氷を食べすぎたのでしょう。浣腸をすれば大丈夫ですよ」

しかし健二は大丈夫ではなく、青ざめ、弱っていった。ある朝、父と母は健二を糸井叔父さんの病院に連れて行った。女中の政子が近所の人に「『イキリ』に罹ったと聞いた」と言っているのを耳にした。

その時私は、「イキリ」がその地域では、ほとんどの場合、命取りになると恐れられている疫痢のことだとは知らなかった。数日後、ヘンリーも同じ症状を訴え、祖父は藤雄サンと一緒に糸井叔父さんの病院に送った。

それから約一週間後、やつれて疲れた母は、体を休めるために高山に戻ってきた。しかし、母は心配で居ても立ってもいられず、澄子を連れて急いで戻った。私は高山に残ったが、事の成り行きに茫然として恐怖に襲われた。食事を拒否し、眠ることもできず、女中さんたちを蹴飛ばした。ついに私は川岸〔かし〕に送られた。そこには年老いた白髪の伯母が女中の照子と二人きりで住んでいた。私は華奢で優しいオバサンが好きになった。彼女は私を大人として、また面白い仲間として扱ってくれたからだ。小さな二階建ての家は、甘い焼き栗と甘辛く揚げたカキモチ〔かき餅〕の美味しそうな香りで包まれていた。

川岸で初めて地震を経験した時、私は世界の終わりが来たと思った。最初、棚の食器がカタカタと音を立て始めた時は、ネズミが棚の中を蹴っているくらいの音だった。私は目を見開き、言葉も出せないまま玄関で裁縫をしているオバサンのところに走って行った。

「何も心配することはないよ。おチビちゃん。終わるまでは家の外に出た方がいいかもしれないね」

家の中では、チリンチリンという音に混じって、低いごうごうと鳴る音が響くようになった。

裏庭で洗濯をしていた照子が家に駆け込み、私を背負った。照子とオバサンは石段を這うように降りて道に出た。他の人たちも家や店から急いで出てきたが、慌てふためく様子はなかった。男も女も子どもたちも、よくある事だと思っている様子だった。私たちは火事が起きた時に一番安全な川岸に降りて、家や木や電柱が震えて揺れ動くのを黙って見ていた。地面が揺れて波のようにうねった。私は恐怖で言葉を失い、どの程度警戒すべきかと人々の表情をうかがっていたが、地震はまもなく収まった。家に着くと、照子はがっくりした様子で石段を指さして言った。

「ほら、地震がこんなことをしてくれたわ！」

石段は真ん中でまっぷたつに割れ、片方が完全にひっくり返っていた。オバサンは慎重に階段を上がった。

地震から間もなく、藤雄叔父さんが川岸にやってきて、私も一緒に祖父の家に帰ることになったと言った。オバサンと照子は声を上げて泣いていた。最初は、私がいなくなるのを悲しんでいるのかと思ったが、オバサンが私を抱きしめ、ゆっくりと前後に揺らしながら言った。

「かわいそうに、かわいそうに。あんなに優しい子だったのに」

私は兄弟の一人が亡くなったことを知った。

藤雄叔父さんと私は待っていた人力車に乗り込み、無言で高山に戻った。私は勇気を出して尋ねた。

「ヘンリーなの？　それとも健チャン？」

「健チャンヨ」

私は藤雄叔父さんの膝に顔を伏せ、日本に来たがらなかった弟の健チャンを思い、長い間痛恨の涙を流した。

ヘンリーが十分に回復したので、家族は祖父の家に戻ってきた。ヘンリーと母は疲れ果て、青ざめていた。二人は日当たりの良い縁側で何日も何日も過ごし、暖かい太陽と元気を与えてくれる田舎の空気から力をもらった。

八月中旬には、私たちは再び船に乗り、戸惑いと複雑な思いを抱きながら帰国の途についた。母は健チャンのことを思い出すたびに涙ぐんだ。慣れ親しんだシアトルの丘の上の我が家に帰りたくてたまらなかったが、祖父を置いて帰りたくはなかった。私たちは祖父を説得しようとした。ヘンリーは期待で息もつけないほどの勢いで言った。

「僕たちの広いホテルにはオジイチャンが住むのに十分なスペースがあるんだよ。僕の部屋を一緒に使おうよ。一緒に住みたいんだ、オジイチャン！」

太陽と風に晒され、干からびて日焼けしたオジイチャンの顔には、数えられないほどの皺が刻まれていた。そして優しく微笑んで言った。

「シアトルの立派な家を見て、お前たちの成長をどんなに見たいことか。でも、私のように年を取ると、生まれてずっと暮らしてきた故郷を離れる気にはなれないものなんだよ。お前たちと一緒に行きたいとは思うが、もう歳だ。わかるだろう?」

私たちには理解できなかったが、祖父が微笑んではいても、とても悲しく切なそうに見えたので、うなずくしかなかった。何年も経ってから、祖父が私たちと一緒に来ることができなかった理由を知った。一九二四年、私の国は移民法を制定し、その年以降、すべての東洋人はアメリカに移住することができなくなったのだ。それ以前に入ってきた人たちは残ることができたが、新しい移民は受け入れられなかった。ただし、アメリカで生まれた子どもの母国はアメリカなので、その父と母はその国で住むことができた。父が私たちを日本に連れて行ったのはそのためだった。そうして、祖父が私たちに会い、海の向こうで暮らすことを決めた息子に別れを告げることができるようにと考えたのだった。

帰国の旅の終わり近く、私たちはちょうど夕暮れ時にファン・デ・フーカの狭い海峡を通過した。乗客は全員デッキに上がっていた。太平洋は、私たちがいつも見ていた金色とオレンジ色の夕焼けの中でかすかに輝いていた。突然、私は重い胸のつかえがとれたような気がした。再び故郷に帰ったことを実感し、日本への旅は、悲しい魔法にかかった夢のように背景へと遠ざかっていった。私たちは異国情緒あふれる日本の島を探検した。人々の魅力を感じ、近代的な都市にも歴史的な美しさにも感銘を受けた。しかし彼らの中にいると自分は異邦人だと感じていた。

これが私の故郷。目の前に広がる美しいピュージェット湾が私にとっての故郷だ。明日には、シアトルの懐かしいランドマークである、マグノリア岬、スミス湾、スミスタワーの細長い小尖塔、そして長く伸びたアルカイ・ビーチに囲まれて目覚めるだろう。このアメリカ、私が生まれ、異なった人種の血を引く人々に囲まれて暮らすアメリカこそが私の故郷だった。

明日はまた、心弾む帰郷になるだろう。松子やダンクスや二郎が日本のことを尋ねる声が聞こえてきそうだった。ヘンリーが手に入れたおもちゃの侍の刀、宇都宮の糸井叔母さんからもらった絹の縮緬の着物、紫のベルベットの日本製ストッキング、澄子の優美な日本人形、色とりどりの万華鏡、ミニチュアの茶器セット、あんず色と青緑色の美しいパステルカラーで彩られた華奢な絹の日傘、それらを彼らは熱心に眺めるだろう。日本はこれらすべてであるが、それだけではない。友人にどう説明すればいいのだろう。少しは説明できても、それ以上はただ感じることでしかわからないものだった。

第六章　私たちはのけ者

私たち家族に暗雲が垂れ込めた。澄子が病気になったのだ。冬の間、喘息の発作を起こすのはいつものことだが、今年の冬は最悪だった。黒猫は喘息を治してくれると言って松井さんがくれた黒い子猫のアズマは、一日中にゃーにゃーと鳴いて澄子のベッドに背中をこすりつけていた。ムーン医師は毎日のように長い階段を上り、無遠慮にじろじろ見る粗暴な宿泊客には目もくれず、ホテルを通り抜けてやって来た。彼は澄子をうつむけにして細い肩甲骨のあたりをトントンと叩いた。ごしごし洗ってピンク色になった彼の清潔な大きな手は力強く優しかった。澄子は苦しそうに息をしながら医師の診察を受けていたが、怖がっている様子を見せないように目を黒く見開いて警戒していた。ムーン医師は、澄子の咳と微量の吐血が気になるので、専門医に診てもらうように父に話した。

やがて、禿頭の周りに薄茶色の髪がリースのように生えた、小柄でがっしりとした男性がせかせかとホテルにやってきた。彼はキング郡結核局長のスティムソン医師だった。父が口ごもりながら、わざわざ澄子の診察に来てくれたことにお礼を言うと、先生は手を振って父の言葉を遮った。

「いやいや、ちっとも面倒なことではありませんよ。仕事ですから。さて、今朝はお嬢ちゃんの具合はいかがかな?」

診察する彼の鮮やかな青い目は、厚い眼鏡越しに澄子に真剣に注がれた。やがてスティムソン先生は澄子の胸のレントゲンを撮った方がいいと言って、ノース・パイン・サナトリウムのことと、病気の子どもを看護する様子を説明したパンフレットをくれた。そこには、サンスーツを着て柔らかくて白い帽子をかぶった子どもたちが美しい庭で遊んでいる、明るくて感じの良い写真が載っていた。私は震えるような寒気に襲われた。澄子は行かないといけないの? たった六歳なのに、私たちと離れるのはどんなに寂しいだろう。

ある朝、母は念入りに澄子に服を着せ、レントゲンを撮りに町の診療所に連れて行った。私たちは嫌な予感を抱えながら、運命を決する知らせを待った。母はまるで夢の中を歩いているように動き回っていた。ベッドのそばに座って人形の服を縫っている私に、澄子が突然尋ねた。

「行かないといけないの?」

「たぶんね・・・」

私は言葉を選びながら答えた。

「まだ決まったわけじゃないのよ、澄子。でももし行くことになっても、素敵なところなんだよ。バケーションに出かけるみたいなものよ」

私は楽しそうに見せようと努めた。

「きれいな木や花がいっぱいあって、白い半ズボンや日よけ帽をかぶった男の子や女の子と一緒に散歩やピクニックにも行けるのよ。それにたくさんアイスクリームを食べて、帰ってきたら日焼けして丈夫になって、きっと澄子だってわからなくなってるわ」

「本当に？」

澄子の大きな目が輝いた。

「どうしてわかるの？」

「全部書いてあったわ。一日中遊んで、たくさん寝て、美味しいものをいっぱい食べるだけだよ。私だって行きたいくらい！」

そう話している間、ドアが閉まる音が聞こえたが誰もリビングにはいなかった。ずっと後になって、それが父だったことがわかった。父は私たちが素晴らしいサナトリウムについて話しているのを耳にして笑い出してしまったが、やがてそれは嗚咽に変わったという。父は急いでそこを立ち去り、誰にも邪魔されず泣くことができるキッチンに閉じこもったのだった。

その晩、スティムソン先生がやって来た。私たちは青ざめて立ちあがり、結果を聞こうと静かに待った。澄子は結核ではなかったと告げる先生の目は、にこやかで嬉しそうだった。厚手のフランネルの寝巻に身を包み、樟脳油の匂いのする澄子を抱きしめて、私たちは安堵の涙を流した。巣の奥深くに潜り込んだ痩せた小さなスズメのように、澄子はおかっぱ頭を私たちの方に傾げて、息が切れたり咳が出ないように注意しながら言った。

「嬉しい！　バケーションに行かなくていいのね」

スティムソン先生は、澄子にはミルクをたくさん飲んで、体を休めて、太陽を浴びることが必要だと言った。そこで父と母は夏の間、海辺のコテージを借りることにした。

「そうだ、今年の夏はそれがいい。アルカイ・ビーチの近くで良さそうなところをすぐに探し始めるとしよう」と父が言った。

私は飛び上がって立て続けに一〇回側転をした。母のベッドでうずくまっていた澄子は、咽喉をゴロゴロさせて嗄れ声で小さく笑ったが、ヘンリーはこう言った。

「ふん！　アルカイなんてどうでもいいや。そんなの女々しい趣味だ」

ヘンリーは例年通り、夏はオーバーンの農場へベリー摘みに行くことになっていた。当時日本人の親が息子を田舎の農場で働かせるのが通例になっていたが、それは日本人農夫の厳しい監視の下で筋肉を鍛え、自立心を養わせるためだった。ヘンリーは自分で生計を立てるために働きに出ることを誇りに思っていた。それは女の子には決してできないことだった。

澄子と私は、海辺の小さな白いコテージを夢見て、そこでどんな風に毎日を過ごそうかと綿密な計画を立てた。どんなに眠くても太陽と一緒に起きて、水着を着て大急ぎで早朝のひと泳ぎに出かけよう。それからコテージに急いで戻り、母と父をベッドからたたき起こして、一緒にたっぷりと素晴らしい朝食を食べよう。父が仕事に出かけるのを見送って、母の家事を手伝おう。それからずっとビーチで過ごすために昼食をバスケットに詰めるんだ。夕方になると父は海辺で私たちと合流し、燃え盛る焚き火をしてくれるだろう。やがて、空が夕日でだんだんと紫とマゼンタの炎に変わっていくのを眺め、最後のワイン色の筋がバション島のうしろの闇に消えるのを待とう。そうしたら、すっかり疲れて満ち足りて、ゆっくりとコテージに戻ろう。さっとシャワーを浴びて砂と海藻と海水を洗い流してベッドにもぐるんだ。そして一晩中かすかに聞こえる、暗い砂浜に打ち寄せるリズミカルな波の音に耳を傾けよう。

ある朝早く、母と私はいつもピクニックに行っていた海岸の近くでコテージを探そうと、アルカイに出かけた。海岸からほんの一ブロックのところに、窓に「貸家」の張り紙を掲げたグレーの家を見つけた。家の片側は野生のつるバラで覆われ、白い柵の向こうに広がる緑の芝生はきれいに整えられていた。玄関の呼び鈴を押すと、音楽のようなチャイムが柔らかく家中に響き渡った。しっかりと糊のきいたエプロン姿の中年女性がドアを開け、私たちをじろじろ見た。

「はい、何かご用ですか？」

母は微笑み、たどたどしい英語で言った。

「あなたの家、素敵です。この夏借りたいです」

しばらく待ったが、女性が何も言わないので母は続けて聞いた。

「月いくらですか？」

女性は話す前にわざとゆっくりと白いエプロンで手を拭いて答えた。

「そうね、五〇ドルだけどちょっと遅かったわね。ちょうど別の人と約束したところなのよ」

母はがっかりした。

「あら、それは残念です。すみません。私たちとても気に入ります」

私はゴクリと唾をのみ込み、窓の看板を指さして言った。

「まだ張り紙が出てるわ。だからまだ空いてると思ったの」

彼女はつっけんどんに答えた。

「今朝貸したばかりなのよ。看板を外すのを忘れていただけ。悪いけど何ともならないわね」

母は微笑んで言った。

「とにかくありがとうございました。さようなら」

歩き出すと、母は私を励ますように言った。

「もっと素敵なところが見つかるかもしれないわよ、和チャン。まだまだ探せるところはいっぱいあるんだから」

しかし、その近所を探し回っても成果はなかった。毎回同じ話で断わられ、家賃が高すぎるか、すでに誰かが借りているかのどちらかだった。海岸の大通りに面した新しいレンガ造りの美しいアパートにも当たってみた。そこにはいくつかの人気のない窓に「空室」の看板が立てかけてあったが、管理人はにこりともしないで、「すべて満室です」と答えた。

その夜、私は歩き疲れてじんじんする足でベッドに入った。明かりを消した私の寝室から、リビングで母が父に話している声が聞こえた。

「ええ、素敵なところはいくつかあったんだけど、日本人には貸したくないのだと思うわ」

私は身を硬くして座った。そんなことなんて考えたことがなかった。きっと母は間違っているんだ。なぜそれが問題になるの？　父と母は、私たちと違ってアメリカ人ではないことは知っていた。なぜならアメリカで生まれたわけではなかったし、東洋人はアメリカの市民権を持てないという法律があるからだ。でも、スキッドローに住んでいる限り、東洋人であることが差し迫った問題になることはこれまで一度もなかった。

数日後、私たちは再びアルカイに向かった。今度は、新聞から切り抜いた貸家や貸アパートのリストをバッグに入れて持って行った。家探しの純粋な興奮とは違った緊張で手が震えた。母が父に言ったことを耳にしなければよかったと思った。

私たちは足早に、古風で趣のある白いケープコッド様式の家まで歩いた。ドアにはイルカが跳ねている形をした真鍮のノッカーが光っていた。とがった鼻に鼻眼鏡を掛け、丁寧にマルセルウエーブをかけた青い目の女性が急いで出て来た。彼女は母の話を聞きながら、神経質そうにまばたきをし、指で壁をコツコツと叩いていた。そして冷ややかにこう言ってドアを閉めた。

「悪いけど、この辺でジャップはお断りよ」

私の顔はこわばった。鋭い痛烈な平手打ちのようだった。彼女の言い方は単刀直入で無遠慮なものではあったが、それまで抱いていた疑念を払拭するために本当のことを聞きたかったのは確かだった。母は私の手を取ると、まっすぐ前を見て、素早く私を連れ去った。しばらくして母は静かに言った。

「和チャン、世の中にはそういう人もいるのよ。生きていく上で避けて通れない他のあらゆる嫌な現実と同じように、私たちはそれを我慢しないといけないの。これがあなたにとって初めての経験で、どんなに深く傷ついたかはわかるわ。でも大きくなれば、もっと強くなってそんなに傷つかなくなるものよ」

涙が流れるのを止めようとして、ゴクリと唾を飲み込んだ。そして思わず口走った。

「でもママ、日本人だっていうのはそんなに悲惨なことなの?」

「シーッ! そんなふうに言うんじゃありません」母はゆっくりと、真剣な口調で話した。

「あなたや、ヘンリーにも、澄チャンにも、自分を尊重することを学んでほしいの。それは白いから、黒いから、黄色いからじゃなくて、人間だからそうしてほしいの。そのことを決して忘れないで。誰が何と呼ぼうと、それでもあなたたちは神様の子どもなのよ。マー、ずいぶん暑くなってきたわね。ここで休憩して、家探しを続ける前に何か口にしましょう」

母について小さなドラッグストアに入る前に、私は急いで目をぬぐって鼻をかんだ。そこで高く盛られた特別豪華なバナナスプリットを注文すると、すぐに気が晴れた。

その日は、リストに載っている家を根気強く重い足取りで巡ったが、うまくいかなかった。どこに行っても体よく断られたのだ。帰り道、母は黙って座り、私は座席の隅で考え込んでいた。

一日中私は、自分に流れる日本人の血について反抗的な気持ちと擁護する気持ちの間で引き裂かれていた。しかし、あの女性の辛辣な言葉を思い出すと、ひりひりと痛む怒りの炎が血管を走って煮えくり返りそうだった。

澄子がベッドから身を起こして、期待に満ちた笑顔で私たちを待っていた。母は澄子を高く抱き上げて陽気に言った。

「今日はいいのが見つからなかったの。お家が大きすぎたり、小さすぎたり、ビーチから遠すぎたりしてね。でも、夏のお家は今に見つかるわ！　時間はかかるけれどね」私はぐっと歯を食いしばって、母みたいに明るくなれる日が来るのかしらと思った。

その晩遅く、加藤さんが訪ねてきた。父がアルカイでコテージを探しているけれども、今のところうまくいっていないと話すと、加藤さんは頭をかきながら言った。

「ヤァー、奥さんがそんな苦労をしたなんて気の毒だったね。あの地区は何年も立ち入り禁止で、東洋人に家を貸したり売ったりしたことはないし、これからも絶対ないと思うよ」

私は恥ずかしさで顔から火が出る思いだった。母と私は、わざわざ拒絶されるために一軒一軒訪ね歩いていたのだ。私たちの愚かな夏の夢は終わった。

どういうわけか、私たちがまだ夏の家を探しているという噂が友人たちの間に広まった。ある晩、カムデン・アパートに住んでいる斉藤さんから電話があった。

「うちの大家のオルセンさんが、私たちの住んでいる建物に小さな賃貸の部屋があるって言うのよ。彼女は素晴らしい人で、アパートの住人全員に、実はみんな日本人なんだけれども、親切にしてくれるの。きっと気に入ると思うわ」

後になって母は私に言った。

「ほら、和チャン、言ったでしょう。人はいろいろだって。東洋人を嫌っていない人がいたでしょ」

カムデン・アパートは、アルカイからかなり離れた山手の閑静な住宅街にある、質素で清潔な建物だった。

マルタ・オルセン夫人は小柄でほっそりした青い目の女性で、アパートの経営面を担当し、彼女の夫と三人の兄弟がこの大きな建物の補修・管理を担当していた。マルタはやわらかな北欧の訛りで母に言った。

「ご家族全員が一緒に住める広い部屋がなくてごめんなさい」

最上階の四階にある質素なアパートは、母と澄子が寝室に、私がリビングのソファに寝るのにちょうどいい広さだった。父とヘンリーはホテルの自宅に住んで、毎晩夕食は私たちと合流することにした。マルタは、冬までにはもっと広い部屋が空くだろうから、そこでみんな一緒に暮らせると言ってくれた。

もちろん、私たちは一時的にせよ借りることができてありがたかった。特にオルセン一家がとても暖かく親しみやすい人たちだとわかって感謝だった。マルタと夫は子どものいない中年夫婦だが、おしゃべりな輝く目をした子どもたちにいつも囲まれているところを見ると、夫妻がアパートに住むすべての子どもたちを自分の子どものように思っているのは明らかだった。マルタはいつも忙しそうにおいしいバタークッキーを子どもたちに焼いていた。澄子も私もすぐにクッキーをいただくようになり、マルタと母はお気に入りの母国のレシピを交換するようになった。

その夏、澄子と私はアパートの部屋をお城の塔から張り出した小塔に見立てて、お姫様ごっこをして過ごした。涼しい緑の木や美しい家に囲まれたワシントン湖に毎日泳ぎに出かけてはいたが、心の奥底ではまだアルカイ・ビーチを諦めきれず、蚊が多い泥底の湖と、ピュージェット湾のきらめく海やきれいな熱い砂浜と燃えるように赤い日の入りを比較し続けていた。

母は、このアパートに大満足していた。窓からは美しい景色が無限に広がっていた。真正面にはビーコン・ヒルに向かって伸びる橋が見えた。その頂上には、海軍病院の薄黄色の建物が堂々と立ち、その高くそびえるくっきりした輪郭が空に鮮明に映えていた。晴れた日には、氷で覆われた美しいレーニア山が雄大にそびえ立っているのを見ることができた。夕方には、夏の夜の柔らかな青いベルベットのような帳の上に張り巡らされたレーニア・バレー・ハイウェイの輝くダイヤモンドの光を眺めることができた。これらの景色すべてからインスピレーションを受けて、母は夜遅くに詩的な夢幻の境で窓辺に立っていた。ある時、心に染み入るほど美しい月明かりの情景を目にして、母の心にタンカ〔短歌〕が浮かんだ。その意味を私たちにこのように解釈してくれた。

「春爛漫のある夜／ほのかな藤色の／絹のような雲が／月の輝きを覆う／柔らかなシフォンのような霧で」

タンカで使われる言葉は、日本語の話し言葉とは全く異なっていた。短歌は五行で成り、それぞれの行が、五、七、五、七、七の音節ずつ、合計がちょうど三一の音節でできていた。それよりも短かったり、長かったりしてはいけなかった。タンカを朗読する時は、それにふさわしい意味と効果を持たせるために、情感と震えるような感情を込めた声で、調子をつけて詠まれた。このような歌には「ナリ・ケリ」という言葉がよく使われた。そのため、私たちが母をからかう時はいつも、語尾のすべてにこの言葉を付け加えた。ご飯を焚いている鍋の前で物思いにふけっている母を見つけると、私たちは互いに肘でつっつき合って言ったものだ。

「ママ、ゴハン、コゲリ、ナリ、ケリ！　ご飯がこげちゃうよ」

母は私たちの粗野なユーモアを笑ったものだ。しかし、タンカという母が使う表現方法には、何か特別な意味があると私たちは認めざるを得なかった。母は窓から見たり聞いたり感じたりしたすべての美しさをタンカに込めて、それを私たちが小さなアパートで楽しめるようにしてくれた。時には、深い霧に覆われて何も見えない夜もあった。そんな時、澄子と私はソファの上に丸まって、本を読んだりラジオを聞いたりして過ごした。母はその傍らで、肘掛け椅子に座って繕い物や縫物をしながら、霧に包まれた街の音に耳を澄ましていた。そんな静かな夜の終わりに、母は自分の作ったタンカを私たちに詠んでくれた。

霧の夜の
ほどろに更けて
寒々と
沖べの船か
笛鳴り交わす

その意味は、「霧に包まれた夜／物寂しい沈黙がさらに深まり／冷ややかな悲しみが漂う／はるか沖の船だろうか／深い霧笛を互いに響かせているのは」というものだった。

そのような夜には、私は急に大人になったような気がして、こんなに物悲しい詩が好きになれた自分に驚いた。この詩を聴くと、この夏の経験が思い出され、半分は悲しく、半分は世の中と和解したような穏やかな気持ちになった。

私は徐々に、日本人の血を引いていることに伴う恐ろしい災いを、他のいろいろな場面で知ることになった。国家が進む方向に国民も進むものだ。日本と合衆国はもはや意見が一致せず、日々のくらしにも影響が出ているのを感じていた。

国際情勢が一変したのは、日本軍が突然上海に侵攻した時だった。インタビューに応じた市の役人や著名人はこぞって、日本製品への圧力や不買運動を叫んだ。人々は行きつけの日本人の店に行くのを止めた。日本人に雇われていた中国人は次々と職を辞した。

私はチャイナタウンを通るのが怖くなった。店の前で日向ぼっこをしながらうわさ話をしていた中国人店主たちは、必ず立ち話を止めて、私に鋭く冷たい視線を向けた。

新聞や雑誌の社説欄は、醜悪な日本人の戯画で埋め尽くされた。日本人はいつも大きな月の形の眼鏡とビーズのように小さい近視の目で風刺された。巨大な四角い出っ歯の上に乗っている小さな口ひげは傲慢さを、そしてがに股で歩く姿は猿を連想させた。

太平洋の反対側で日本軍が行っていることが新聞に載ると、人々は道を歩く私たちを疑い深く見るようになった。私は人々の憤りが百通りにも示されるのを感じた。例えば、大きなデパートのレジで待っていると女性店員に無視されて、一〇分後に私は何事もなかったかのようにそっと立ち去るしかなかった。路面電車で通路を挟んで座っている乗客に冷ややかに見つめられることもあった。

またうららかな日曜日の午後、アントラーズ・ロッジで泳ごうと何人かで車に乗って田舎に出かけた時には、管理人が入口をふさいで無表情に言った。

「この辺りでジャップはお断りだ」

「ジャップじゃない。アメリカ市民だ」と言ったものの、プライドが傷ついたことをなかったことにしたくて、私たちは一斉に車に乗り込み、猛スピードで走り去った。

年配の日系一世の中には、二世の振舞いに戸惑う人もいた。日本の貨物船が目立たないように港で金属くずや石油を積み込むたびに、怒った市民が警戒隊として抗議に集まった。すると二世の大学生が彼らと一緒に、「石油を止めろ、ジャップを止めろ！」と書いたサンドイッチマン風の看板を掲げて、頻繁にドックを行き来したのだ。それは日系コミュニティの老人たちの感覚からすれば衝撃的だった。

「二世たちは自分が何者だと思っているんだ？　あいつらにも日本人の血が流れていることがわかっているはずなのに」とつぶやいた。

この頃、松井家の息子ディックが栃木県出身の人々の間で話の種になっていた。ディックは国際通信教育課程で電気工学を学び、日本の後藤商会で重要な職に就くことを決めたばかりだった。町の人たちは、誰かがここを引き揚げて日本に行くと決めるたびに、興奮してざわめいた。

父に連れられてランチに行った若松さんのカフェで、ディックの決断をめぐって激論が交わされたことを覚えている。ホテルの支配人でシアトル日本人商工会議所の会頭を務めたこともある坂口さんと、衣料品屋の澤田さんが議論に加わった。

「日本に帰るとは、ディックは賢い若者だ！」

坂口さんは、みんなのコーヒーカップが受け皿の上でガタガタと音を立てるほど激しくテーブルを叩いて言った。

「日本以外に、ディックが本物の男の仕事ができる場所があるだろうか？　もちろんここじゃ絶対に無理だ！」と言って下唇を突き出すと、丸い禿げた頭がタコのように見えた。

澤田さんは考え込むように首を横に振った。

「それはどうかなあ、坂口クン。それはディック自身が決めたのだろう。でも、もし私が彼の親だったら、もう一度よく考えるようにアドバイスするね。何と言ってもディックはアメリカ市民なのだから、ここにこそ彼の未来があるんだ」

私は穏やかなユーモアと思いやりのある澤田さんが好きだった。彼の妻は三人の幼い子どもを残して、何年も前に亡くなっていた。彼は生涯、セールスマンとして懸命に働いてきたが、疲れを見せまいと決心したように、常にしっかりと落ち着いた足取りで、いつものルートを毎日何マイルも歩き続けた。澤田さんは私が知っている中で最も幸せで誇らしげな男性の一人だった。というのは彼の優秀な長男ジョージが医学を学ぶという一番の夢が実現したからだ。

「未来はここにあるだって！　ばからしい！　そんなの言葉だけで現実じゃない！」坂口さんは感情を爆発させて言った。

「優秀な学士号を持っている息子たちの何人が、アメリカ社会に受け入れられているっていうんだ？　アメリカの会社で白人の同僚と同じ条件で働いている若者を一人でも挙げてみろ。二世のエンジニアは芝刈り機を押すくらいの仕事しかないんだ。化学や物理学の学位を持っている二世の研究室は、公設市場の果物売り場なんだ。結局みんな心の中が腐っていくんだよ」

澤田さんは穏やかに主張した。

「だからこそ、若い人たちは中西部や東部に行くべきだと思うんだ。そこではあらゆる種類の仕事が二世に開かれていると聞いている。例えば、永井さんの息子はウィスコンシン州でエンジニアとして公務員の良い仕事に就いているよ」

「永井の息子は一〇〇万人に一人だ。僕たちのほとんどは、向こうでは一人も知り合いがない。コネもなしに、そう簡単に向こうに行って仕事を見つけることはできないんだよ。いいかい、ディックは賢い奴だ。彼の教育と、英語と日本語の両方を使いこなす能力をもってすれば、そのうち東洋の大物になるだろう」

坂口さんは澤田さんにしつこく言った。

「正直に言ってくれ、澤田クン、もしたった今、日本でいい仕事が待っているとしたら、すぐにでも荷物をまとめて帰ってしまうだろ？」

澤田さんはきっぱりと答えた。

「子どもたちを置いて？　いや、行かないよ。ここに長く住みすぎたからね。妻はここに埋葬された。友達もみんなここにいる。日本の親戚とは連絡を取っていないから、今帰ったらよそ者だろう。人生って本当に不思議な展開をするものだよね」

「その通りだ！」父も同意した。

「子どもたちが生まれてからは、僕たちの根はより深くなった。ここが子どもたちの故郷なんだ。だからここが僕たちの故郷になったんだよ」

ディックに魅力的な仕事の申し出があったことを、松井さんが私たちに伝えに来た。彼女は、まるで自分の家族が天皇陛下から特別な恩恵を受けたかのように誇らしげだった。ディックが見たこともない日本を好きになれるだろうかと母が心配すると、松井さんはこう言った。

「ディックは日本こそ自分の居るべき場所だと思ってますよ。偏見と戦う必要がないので、きっと自分の力でトップに上り詰めることだってできますよ」

松井さんは、ディックが長年にわたってアメリカに対する強い嫌悪感を抱いていたと話した。それは、ディックが決して忘れることができない、ある出来事に起因すると彼女は考えていた。

ある夏、パイク・パブリック・マーケットで仕事をしていると、近くの屋台で野菜を売っていた白人がディックに向かって不機嫌そうに叫んだという。

「おい、お前らジャップはみんな自分の国に帰れ。店の邪魔をするのをやめろよ」

若くて短気なディックは言い返した。

「ジャップと呼ぶな、俺はアメリカ人だぞ！」

男は嘲るように笑いながら勢いよく振り向いたので、もし友達が制止しなければディックはエプロンを引きちぎって、その男に飛びかかっていただろう。

松井さんは続けて言った。

「ディックはこの言葉を絶対に忘れなかったわ。この国の白人はみんな、私たちのことを本当にそう思っているんだと言っていたの。あの子は大学に行くのは二世にとって時間とお金の無駄だと言って行かなくなったのよ」

それでディックは怒りに駆られ、白人の下で働かなくてもいいように一人でやっていく決意を固めて、猛烈な勢いで通信講座に取り組んだ。そして、後藤商会の代理人に話を持ち掛けられた時に、彼はその誘いに飛びついたのだった。

坂口さんと同じ考えの人たちは、きっぱりとこう言った。

「それのどこが悪いんだ？　人は歓迎されるところに行った方がいいんだ。才能や能力を無駄にしたら、結局は精神をむしばんでしまうことになるんだ」

一方、ヘンリーの大学の友人ジャック・岡田のような若者は、ディックの決心を軽蔑していた。

「ディックはばかだ。アメリカの教育を受けていれば、日本で大物になれると思っているんだ。大企業は彼のような奴を利用できるかもしれないけど、ディックは社会的に孤立していると気づくことになるだろう。日本人は僕たち二世を嫌っている。粗野なアメリカ人の振る舞いを軽蔑しているんだ」

ディックが日本に向けて出航する日、栃木県民は皆、彼を見送るためにスミス湾に集まった。母と私は家族の代表として参加した。紙吹雪や吹き流しが空を舞う中を、何百人もの日本人が桟橋に詰めかけて、お辞儀をしながら堅苦しい別れの挨拶をしていた。船が揺れ、太い低音の警笛が鳴り響くと、私たちは群衆をかき分けてディックのところに向かった。松井さんは、息子を戦場に送り出す侍の母親のように、毅然と微笑んでいた。私は、押しつぶされそうな人垣の中をなんとか腕を伸ばして、ディックの汗ばんだ手を握った。彼に笑顔はなかったが、私の挨拶に気づいて軽く会釈した。明るい太陽の下で、彼の顔はやつれて蒼ざめ、いつもより幼く不安げに見えた。そのため、ディックは土壇場になって気が変わるのではないかと思った。警笛がもう一度鳴り、大気を震わせた。果物やプレゼントの詰まった買い物袋を両腕いっぱいに抱えたディックは、桟橋から離れはじめたタラップを必死に上っていった。タラップが音を立てて船のへリまで上がっていくと、船員が真鍮のシンバルを勢いよく叩きながら甲板を歩き、すべての会話をかき消した。シンバルの音が慌ただしい最後の別れの言葉や流れる涙と混ざり合い、この上ない混乱と寂しさに包まれた瞬間だった。もう一度警笛の音が鳴り響き、船の甲板から「蛍の光」のゆっくりした旋律が私たちの頭上で流れた。さらに紙吹雪が降り注ぎ、色とりどりの紙テープが勢いよく空を舞った。誰もが「サヨナラ、さよなら、さよなら!」と叫んでいた。

ディックの母親は突然泣き崩れた。妻の横で直立していた松井さんは、遠くへ去っていく船上の息子の小さな姿に向かって、厳粛な様子で麦わら帽子を振っていた。私はスミス湾から逃げ出したくなった。そこはもはや、何年も前に一世たちがはやる思いで上陸した輝かしい海岸ではなく、チャンスを求めて日本を目指す若者たちが出発する場所になっていた。私たちは皆、一度や二度はディックのような思いをしたことがある。しばしば絶望し、生きている間ずっと人種差別の壁に頭を打ちつけなければならないのかと考えたこともあった。

心の底では、ひそかに不正に対して怒り、泣いた。しかし最後にはプライドを飲み込み、耐え忍ぶことを学んだ。

精神的な苦悩や葛藤があっても、本能的に私たちはこの地に結びついていた。私たちはここで生まれたのだから、ここで生きたかった。この国で自由を味わい、民主主義に対して揺らぐことのない希望を持つことを学んだ。遅すぎたのだ。引き返すにはもう遅すぎた。

第七章　楽園を見つけて

セントラル・グラマー中学校での最後の日、私の人生に突然ロマンスが訪れた。卒業式で賑わう中、クラス一のハンサムで運動神経も一番だった春雄が、急いで白い封筒を私の手に押し込み、慌ただしく別れを告げに来たのだ。

「これ、和子に。元気でね。フランクリン高校に行ったら手紙を書くよ」

封筒には彼のスナップ写真が入っていた。私は嬉しさのあまり宙に浮いてしまいそうだったが、その写真をどうしたらいいのかわからず、困惑して見つめていた。きれいなフレームに入れてピアノの上に飾りたかったが、そんなことをしたら両親から雪崩のような猛反対を受けるのはわかっている。それにどこにも隠せないこともわかっていた。ベッドの下のリノリウム床の下に隠しても、本棚のブリタニカ百科事典の第一二巻に挟んでも、我が家の探検家である澄子が見つけて得意げに母と父に見せるだろう。そしてお説教が始まるに決まってる。だめだ、スナップ写真を家に持ち帰るような危険を冒すなんてとてもできなかった。

最後にもう一度うっとりと写真を眺めた。白いスクールセーターを着た春雄は素敵だった。広い額に黒髪が少し無造作にかかり、満面の笑みを浮かべていた。私はゆっくりと光沢のある写真を細かくちぎり、ゴミ箱にひらひらと落とした。

父も母も理解してくれないのは悲しいことだった。ボーイフレンドやガールフレンドのことを考えていると、頭が軟化し、軟弱な性格になる恐れがあると言うのだ。以前、母が洗濯しようとしていたヘンリーのシャツの中から、一〇セントストアの指輪を見つけた日のことを覚えている。当時一三歳だったヘンリーは照れくさそうに耳を赤くして、幸子という女の子にもらったんだと口ごもりながら言った。母の顔色が変わり、父と母はヘンリーとリビングにこもって話し合った。スキャンダルをもみ消そうとしているように、一週間近く我が家は静まり返り、父と母は、ヘンリーのガールフレンドのショックから懸命に立ち直ろうとしていた。

親友の松子に春雄の写真のことを話すと、彼女はえくぼを浮かべて意味ありげに微笑んだ。そしてサイン帳の、あるページを開いて読ませてくれた。

「一番素敵な笑顔の、一番素敵な女の子へ。ブロードウェイ高校でまた会おうね」ジョージ・藤井とサインがしてあった。松子と私は幸せな秘密を胸にしまい、友情の絆をより強めて彼女の家の玄関先で別れた。

その晩、ソファに座って窓の外をぼんやり眺めている私のそばで、ヘンリーは友人の和夫が描いた絵を感心して見ていた。年上の和夫は、他の友人たちとは一風変わっていて、雑誌から写し取った最新の日本の戦闘機や戦艦モデルの絵を持ってヘンリーによく会いに来ていたのだ。彼は才能豊かで、その絵は水彩で美しく仕上げられていた上に、本物の澄んだテノールの声が自慢だった。ラテン系の黒い目をした美しい顔立ちの和夫は、オイルをたっぷり塗った黒髪にブラシをかけてエナメル革のように滑らかに整え、身のこなしはヒョウのように優雅に動く剣士さながらだった。

彼は幼い頃、日本に住む祖父母に預けられたために、アメリカに戻った時には生意気で不愛想な日本の紳士になっていた。彼のように生まれはアメリカ人でも、教育を通してより日本人らしくなった人は、二世ではなくキベイ〔帰米〕と呼ばれた。もうすぐ一六歳になる和夫は、美しく正しい日本語で、父と母に雄弁な決まり文句を並べ立てることができた。一緒にいると自分がだらしなく無作法に思えて、なぜか私を苛立たせた。

和夫はこんなふうに言った。

「この航空母艦を見てごらんよ。次の戦争が起こると空中戦になるから、日本は海軍史上最大の空母を作っているんだ！」

彼の話題は戦争、つまり過去に起きた第一次世界大戦と未来に起こる大きな戦争のことばかりで、彼にとってはまるで面白いチェスゲームのようだった。それに和夫の父親は日露戦争の退役軍人で、その話をするのが大好きだった。たとえば、捕虜の足を二頭の馬に縛り付けて反対方向に走らせ、体が真っ二つに裂ける様子を詳細に話した。

和夫は日本とアメリカの間で戦争が起こるのは避けられないと言った。

「ハハハハハー！　ねえ、和子サン、君のお兄さんのヘンリーは、アメリカは大きいから日本と戦争しても勝てると思っているんだって。そんな甘い話って聞いたことある？」

私は口もきかず、冷ややかな目で彼を見た。

「日本は強力な海軍艦隊と戦闘機の分野ではるかに進んでいるから、どの国にも負けないんだ。一人乗りの自爆魚雷潜水艦を知ってるかい？　それに乗り込んでバンザイと叫んで壮絶に死ぬのを、光栄で名誉なことだと思うようなアメリカ兵がいると思う？」

自分は知っているとばかりに、和夫は興奮して頭を震わせた。

「それに、ニッポン男子はみんな幼いころから戦士になるように育てられて、誇り高い武士道精神が染み込んでいるんだ。ここにそんなものがあるかい？　ハハハハハー！」

突然、私はもう我慢できなくなった。

「ハイエナみたいに笑うのね！　あなたの絵も、あなたが話すことも全部嫌いよ。二度と会いたくないわ！」

私は自分の感情の爆発にびっくりしながらリビングを飛び出した。和夫も逃げ出して二度と戻ってこなかった。ヘンリーはショックを受けて怒って言った。

「あんまりだよ。和夫の気持ちをひどく傷つけたんだよ。それにお前のこと好きだったのにさ。和子がいるから、よくうちに来るって言ってたんだ。男らしく見せたかったんだろうね」

この意外なことが明かされても、和夫が去ったことを嬉しく思っただけだった。私にとって男らしい男は、人気があって、野球やサッカーが上手な春雄のような人だった。

数年後大人になってから、和夫と偶然出会った。彼は変わり、もはや空母や戦争の話はしなくなって、女の子が誰も自分とデートしたがらないという事実にひどく傷ついていた。

「どうしてそう思うの？　デートをしたい女の子はたくさんいるわよ」

「そうなんだけど、キベイとはしたくないんだ」

和夫は悲しそうで、弱気になっていた。二世の女性がキベイの人とのデートを敬遠しているのを私は知っていた。彼女たちは男性が自分より先にドアを開けて堂々と歩くと侮辱されたような気分になるし、男性が椅子にふんぞり返りながら、もったいぶった態度で自己紹介に応じる姿を見て、なんとも言えない屈辱を覚えるのだ。和夫はそんな行動をとってしまうことがあったが、悪気はなかった。日本では女性に尽くされることが普通だったのだ。

それに和夫の英語は訛りが強くて、日本語の単語がかなりたくさん混じっていることに気づいた。

「ねえ、僕のぷりてぃ新しいそんぐを聞きたい？　トテモステキヨ、べりーろまんちっく」

私はこれまで、これが混合語だと気づいていなかったが、それはおそらく小さい頃に二つの言語が混じっているなんて考えもせず、そういう言葉を話していたからだろう。

和夫は相変わらず豊かな黒髪を後ろになでつけていた。剣道で飛び跳ねる代わりに、今はフォックス・トロットとタンゴを熱心に練習していた。また、包丁のように鋭い折り目がついた長いパールグレーのズボンを、ぴったりと脇の下まで引き上げて履いていた。和夫は首を反らして、オペラ歌手のように表情豊かに歌った。

「ミー・・・ミミミー！　どうだい、ばかみたいに大きな声だろう？」彼はまだ頭を震わせる癖があった。

「いつかにゅーようくに本格的な歌のレッスンを受けに行くつもりなんだ。この町は僕にはすもーるすぎる。大都会で本物のあーちすとになるんだ」

ある日、和夫は本当にニューヨークへ旅立った。若い頃どう思っていたにせよ、今では和夫に対して思いやりと共感を持つようになっていた。それはこれまで感じたことのない感情だった。彼は幼い頃に日本に送られ、そしてまた突然故郷に戻された。そこはもはや彼の考え方に合わなくなっていたのだ。彼はどんなに不器用でぎこちなくても、自分の立ち位置を見つけようとしていた。ニューヨークでは和夫が髪を縦にとかそうが横にとかそうが気にせず、彼の生い立ちを変化に富んで刺激的だと感じてくれる人たちと出会えることを願った。

春雄との大恋愛は突然終わりを迎えることになった。春雄はフランクリン高校へ、私はブロードウェイ高校へ進むという公立学校制度の残酷な命令で春雄から引き離されたため、何カ月もの間、私は人知れず苦しむ悲劇のヒロインだった。彼の手紙は少年がこっそり届けてくれた。そんなある日、春雄は秋から日本語学校に戻って私のクラスに入ると書いてきた。その手紙を見せると松子は歓喜の声をあげた。

待ちに待った運命の日がついにやって来た。その日、松子と私は日本語学校の新しい教室で座っていた。高校に入ってから二年間、春雄とは毎年恒例の日本語学校のピクニックで二度会っただけで、私たちは慎重に距離を置いていたのだ。

見覚えのある日焼けした顔がドアから次々と入ってきて、ついに春雄が勢いよく部屋に飛び込んできた。彼は相変わらずハンサムで、日焼けして生き生きした顔が、まばゆい白いシャツと鮮やかな対照を成していた。魅せられた私の目に映った彼は夏の太陽の力強さと爽やかな風の新鮮さにあふれていた。

彼は大胆にも私の座っている側の通路を歩き、よく知っている、思わず微笑み返したくなるような笑顔で、私の隣の机に滑り込むように座った。

「やあ、和子。この夏は楽しかった?」

最高に幸せな気分だったが、落ち着いて答えている自分がいた。

「ええ、あなたは?」

「まあまあかな。また田舎で汗を流していたんだ。でも楽しかったよ」

ちょうどその時、岸田先生がクラスを静粛にさせるために銀色のベルを何度か鳴らし、私たちの至福の会話は終わった。お辞儀をする合図のベルが再び鳴った。私たちは両腕をしっかりと体の脇に付けて堅苦しくお辞儀をした。席に着く前に春雄に微笑みかけようと振り返った時、私の笑顔は凍りついた。私はまるで山の頂上から春雄の困惑した目を見下ろしているような気がしたのだ。私は彼より完全に頭ひとつ分、背が高くなっていた。春雄は外見も身長も変わっていなかったが、私はジャックと豆の木のように成長してしまったのだ。私は茫然と席に戻り、小さな世界が崩れ落ちるのを感じた。

この悲劇は松子に心配の種を与えた。彼女がうろたえたのは、秘密の恋人ジョージが横に広がっている間に、彼女もまた竹のように身長が伸び始めていたからだ。

春雄とジョージは私たちの人生で、もはや意味を持たない存在になった。ほとんどの女友達が小さなバラのつぼみのように、かわいらしく五フィートの身長を保っている中、松子と私は、どうすることもできずに成長していく自分たちを恐る恐る見守っていた。それは大惨事だった。

私の身長が五フィート二インチに伸びた時、成長を止めようとベッドの足板に足をしっかり押しつけて寝た。五フィート四インチに達すると、私は多くの二世の男の子たちを見下ろすようになった。五フィート五インチになった時、私は怒りに燃えた。この異常な成長には誰かに責任があるはずだと考え、神様と両親が私の怒りの矛先となった。そして五フィート六インチに達した時、私は東洋的な諦めの境地で運命を受け入れた。もし生涯独身になる運命なら、せめて騒ぎ立てず穏やかにその運命を受け入れようと決心した。

高校時代は驚きの連続だった。日本語学校、ベイリー・ギャツァート、セントラル・グラマーの八年間、私は先生に言われたことだけをやってきた。口を開くのは質問に答える時だけだった。私ははっきりと意見を言わない点では完璧なお手本のようだった。しかし高校では、自分の意見を持ち、それを発言することが求められた。公民、歴史、時事問題、文学などの授業は、ずっと議論や批評に費やされた。私は意見を持っていたが、自意識過剰で発言できなかった。

これを思春期の典型的な症状だと説明する人もいるだろうが、私は日本人であることも一因だと感じていた。ディスカッションの時間には、日系のほとんどの生徒が石のように黙って座っていた。日本人特有の何かが、声を上げて失敗を犯すよりも、無口で愚かに見える方がいいと感じさせていたのだ。私は日本人は沈黙する国民だと考えるようになった。自分の意見を聞いてもらおうと騒ぎ立てる仲間の学生たちが羨ましかった。彼らの言うことは必ずしも深いものでもなく、適切なものですらなかったが、それを気にしている様子はなかった。赤いトマトのように顔を火照らせることなく、最も単純な発言をクラスでできるようになったのは長い苦闘の末だった。

高校を卒業した時、私の未来は明るく思えた。父と母は私を大学に進学させると約束してくれた。ヘンリーはずっと前に進学していて、医学部予備学生として輝くオーラを放っていた。松子もまた、両親を説得して大学に行くことになり、私たちは夏の間ずっとその話ばかりしていた。私たちはカタログを隅々まで調べ、ワードローブを計画して自分たちで作り、本物のデートでサッカーの試合やダンスに行くのを楽しみにしていた。

ある晩、父は私をリビングに呼んで深刻そうに話し始めた。

「和、おまえがこの秋の大学進学を決めていることは知っている。数ヶ月前に話し合った時は、素晴らしい考えだと思ったし、今でもそう思っている。でもママと私はあれからいろいろ考えてみて、まずはビジネススクールに通うべきだと思うんだ」

「でも、どうして？」

私は悲痛な声を上げた。ビジネススクールの二年間で学ぶことと言えば、正確にタイピングをすること、速記で書いて後で普通の英語にすること、それから架空の帳簿で二セントの行方を追跡することくらいだ。私は退屈で死んでしまうだろう。松子やクラスメートに取り残され、事務機器に埋もれて、年老いて忘れ去られるんだ。

父は言葉を探しながら言った。

「なにか嫌な噂が広まっていてね。しばらく前からアメリカと日本の戦争について話す過激な連中がいるんだ」

私は背筋が凍って半ばささやくように尋ねた。

「戦争になると思うの？」

「いや、そうは思わないけど、誰も断定はできない。国と国との間の緊張で将来は見通せないんだ。でも誤解しないで、和。そのことだけで気が変わったわけではない。現実的に考えても、万が一に備えて、働いて自立できるように何らかの事務能力を身に付けてもらいたいと思うんだ。それはすぐに使う必要はないかもしれないが、いつか役に立つだろう。自分のためによく考えるようにお願いしているんだよ」

判断をすべて私の手に委ねて、父は静かに話し合いを打ち切った。私は何をすべきかわかっていたが、自分の意志に反して賢明な決断を下すことにうんざりしていた。私は屋根を吹き飛ばして、近所の人が窓から覗くほどの大喧嘩をしたかった。

しかし翌週、私は素直にワシントン州立職業学校に出向き、秘書の訓練コースを申し込んだ。トンプソン先生は背が高く、鉄灰色の髪をボブカットにした有能な学生アドバイザーで、驚くほどの率直さで面接を行った。

「さて、糸井さん、今年は六人の日系アメリカ人の女子を受け入れています。日系の人を差別していると思われたくありませんが、過去の経験から、ダウンタウンのオフィスで仕事を見つけるのはほぼ不可能だとわかっています。だから二世には自分たちの仲間内で仕事を見つけてもらうしかないのです。日系コミュニティはそれほど大きくないので、速記者や簿記係などは限られた人数しか受け入れてくれません。だから就職が難しい二世の女子をあまりたくさん教育するのは合理的ではありませんよね？　本校は卒業生の高い就職率を維持する必要があります。私たちの方針をわかってくださいね」

私は理解し、彼女の率直な姿勢に感謝した。気まずい口実など使わずに、スパッと切れた傷跡を残しただけだった。二世の女子が、ダウンタウンにある三井や三菱の支店、地元の新聞社、日本の銀行、海運会社、小規模な商社など、ホワイトカラーの仕事を求めて激しく競い合っていることは知っていた。チャンスは限られていた。もしビジネススクールに通わなければ、他に唯一開かれた職業は家事奉公だった。より幸運な女子は大学に進学したが、それで就職活動を四年間先延ばしにするだけだった。

「その時が来れば、必ず自分で仕事を見つけます」と私はトンプソン先生に言った。

「糸井さん、こうしないといけないのは残念ですが、現実的に考えなければなりません。二世を当校に受け入れる前に、卒業後の就職の保証書を提出していただく必要があります。その間に、あなたの高校時代の成績をチェックします。もしそれが満足のいくもので、残りの要件を満たすことができれば、入学を許可します」

泣き出しそうになったので、私はお礼を言って急いで立ち去った。家に帰ると、母の肩に顔をうずめて泣きじゃくった。ビジネススクールを無事に卒業できるかどうかもわからないのに、誰が正気で仕事を約束してくれるだろう。私が涙に暮れている間に、母は小さな肩をピンと反らせて電話に向かった。彼女の交友関係はとても広かった。それから数時間にわたって母は電話を完全に独占したので、オペレーターが止めようとした。

「電話を控えてください。これは共同電話です」

母はそれがオペレーターだとわからず、電話に割り込んできた失礼な女性を追い払おうとして言った。

「かけ間違いです。番号違いですよ。こちらはミセス糸井・・・メイン通り八五〇四番」

翌朝、私は三井物産の広々としたピカピカのオフィスで背筋を伸ばしてきっちり座り、家族の古い友人の娘と結婚している井口氏と真剣に話をしていた。彼はきちんとした髪、きちんとした口ひげ、そしてきちんとしたダークスーツを着こなした、まさに敏腕な若いエグゼクティブという印象だった。彼に仕事の約束を取り付けようとするよりも、東洋の養殖真珠の取引について話している方がふさわしいと感じた。

「さて、お嬢さん、一つだけ約束できます。あなたが研修を終えた時に空きがあって、あなたの資格が私たちの要件に合えば、他の志願者と同等に採用するかどうか検討しましょう」

私にとってはそれで十分だったし、ワシントン州立職業学校にとっても十分であることを願った。

「井口さん、あの・・・それを書面にしていただけませんか？」

「もちろんですとも、お役に立てるなら。実は、そういった手紙を何十通も書いてきましたから」

井口氏は手紙を書き上げ、仰々しく署名し、丁寧にお辞儀をしてオフィスから送り出してくれた。

その貴重な手紙をトンプソン先生に郵送した。それから数週間、私は郵便受けのそばでずっと返事を待っていた。ある瞬間には受かることを祈り、次の瞬間にはビジネススクールに行かなくて済むように不合格になることを願った。ついに手紙が届いた。

「あなたの申請が承認されたことをお知らせします・・・」

父は喜んだ。私のことをひそかに心配していた母も喜んでくれた。高校の同級生の多くは、卒業後すぐに結婚した。彼女たちは、料理、裁縫、編み物、それにかぎ針編みでパイナップル柄のテーブルクロスやポップコーン模様のベッドカバーの作り方などをずっと昔に習っていたため、結婚仲介の交渉人であるバイシャクニン［媒酌人］から縁談が殺到していたのだ。私を家庭的な娘にしようとする母の努力は全く実を結ばず、一度も縁談が来たことがなかった。

母を気の毒に思った松井さんが、私に素敵な青年を見つけてあげると申し出たことがあった。彼女はある日の午後、二世の娘と結婚したいと考えている若い日本人船員の写真を持ってやってきた。しかし、何年も前に姉の安子の結婚が悲劇に終わって以来、母は写真結婚には信頼を置いていなかった。安子は父親が選んだ男性と結婚したが、それは不幸な結婚だった。体面を重んじる人々の間で離婚はありえないことだったため、安子はついには身を投げて命を絶ったのだ。松井さんがこの縁談を持ってきた時、母は断りたかったが、長年の友人の機嫌を損ねずにうまく断ることができず、成り行きに任せることにして私をリビングに呼んだのだった。私は何が計画されているのか知らなかったので、母から一九歳くらいの真面目そうな丸顔の青年の写真を手渡された時、何か変だと思った。彼は日本の船の甲板に立って海軍の制服を着ていた。いったい何のことだろうと思いながら、私はその青年を見てから船を注意深く観察し、何も言わずに写真を返した。母が何か言うのを待ったが、母の顔に何も読み取ることはできなかった。その意味を明かしたのは松井さんの輝く熱心な目だった。その時突然、母がうろたえ、自分でも驚いたことに、私の顔にばかげた笑みが広がり、大声で笑い始めてしまった。母が松井さんにひたすら謝っている間、私は笑いを止められず、二階に退かざるを得なかった。私には興味がないと松井さんに伝えるだろうと母はわかっていたが、そんなに無遠慮にやってしまうとは考えていなかったのだ。私は自立できる見通しがあってよかったと思った。

松子や他の友人たちが予定通り大学に通っている間、ビジネススクールで丸二年を過ごすことになるのだと考えると、私は愕然とした。そこで二年間の過程を一年で終えることに決めて、熱心なビジネススクールの学生になり、鬼のようにタイピングをし、速記、ファイル、計算機、請求書発行機、謄写版、帳簿に猛烈な勢いで取り組んだ。私の一年計画は成功し、翌年六月に卒業した。しかし、どこかでつまずきがあったのだろう。翌年の秋には、ワシントン大学ではなくノース・パイン結核療養所に入ることになってしまった。

父と母が私を加藤さんの車に乗せて、ノース・パインに連れて行こうとした時、私は言葉を失うほどのショックを受けた。家の車は故障していたので、加藤さんは親切にもこのバイ菌の塊となった私を適切な処分場まで運ぼうと申し出てくれたのだが、彼の車の座席には白いベッド用のシーツが念入りにかけてあるし、いつもきちんとした身なりをしている加藤さんが、古く色褪せた青い作業シャツ、汚れたオーバーオール、そしてぼろぼろの虫食いセーターを着てハンドルを握っていたのだ。帰ったら、彼は着ていた衣服を炉で燃やし、ライゾールを入れた浴槽に入るだろうと私にはわかっていた。彼が大きな犠牲を払ってくれたことに私は感謝した。

ノース・パインに着くと、車椅子に乗せられ、すぐに入院患者用の建物に連れて行かれた。父と母の方を振り返って重苦しく「さようなら」と手を振った。私は日本人だったからだ。大丈夫だよと二人を安心させるために、笑顔を見せないといけないのはわかってはいたが、どうしてもできなかった。その夜、九時になってフロアの明かりが消えると、私は毛布を顔にかけて静かに胸も張り裂けんばかりにむせび泣いた。

翌日、私には死ぬ準備ができていたが、忘却の中へと消えていくのはそんなに簡単なことではないと気がついた。看護師や医師が私の無我の境地に何度も割って入ってくるのだ。夜明けから消灯まで、洗面のお湯、朝食、トイレ、体温計、スポンジバス、昼食、トイレ、昼寝、トイレ、夕食、トイレという日課が次々とやってきて、それを無視するわけにはいかなかった。

死についての考え方は、三人の病室仲間と私とは全く違っていた。ホープ・ルーミスは四〇歳くらいで、彫刻のようにくっきりと細い輪郭の、上品で繊細な顔立ちだった。ビクトリア朝時代の女性らしさを表すのは、スミレの香水、レースのハンカチ、不健康さだったが、ホープはその時代からそのまま保存されていたような女性だった。短く刈り込んだ黒髪を横分けして、頭にぴったりとなでつけていたので、髪が一本一本頭皮に糊付けされたように見えた。彼女はいつもこのヘアキャップのように見える髪の周りに幅の広いピンクのリボンをつけ、大きく目立つ蝶結びにしていた。羊皮紙に似た白い両頬は、怒ったように紅潮していた。

ホープは自分の結核の病歴について話すのが大好きだった。彼女が生まれて初めて青い目を開けたのが、療養所のベビーベッドだった。

「それ以来、私の人生は療養所から療養所への長い旅だったわ。医師たちはとっくの昔に諦めていたけど、私は生きているし、まだまだ元気なのよ」

結核が必ずしも海に身投げしたいと思わせるような病ではないことを、私はホープから学んだ。それどころか、結核は気持ちを高揚させ、人の目に興味の輝きを与え、尽きない話題を提供してくれることもあるのだ。

ワンダは日本人から見るとさらに驚くべき人物だった。若く離婚歴のある彼女は、青いメノウ色のきらきらした瞳とふっくらした赤い唇をしていた。そしてその容姿に見合った表現力を持つワンダはいつもけんか腰だった。ワンダが切れやすい上に病院の規制すべてに激しく反抗するので、彼女がいる部屋の一角は騒ぎが絶えなかった。彼女は自分のことを話すと怒鳴り声になった。

「手足を縛られて、無理やりここに入れられたんだよ。小さな男の子がいるっていう理由で閉じ込められたんだ。でも私は、その辺の口うるさい、胸がぺったんこのババアたちよりも、よっぽど健康なんだ」

できることなら、ワンダはあれこれ蹴散らしてでも病院を抜け出したかったのだろうが、代わりに足を空中に蹴散らし、お尻をスリムにする自転車漕ぎの激しい運動をしていた。彼女には何も怖いものはなかった。私が結核で落ち込んでいるなどと、ワンダに知られるわけにはいかなかった。

病室の三番目の隅にいたクリスは、明るい赤褐色のふわふわした髪をしていた。よく笑い、その爽やかなユーモアは単調な日常生活を吹き飛ばしてくれた。私はクリスの心を分析しようとしたが、どうしてそんなに陽気でいられるのか理解できなかった。

最初は見知らぬ女性ばかりの部屋に入れられることに抵抗はあったが、私と同じ無力感を抱いている三人の日本人女性と同室にならなかった運命に感謝した。そんなことになれば、私たちは仕方がないと諦めて一緒に死を迎えていただろうから。今や私は、クリス、ホープ、ワンダにすっかり魅了され、静かに悲嘆に暮れてやせ衰えていくことはできなかった。

ある朝、クリスは四人部屋から二人部屋に移された。数分後、看護師が私のベッドに車椅子を運んできた。

「ミス糸井、ミス・ヤングと同室になりませんか？」と尋ねた。

私は一瞬唖然として横になっていた。ホープかワンダがクリスと同室になると思っていたからだ。私は看護師に是非そうしたいと伝えた。新しい病室に落ち着くと、クリスは私に微笑みかけた。

「和［カズィ］、私と同室になっても構わないわよね。あなたを選んだら看護師さんは驚いたけど、療養所の幽霊のようなミス・サナトリウムやメノウ色の目をした人とじゃなくて、本当の親しい交わりがしたかったの」

私は「嬉しいわ」としか言えなかったが、その時、何か重大なことが起こったような気がした。クリスは、私の祖先が日本人であることを思い出させたが、それは痛みを伴うものではなかった。不思議なことに、彼女は私に日系であることを誇りに思わせてくれたのだ。

私は、クリスのプライバシーを侵害しないように、日常的な会話以外は控えめにしようと決めていたが、それは部屋いっぱいに仕掛けられた花火を無視しようとするようなものだった。彼女の才気あふれるユーモアと生きることへの抑えがたい欲求に、私は影響を受けずにはいられなかった。自己憐憫のどん底に沈んでいた自分が、少しずつ明るい日差しに誘い込まれていくような気がした。クリスは毎朝、「オハヨウゴザイマス」という日本語で、まだぼんやりとまどろんでいる私を突然起こし、看護師長がまた何か怒っているわよ、と注意してくれた。

療養所で過ごすうちに、私は仲間たちと歩調が合っていないことに気がついた。自分がアメリカナイズしたことに自信を持っていたので、このようなずれを感じるのは少しショックだった。私は父母よりも英語をずっと上手に話せるし、血のように赤いマニキュアや濃い紫色の口紅を塗ることに何のためらいもなかった。私はこのことが鼻高々で、父と母をいつも不快にさせていた。しかし、ここでは私は自信を失い始めたのだ。

ある日、私たちが歩行を許可された患者になった時、クリスとエレイン（隣の部屋にいた背の高い黒髪の女の子）と私は、新しく入ってきたローラ・ウィルソンを食堂の私たちのテーブルに招待することにした。クリスがローラを連れてきて紹介した。

「みんな、ローラを紹介するわ。ローラ、こちらはエレインと和よ」

自分では一番心を込めた笑顔で、ローラに「初めまして」と挨拶したつもりだった。ローラはテーブルにつき、クリスとエレインは彼女にあらゆる質問を浴びせて打ち明け話をしている間、私はそばで聴くだけで満足していた。夕食後私たちが病室に戻った時、クリスがこう言ったので私は愕然とした。

「和、ローラはあなたにあまり気に入られていないと思ってるわ。座っているだけで何も話さないなんて、ちょっと冷たく見えたわよ。彼女のこと気に入らなかったの？」

クリスに冷水を浴びせられたような気がした。私はローラが好きだった。私としては最高の笑顔を見せたのに、彼女は気分を害したのだ。それで私は、テーブルにローラを招待して、無礼に思われたことをお詫びしたいとクリスに言った。それについて二度と話題にすることはなかったが、私にはあまりにもショックだったので、クリスのこの予想外の反応を忘れることができなかった。

数週間後、私はその原因に気づくことになった。それは、新しく歩行可能患者となった二世の二人の女の子が目に留まった時のことだ。彼女たちは目立たないようにしたいのか、二人だけで部屋の隅っこに座っていた。寂しそうだったので、私は近づいて自己紹介をした。

「こんにちは、私は糸井和子です。久しぶりに歩いて気分はどう？」

彼女たちは誰だったか思い出そうと一瞬私を見つめた後、恥ずかしそうに微笑んだ。

「奈美です」

「万里江です」

私は次の言葉を待った。すると奈美は短く言った。

「ええ、気分はいいです」

万里江は微笑んだだけだった。

二人は座りましょうかとも言わずにこちらを向いて、私が用件を話すのを待ち構えているようだった。

私は何が何でも話を続けようと思って、微笑んで尋ねた。

「この氷の洞窟に入ってどのくらい？」

「二十週間」と奈美は深刻そうに答えた。それだけだった。

万里江の方を向くと、口ごもりながら言った。

「五カ月」

奈美は小さな声で私に尋ねた。

「あなたは？」

「七カ月よ」それは私が思いつく中で最も簡潔な返事だった。私は確実なもう一つの話題を試してみた。

「気管支拡張を受けているの？　それとも他の治療？」

「いいえ」

「はい」

奈美はやっとの思いで私を見上げた。

した。

「あなたは?」

「何もしていないわ」

互いの話題は尽きた。全く愚かで無益な会話だと思ったので、私は礼儀正しく終わらせようとした。

「お会いできて良かったわ。またね。さようなら」

すると奈美と万里江は生き生きして、「じゃあね」と言った時はまさに顔が輝いていた。

彼女たちは私に潜伏中のスパイのように感じさせたとしても、冷たくするつもりはなかったのだ。その反応は典型的な日本人のもので、それこそがローラに対する私の態度だった。クリスとローラが、私がわざと無礼なことをしたと思ったのも無理はなかった。

日本人から見れば、奈美も万里江も私も、慎み深い乙女にふさわしい最高の礼儀作法で振る舞っていた。故郷では友人に紹介されたら、必ず深くお辞儀をして「はじめまして」と挨拶をする。来客を質問攻めにするのではなく、ただ座って、客が話しかけてこない限り一言も口を開かない。そして丁寧かつ簡潔に「はい」か「いいえ」で答える。大切なのは、静かに座って、他の人たちが話したいことを話してもらい、常に愛想よく微笑むこと、そして来客のティーカップを満杯にしておくことだった。

その時、私は自分が礼儀正しすぎることに気がついた。病室に出入りする時は、いつも他の人を先に通すようにしていたので、私は常に列の一番後ろに並ぶことになった。しかし、誰もそれを気にする人はいなかった。最初は他人の無作法さに困惑したものだ。クリスもローラもエレインも、それに他の人たちも、そういうことにはとても無頓着で、たまたま出入り口に一番近い人が先に通った。ところが日系社会では、誰に最初にドアを通ってもらうか、あるいは部屋で一番快適な椅子に座ってもらうか、という意地の張り合いが普通だった。このような駆け引きはすべてレイギ、つまり尊敬されたければ、誰もがそれを厳格に守らなければならない人前での振る舞い方だった。加藤さんが以前、路面電車の車掌を顔が紫色になるほど激怒させたのは、ぞっとする思い出だった。彼女は、自分と同じように礼儀正しい友人に先に乗ってもらおうとして、電車の混雑を引き起こしたのだ。私は療養所の中で最も礼儀正しい人間になろうとするのを諦めることにした。習慣を変えても、誰もそれに気づかなかったが、私にはその方がより心地よく感じた。

療養所で九カ月を過ごす間、私は人との関わりに夢中になり、自分を発見することに懸命だったので、気がつくと結核という悲劇は大したことではなくなっていた。しかし、クリスも私も家に帰れるほど元気となったという、思いがけない素晴らしい知らせを受けた日、昔の恐怖がよみがえってきた。クリスはずっと歓喜に胸を高まらせていたが、私は喜びから絶望へと波のように揺れ動いていた。故郷に帰るのが怖かったのは、自分のコミュニティでは決して幸せになれないと確信していたからだ。第一に、私は体重が二五ポンドも増えて巨人のようになっていた。そして、結核にかかったことがあるという暗い過去があるだけで結婚はできないだろう。誰も私と結婚などしてくれないわ、と友達に言っては泣き、その悲哀に我を忘れた。故郷の友人なら、そんな私を優しい同情の声で包み込んでくれただろう。病院の友人にもそれを期待したが、彼女たちはその代わりに、キャッキャッと大笑いし、私の胴回りをからかっただけだった。

一瞬、泣くべきか怒るべきかわからなかったが、彼女たちの温かい愛情のこもったまなざしを見た時、突然私は慰められた気がした。クリス、ローラ、アン、エレインをはじめ、仲間たちは、ありのままの私を彼女たちの輪に受け入れてくれたのだ。私の外観が違ったり、少し変わった言動をしても彼女たちが気にしなかったのは、基本的に私たちはお互いが好きだったからだ。人生で初めて、私は自分自身でいることに純粋な幸福を感じた。

退院の日、もうひとつのサプライズが待っていた。家に向かう途中、父はカムデン・アパートの私たちの家で車を止めずに通り過ぎ、スピードを出してビーコンヒル橋を走り抜け、壮観な海軍病院を通り過ぎた後、茶色と黄色の二階建ての大きな木造家屋の前で車を止めた。これが私たちの新しい家だった。私の退院の日が近いと聞いた父が一家で引っ越したのだ。ヘンリー、澄子、そして年老いた黒猫のアズマが玄関から飛び出してきた。私はこんなに我を忘れるほどの喜びを感じたことはなかった。

家族は私に家を見せたくて仕方なく、急いで二階へ連れて行った。そこには私の寝室があった。日当たりが良くて美しく、ベッドカバーに合わせた新しいオーガンジーのカーテンが掛かり、濃い青色のラグが敷いてあった。その家は簡素だが、驚くほど広くて二階に四つの寝室があった。そして一階には快適なリビングと宴会を開くのに十分な大きさの食堂があった。

そして、さらなるサプライズが待っていた。最初の騒ぎが収まると、ヘンリーとミニーがついに正式に婚約したという素晴らしいニュースを発表したのだ。私はヘンリーを祝福し、ミニーを抱きしめた。私たちは何年もの間、横山家と顔見知りだった。両家は同じメソジスト監督教会の会員だったが、ヘンリーはミニーが看護師になるために学んでいた大学で彼女を見初めたのだった。彼女は若く美しい女性に成長し、短く刈りこんだ黒髪の頭を少し傾ける仕草から、軽快で弾むような歩き方まで、快活さにあふれていた。ヘンリーとミニーはすぐにでも結婚したかったが、二人がその話を家族に持ちかけるたびに、両親は驚いて立ち上がった。横山家と糸井家の人々はすべてを中断して、大慌てで電話をかけ合い、お互いの家まで必死に車を走らせて両家の全員会議を開いた。お茶を何杯も飲み、若い二人が大声で訴え、年長者たちが厳しい表情をした後、ヘンリーが医学部を卒業してミニーが看護師の訓練を終えるまで待つようにという結論が下された。しかし、ヘンリーとミニーは親たちの抵抗を乗り越えて正式に婚約したので、これは部分的な勝利だと考えた。ヘンリーは冗談めかした強い口調で言った。

「戦いの半分は勝ち取った。お前は家に帰ったのだから、残りの半分の説得を手伝うんだぞ」

私は張り切ってうなずき、喜んでこのような幸せな陰謀に加わった。

今や、私の幸せを損なうものは何もないような気がした。家族はついにひとつになり、健康で幸せだった。父は美しいビーコンヒルに素晴らしい大きな家を見つけた。そこから東にはワシントン湖から立ち上る早朝の霧、西にはピュージェット湾と市街地の全景が見渡せた。そのような環境で、私の未来は幸福に満ちて目の前に広がっていた。今や、何も悪いことが起こるはずがなかった。

第八章　シアトルに響き渡る真珠湾攻撃

一九四一年一二月七日、平和な日曜日の朝、毎年恒例になっているヘンデルの「メサイア」のクリスマス・リサイタルに向けて、ヘンリーと澄と私は聖歌隊のリハーサルで声が嗄れるほど歌っていた時だった。突然、ワシントン大学の若い学生、チャック・水野が階段を駆け上がってきたのか、息を切らしてチャペルに飛び込んできた。

「みんな聞いて！」彼は叫んだ。

「日本がパールハーバーを爆撃した・・・ハワイで！　戦争だ！」

恐ろしい言葉は超大型爆弾のように打ちのめし、私たちは動けなくなった。これがチャックの悪ふざけであることを祈りながら、互いに弱々しく微笑み合った。音楽監督の原先生は譜面台を落ち着きなく指揮棒で叩いて注意した。

「さあ、チャック、冗談はそこまでにして、やるべきことがあるでしょう。席に着いてね。三〇分も遅刻ですよ」

しかし、チャックは猛然とした足取りでドアまで戻って言った。

「本当だよ、みんな、嘘じゃないよ！　たった今、車のラジオでニュースを聞いたんだ。レポーターがわめき散らしてる。降りてきて自分で確かめろよ」

チャックが部屋から勢いよく出て行くと、若い男性たちが入り乱れて後に続いた。ヘンリーもその一人だった。そこに残った私たちは操り人形のように立ちすくんでいた。これまでの居心地の良いささやかな生活がジグソーパズルのピースのように、こぶしの一撃で粉々に砕け散った気がした。古傷が再び開き、今や敵となってしまった日本人の血に、秘かに背を向けようとしている自分に気づいていた。生得権によってアメリカ人であるという事実が、この不幸な戦争の影響から逃れる助けにはならないことを、私は本能的に知っていた。

一人の少女が何度も何度もつぶやいた。

「ウソでしょう、そんなのウソでしょう！」

他の誰かが言った。

「どうしてこんなことになったんだろう！　私たち日本人扱いされるの、それともアメリカ人？」

すると少年はぽつりと答えた。

「これまで通りジャップってみられるだけだよ。でもこうなったら僕たちの親は敵国人だね」

衝撃的な沈黙が続いた。ヘンリーが澄と私を迎えに来て言った。

「さあ、家に帰ろう」

私たちは震えながら車まで走った。いつもは慎重に運転するヘンリーだが、その朝は力任せにアクセルを踏み込んだ。怒りに燃えて一二番アベニューを疾走し、混雑するジャクソン・ストリートの交差点を突っ切って、ビーコンヒル橋を駆け上がった。そして、海軍病院の左側の道へと乱暴に向きを変えて、さらに丘の頂上へ一気に登った。ヘンリーは思い切りブレーキを踏み、私たちはラジオを聞くために慌てて家に駆け上がった。

アズマは私たちに踏みつけられないように横滑りして逃げた。

母はそこで卒倒したように大きな肘掛け椅子にぐったりと座り、騒然とするラジオを茫然と聞いていた。彼女の顔はまだ凍りついたままだった。

「コマッタネ、コマッタネ。なんて恐ろしいこと、なんて恐ろしいこと」としか言えなかった。

ヘンリーは母を抱きしめた。友人がラジオをつけるようにと電話をかけてきて、初めて真珠湾攻撃のことを知ったと母は言った。

私たちは身を硬くして、興奮したレポーターの叩きつけるような声を聴きながら、ラジオに張りついた。

「早朝のホノルルの空は、ジャップの零戦の三時間にわたる爆音に覆われ、地上の飛行場に死と破壊をもたらしています・・・湾外に停泊中の軍艦が一隻撃沈されました・・・」

ホワイトハウスに切り替わった。激しく鳴り響くテレタイプの音や背後に聞こえる途切れ途切れのざわめきで、スピーカーから流れる短いアナウンスがほとんどかき消された。

私は心の底からこの戦争に憤り、実際に体が燃えているように感じた。

「ママ、これは絶対やってはいけなかったのよ」と私は叫んだ。

「どうしてこんなことをしたの？　なぜ？　なぜなの？」

母の顔から血の気が引いた。

「あなたに何がわかるの？　日本人は何年もの間、ずっと憤りを募らせてきたの。善かれ悪しかれ、いずれは起きることだったのよ。和チャン、あなたは若くて、国のやり方なんてほとんど知らないわ。あなたが思ってるほど単純なことではないの。でも今はそんなことでけんかしてる場合じゃないでしょう？」

「そうだけど、もう手遅れよ、手遅れなの！」私は涙を流し続けた。

父は急いでホテルから帰ってきた。リビングに入ってきた時、父は一見穏やかだった。父はもともと懐疑的で、自分で見て、触って、嗅いで確かめられない限り、何も信じない人だった。新聞やラジオのニュースすべてに深い疑念を抱いていた。父はいぶかしげに首を横に振った。

「これはプロパガンダに違いない。今の日米間の状況なら、とんでもない噂が流れても不思議じゃないが、これは今まで聞いた中でも最も荒唐無稽なものだ」

しかし、私たちは父がラジオに釘付けになっていることに気づいていた。日曜の通常番組が予定通り何時間も何時間も執拗に放送され続け、朝の大惨事の衝撃を和らげようとしているかのようだった。

人々は互いに慰めを求めて、電話が一日中不安げに鳴り続けた。クリスが電話をかけてきてくれたので、私は戦争のせいでどれほど惨めで混乱しているかを話した。クリスはいつものように思いやりにあふれて言った。

「和、私があなたとご家族をどんなに大切に思っているかわかっているわね。戦争で私たちの関係が変わるなんてどうか思わないで。それはあなたのせいでも私のせいでもないわ！　こんなことが起こらなければよかったのに」

ミニーはヘンリーとの日曜日のデートを中止した。彼女の家族は動揺して、ダウンタウンを歩き回らず家にいてほしかったのだ。

その夜遅く、父は日本からの短波放送を受信した。受信機の雑音がパチパチと聞こえ、早口の日本語がかすかに聞こえた。父は頭を傾げて、岩のように動かずに座っていた。放送では日米間の戦争について話していた。父は唇を噛み、母は心配そうにささやいた。

「じゃあ、本当なのね、パパ、本当なの？」

「本当にやってしまったんだ！」父は独りつぶやいた。

母国語でニュースを聞いた今、父と母にとって戦争は現実のものとなった。

「これからは、こちらの新聞に載るのは日本の屈辱的な敗戦ばかりね」と母は諦めたように言った。

ヘンリーと私は憤慨して母をにらみつけたが、ヘンリーは肩をすくめて何も言わないことにした。政治の話題、特に日本対アメリカについて話すのは、感情が押さえきれなくなるので家族の中ではタブーになっていた。ヘンリーと私は日本の中国や満州への侵略を批判し、父と母はイギリスやアメリカのアジア人に対する傲慢な態度や日本の経済成長への干渉を非難した。私たちは親子なのに、こんな言い合いをしている間は、まるで他人同士のようににらみ合った。そんなことがあると、私たちの心にぽっかりと穴が開いた気分になった。

ちょうどその時、鳴り響いた電話のけたたましい音が家族の喧嘩を未然に防いでくれた。私が電話に出ると、息遣いが聞こえるほど弱々しい若い女性の声が聞こえてきた。

「もしもし、田辺妙子です。うちの母はそちらにいますか？」

「いえ、おられませんよ、妙子さん」

「どうも」

私がもうひとこと言う前に妙子は電話を切った。彼女の声はなにか異様な感じがした。田辺さんは母の詩人仲間だった。妙子はそれから三回電話をかけてきたが、何かあったのか尋ねる前にすぐに電話を切った。翌日、妙子が必死に母親の居場所を探そうとしていたことを知った。ＦＢＩ捜査官が家に押し入り、新聞編集者の田辺さんを逮捕したのだ。ＦＢＩは、田辺さんを連行する前に、家の中に違法品や反政府的な資料がないか捜索していたが、その間に妙子が母親を探すのを許可した。しかし、何が起きているかを誰にも言わない約束だったのだ。

翌朝、新聞は日本の太平洋諸島への急襲の記事ですべてを明らかにした。七三六人の日本人が米国本土とハワイで拘束されたというビドル司法長官の発表を読んで、私たちはショックを受けた。その後、田辺さんから夫の逮捕を知らせる電話があって、他に少なくとも一〇〇人が私たちのコミュニティから連れ去られたと母に話した。それは、岡山さん、東さん、杉平さん、森さん、岡田さんなど、私たちが全員知っている人たちだった。

「でも、なぜその人たちが逮捕されたの、パパ？　スパイじゃないよね？」

「もちろん違うさ！　尋問するために連れて行かれたんだろう」父は淡々と答えた。

戦争の圧力が私たちの小さなコミュニティに押し寄せてきた。中国領事館は、すべての中国人に身分証明書を携帯し、日本人と区別するため「中国」のバッジをつけるように命じた。その時、私は本当にのけ者にされたように感じた。政府は日本人の銀行口座の凍結を命じた。父は銀行口座での金融取引ができなくなったが、ヘンリーは幸いにも成人に達していたため、彼の名義でビジネスの取引ができるようになった。

その午後、ルーズベルト大統領による正式な対日宣戦布告が全米に放送された。大統領は、重々しく落ち着いた言葉で、真珠湾攻撃は恥ずべきものであり、非難されるべきものであると言った。私は思わず身をよじった。東洋的な容貌を変えることができないのと同じように、自分は日本人なのだという刺すような痛みから逃れることはできなかった。

月曜の夜、ピュージェット湾一帯に日本軍の空襲があるかもしれないと、完全な灯火管制が命じられた。母は窓を覆う黒い布を集め、各部屋にろうそくを立てた。すべてのラジオ局は夜の七時から朝まで放送禁止となった。私たちはいつもの習慣で鳴らないラジオの周りに集まり、新聞に載っていた焼夷弾を消す方法や、空襲の際に一番適した避難場所について学びながら夜を過ごした。灯火管制の時間に町中の電気が消え、不気味な暗い沈黙がやってくると、明日はどうなるのだろうとあれこれ考えて震えながらベッドに入った。その時突然、激しいブレーキ音が聞こえて金属と金属がぶつかり合う音が響いた。私たちは急いでバルコニーに飛び出した。下の通りでは、不気味に積み重なった車の形がおぼろげに見え、淡い青色のヘッドライトがなす術もなく空を見上げているかのようだった。男たちの怒声が家まで聞こえてきた。彼らは制服を着て、金属のボタンが青いライトに輝いていた。どうやら二台のパトカーが停電の中で衝突したようだった。

バスローブを握りしめながら、私たちはそこに佇んでいた。湿った冬の夜は、濡れた黒いベールのようにどんよりと重苦しく垂れ込め、ビーコンヒルのふもとの方角には、暗く陰鬱な静寂の中にひっそりと横たわる追われた蛇のように、起伏に富んで曲線を描くレーニエ渓谷の姿がわずかに見えるだけだった。緊迫した街が神経をとがらせて警戒しているのを裏切って、瞬くダイヤモンドの破片のように暗闇のあちらこちらから針の先ほどの光が射していた。

ＦＢＩ捜査官が日本人の家や仕事場で家宅捜索を続け、一世の男性を古い赤レンガの入国管理局のビルに、まるでワインセラーに厳選されたワインをストックするかのように計画的かつ効率的に連行するやり方を見て、私は本当に不快になった。逮捕されたのは、最初のうちは、地域社会の著名な人物で、シアトル日本人商工会議所の会頭を何度も務めた加藤さんや日本語学校の大橋校長や日本の企業と直接関係のある仕事をしている人たちだった。しかし、時が経つにつれて、なぜその他の人たちもこの検挙に含まれているのかがますます不明瞭になっていった。

父の番がいつ来るのだろう。今にも玄関ポーチで聞き慣れない足音が聞こえ、出頭を要請する玄関の呼び鈴が突然鳴り響くのではないかと思った。私たちの耳は蛾の触覚のように敏感になり、静かに通り過ぎる車の音をすべてＦＢＩの到着に結びつけた。

ある時、外出禁止時刻の後に玄関のベルが鳴った。その瞬間私は、最も困難な状況でも役立つと信じていた東洋的な冷静さを完全に失ってしまった。夜に友人が訪ねてくるようなことはもうなかったので、父の番が来たと思い込んだのだ。私は催眠術にかかったように、ぎこちなくドアに向かって歩いた。すると大勢の黒い人影が目の前に立ち、玄関を埋め尽くしているのを見て、私は壮絶な悲鳴を上げた。突然大混乱が起こり、固まっていた隊列は散り散りになって、つまずきながら大慌てでポーチから跳ぶように逃げて行った。この狂ったような慌てぶりを見て、私の悲痛な叫び声がＦＢＩ捜査官を追い払ったのだと思った。父、母、ヘンリー、澄は私のぐったりした体を支えるために駆けつけた。ヘンリーがポーチの明かりをつけると、一つの人影が正面の生け垣の後ろからこっそりと出て来た。それは新聞配達の少年で、安全な距離を置いて立つと、震える声で言った。

「僕は・・・僕はタイムズの・・・集金に来ました」

ヘンリーは体を震わせて笑いながら新聞代を支払い、その少年とボディーガードが日本人から受けたひどい恐怖の代償として、特別多いチップを渡した。少年が歩道を急いで下って行くと、木や茂みの陰から大小さまざまな少年たちが這い出してきて、急いで彼の後を追った。

私たちはＦＢＩについていろいろな話を聞いたが、そのほとんどは、配達に以前の二倍の時間がかかるようになった食料雑貨商の寄田さんからだった。戦争が彼の個性を引き出したようだった。少なくとも彼は口数が増え、悪魔のように不気味に高揚していた。戦争が始まる前の寄田さんは無口だった。大きな米袋を肩に担いで裏口から無言でよろめきながら入ってきて、キッチンの床に米袋を投げ入れ、また無言で玄関から出て行ったものだ。それはいかにも食べ物やそれを食べる人間にはうんざりして我慢がならないという態度だった。しかし今では、寄田さんは自信たっぷりに入ってきて、醤油の入ったガロン瓶を勢いよく転がして隅に置き、配達の途中で集めた最新の噂をすべて時系列に沿って、詳しく報告し始めるのだ。陰気で細長く青白い顔をした寄田さんは、東洋のドラキュラのように目は三角で黄色い牙が生え、興奮すると金縁のメガネが長い鼻先までずり落ちた。彼は、ある男が真夜中にいかにして残忍な無言の男たちに起こされ、素早く手錠をかけられ、ベッドから引きずり出されたかを詳しく話した。寄田さんは最も刺激的な場面で威嚇するように歯をむき出しにするので、私たちは本能的に彼から身を引いた。後ずさりで勝手口から出て行く時、彼は骨張った指を私たちに向けて振りながら、悲惨な出来事が起こりますよと警告した。

「寄田サン、あなたもＦＢＩからの電話が心配でしょうね」と母が言うと、彼は眼鏡を元に戻しながら謙遜して笑った。

「俺みたいに取るに足らない人間には興味がないんだよ！」と自信を持って言った。

しかし彼は間違っていた。翌週、新しい配達員が裏口に現れて淡々と説明した。

「ああ、あのじいさんも捕まったんだ。なんでか知らないよ。俺が思うに、今じゃ醤油を売ることが反体制なんだ」

松井家にもＦＢＩが来た。ディックが日本に行った直後、松井さんは亡くなり、夫人は家を売り払った。今では、松井さんは娘と末の息子と一緒にジャクソン・ストリートで小さな布地などの雑貨屋[12]をやっていて、その裏で暮らしていた。

ある日、松井さんが家族の洗濯に追われていると、三人の男がドアに掛かった小さなベルを引きちぎる勢いで店に入ってきた。松井さんは泡がついたままの赤くなった手をエプロンで拭きながら急いで出てきた。松井さんの英語はせいぜい初歩で、興奮するともっとひどくなって日本語になってしまうのだが、彼女は自分の粗末な店に新しい客が来たのが嬉しくて、いそいそと動き回りながら尋ねた。

「イエス、イエス、何かお捜しですか？」

「ミスター松井はどこにいる？」険しい目の男がとげとげしく尋ねた。

「彼、家いない」松井さんは驚いて親指を店の奥の方に向けて言った。

「なに？　ああ、あそこにいるのか。行こう！」男たちは色褪せた柄のカーテンを引き裂いて奥の部屋に突入した。

「いないな。きっと隠れているんだ」

彼らは寝室のドアを乱暴に開け、小さなバスルームに飛び込み、窓を荒々しく開けて路地を覗き込んだ。松井さんは小鳥のように男たちの後を追って駆け回った。

「ノー、ノー！　どうしたの？　何かあったの？」

「旦那はどこだ！　どこにいる！」

クローゼットから服を投げ出しながら、一人の男が怒って詰め寄った
「なんでめちゃくちゃする？　彼、家いない、家いない」

彼女は小さな家の大惨事を止めようとして、がっしりした男たちの背中を怒った小さなスズメのように必死につかんだ。一人の男が彼女に顔を近づけ、ゆっくりとはっきりと叫んだ。

「旦那は、どこに、いるんだ？　さっき、ここにいるって、言ったじゃないか！」

「イエス、イエス、ここいない。マー、ワカラナイヒトダネ。何てばかな人！」

松井さんはテーブルの下にもぐり込んで特大のアルバムを引っ張り出し、大きな写真を指さした。

「へべん！　へべん！〔天国〕」と彼女は言いながら、節くれだった指を天井に向かって突き上げた。

男たちは集まって松井さんの葬儀の写真を眺めた。松井さんと二人の子供たちが棺のそばに立って目を伏せ、うつむいている友人たちに囲まれていた。三人の男の唇は「オー」と言っている

ように動いた。

「お騒がせしてすみませんでした。どうも、ミセス松井、さようなら」とそのうちの一人が言って、彼らは黙ってすぐに立ち去った。

この洗礼を経た松井さんはＦＢＩの専門家となり、私たちのそばにいて勇気づけ、ＦＢＩへの対応の仕方を教えてくれた。

「旦那さんに不利になりそうな日本のものは、全部壊してしまいなさい。それが何であろうと、印刷物でも、日本製のものでも、すべて処分するのよ。ＦＢＩはそういうものを証拠として持って行ってしまうから」と彼女は母に言った。

実際、夫が神隠しのように連れ去られた女性は、全員同じことを言っていた。私たちは次第に、日本の本や雑誌、掛け軸や小物を持っていることに不安を感じるようになった。父のホテル仲間の坂口さん、堀内さん、西笛さん、そして他にも数人が姿を消した。その奥さんから母に泣きながら電話があり、家の中に日本の物をたくさん置いておかないように再度忠告されたので、ついに私たちは持ち物をいくらか処分することにした。すべてを処分するのは無理なことはわかっていた。それに日本的なものを一掃して、がらんとした家に私たちが座っていたら、ＦＢＩは変に思うに違いない。しかし、待っている緊張感にもう耐えられないし、その陰鬱な日に備えて何かしなければならなかった。私たちは一晩中、必死に本棚、クローゼット、引き出しをくまなく調べ、こっそりと地下の炉に持って降りて燃やした。私は、将来自分の子どもたちに日本語を教える時に役立つのではないかと思って、十年以上大切にしてきた、使い古しの日本語の教科書をひとまとめにした。それを火に投げ込むと炎を上げて燃え、やがて縮んで黒い灰になるのを見つめた。しかし、永島の祖母が日本から送ってくれた日本人形を目の前にした時、私は絶対にいやだと思った。それは、豪華な衣装を身に着けたミヤズカエ〔宮仕え〕の人形で、封建時代に宮中に仕えて暮らしていた女性の典型的な姿をしていた。その人形は、当時のように長く裾が広がった優雅な紫色の絹の着物に身を包み、金銀の錦で豪華な刺繍が施された飾り帯をつけていた。黒く輝く髪を結い上げた頭を片側に少し傾げ、指先がピンク色に塗られた象牙色の繊細な手で赤い漆塗りの文箱を持つ人形は、心を引きつける、生きた人間のような魅力を持っていた。私はこの人形をクリスに預かってもらえないか頼んでみることにした。クリスは、あらゆる形の美を愛し、理解する人だったので、彼女が持っていればその人形は安全で楽しんでもらえるのは確かだった。

ヘンリーは、日本から持ち帰ったおもちゃのサムライの刀を寝室の壁から下ろして、炎に投げ入れた。澄が炉に投げ込んだのは、日本の幼い従姉妹たちが送ってくれた童話や雑誌だった。私たちはレコードの山から日本のクラシックやポピュラー音楽を選び出し、膝の上で粉々に砕いて炉に投げ入れた。父は邦訳の哲学や宗教の本を積み上げ、気が進まないまま地下室に運んだ。母は新聞や雑誌から切り抜いた詩のスクラップ帳や、彼女が集めた日本の古典文学のコレクションを持っていたので、最も多くのものを処分しなければならなかった。

ようやく二階に上がってベッドに入ったのは真夜中過ぎだった。愛するものを壊してしまったという、言語に絶する罪悪感に苛まれながら、私たちは疲れ果てて目を閉じた。この夜の破壊行為に私たちは何年も悩まされることになった。眠りたいけれど眠れずにいた時、恐怖から全く解放されていないことに気がついた。私たちはまだベッドで体を硬くして、待っていた。

松井さんは、ＦＢＩはまだ私たちのところにやってくると言い続けていた。それは時間の問題で、母が父のためにできることは、せめてスーツケースを用意してあげることだった。彼女の話では、準備をしないまま捕まった男性は、家族との面会が許可されるまで長い髭を生やし、何日も同じ服装で寝泊まりしていたという。そこで母は言われた通りに、父のために洗面用具、暖かいフランネルのパジャマ、予備の衣服をスーツケースに詰めて玄関のドアのそばに置いた。こんなに人目につきやすいところに恥ずかしげもなく置いておくのは、父を侮辱することだった。ヘンリーと私は、こんなことをするとパパがスパイだと自白して、「どうぞ、お好きにお連れ下さい。ＦＢＩさん、ご健闘を祈ります」と言っているのも同然だと言った。

母も同様に大声で断固として言った。

「だめ、誰も動かさないで！　加藤さんたちが連れて行かれるなんて誰も思っていなかったのに、いなくなってしまったわ。パパは例外だなんてどうして言えるの」

ヘンリーは両手を上に挙げ、お手上げの様子で、日本人のわけのわからないやり方にぼそぼそ不平を言った。

松井さんは毎日母に電話をして、父の様子を確認した。それで私たちも毎時きっかりにホテルに電話するようになった。

「ばかなことはやめろ！　ＦＢＩに監視されるのと家族に監視されるのと、どっちが神経をすり減らすかわかんない！」と父が怒るまでその日課は続いた。

その後も、仕事から帰った父を気遣った家族は、お気に入りの肘掛け椅子でくつろいでもらおうと背中の後ろに枕を置き、夕刊とスリッパを持ってきた。母は毎晩のように父の好物を熱心に作った。そのすべてが父をとても落ち着かない気持ちにさせた。

私たちは、父と母が抑留される可能性について家族会議を開いた。ヘンリーは大学院で、私は大学の二年生になったばかりだった。もし父母が連れて行かれたら、私たちは退学して、その間ホテルを管理することにした。毎週末、ヘンリーと私は父についてホテルに行き、帳簿のつけ方、事務所の金庫の開け方、そしてどんなリネンやペーパータオルや石鹸を注文すればいいかを学んだ。

その後、新たな脅威となる動きが出てきた。日本人を祖先に持つ者は全員身柄を拘束すべきだという叫びが、西海岸一帯で響き始めたのだ。「黄金の西部」と呼ばれたカリフォルニア州のお偉方の政治家は、長年にわたって自分たちの土地から黄禍を取り除くことを望んでいたが、戦争はその計画を推し進める好機を彼らに与えた。

太平洋の島々が日本軍に陥落すると、愛国者たちは自分たちを日系人から守ってほしいと叫んだ。カリフォルニアのある人物が警告を発した。

「日本人は危険だから追い出せ。パールハーバーでの破壊行為を忘れるな。奴らがいかに港町に侵入し、我々の最高の土地を奪ったか、今こそ気づくべきだ」

エドガー・フーバーが陸軍省に提出した特別報告書には、真珠湾攻撃中もその後もハワイやアメリカ本土に住む日本人による破壊工作は一件もなかったと記された。しかし、そのカリフォルニアの人物や彼と同じ考えの人たちは、それで安心して引き下がることはなかった。私はビーコンヒルに住んでいるのがひどく落ち着かなくなった。海軍病院は丘の上に堂々と高くそびえ、丘の西側に立つと、船がドックに寄り添って停泊している、ピュージェット港の絵のように美しい景色がどうしても目に入ってしまう。また、これまで気にしたこともなかった、数マイル南にあるボーイング飛行場が、突然裏庭に移動してきて、一度でもスパイみたいに覗いてみろと私に挑んでいるように思えたのだ。

二月には、外国人・市民を問わず、陸軍省が適切と考える軍事区域から日本人を排除することを承認する大統領令第９０６６号が発令された。たとえ少しでも日本人の血が混じっていたら、命令があり次第退去しなければならなかった。

我が家は暗澹たる雰囲気に包まれた。日系アメリカ人も出て行かなければならないと政府が言っていることが、私たちには信じられなかった。熱狂的愛国主義者が大声で主張する叫び声を聞いたことがあった。

「全員追い出せ。どうせジャップはジャップだ。アメリカの出生証明書を与えたところで、ジヤップ・ジュニアをアメリカ人にすることはできない」

しかし、私たちはこのような発言を、過熱した愛国者の単なる誇張として軽く見ていた。私たちのアメリカ市民としての権利が侵害されることはないし、敵性外国人と同じ理由で家から連行されることもないと確信していた。

ヘンリーと私は怒りに満ちて大統領令を何度も読み返した。ヘンリーは新聞をくしゃくしゃにして壁に投げつけた。

「僕の市民権は何の意味もないのか？　じゃあ、誰かが僕の代わりに何でも決めればいいだろう！　最初は軍隊に入ってほしいと言っておきながら、今度は先祖のせいで、敵性外国人4－C[13]と侮辱するんだ。畜生！」

またしても、私は日本人でありアメリカ人であるという、見下された哀れな二つの頭を持つ怪物のように感じた。そしてそのどちらも私には何の役に立たないように思えた。日系人社会の二世リーダーたちは個人的な感情を抑えて言った。

「アメリカの戦争遂行に賛同するために自分たちを犠牲にして、政府の決定に協力し従おう。そうすることによって忠実なアメリカ市民であることを今こそ証明しよう」

私は最近手に入れた投票権をとても大切に思っていたので、それを手放すほど寛大にはなれなかった。そのため自分が最も非協力的だと感じた。

皮肉にもハワイ諸島に住む日本人に対する感情は、西海岸に住む日本人に対する感情とはかなり異なっていることに気づいた。戦略的な軍事拠点であったハワイでは、日本人は島の経済にとって不可欠な存在とみなされ、強力な経済勢力が日本人の排除に対抗したのだ。当時ハワイ司令部にいたデロス・エモンズ中将[14]は、島民の恐怖心を鎮めて混乱と動乱を防ぐために正式な表明をした。それによって彼は戒厳令を敷いたが、日系人の強制退去が島の安全のために不可欠だとは考えなかった。

一方西海岸では、西部国防司令部のジョン・Ｌ・ドウィット中将は戒厳令が必要だとは考えず、むしろ日本人と二世の集団退去を支持した。そのような全面的な一斉退去によって利益を得ようとする経済界や政治界の要人からの圧力がこの決定に影響を与えたのではないかと私たちは怪しんだ。

事態は急速に動いた。ドウィット中将は、ワシントン州西部、オレゴン州、カリフォルニア州全域、アリゾナ州の南半分を第一軍事区域に指定し、私たちができるだけ速やかに立ち退かなければならない聖域とした。残念なことに、私たちはただ忽然と姿を消すことはできず、行くあてもなかった。東部には住まわせてもらえる親戚もいなかった。親戚も皆、どこに行けばいいのか途方に暮れて、私たちと一緒にいるしかなかったのだ。日本人が退去する進路にある近隣の州は、大集団がなだれ込むのではないかと激しく抗議した。西海岸で日本人にうろついてほしくないのなら、こちらもお断りだと当然のように言った。

日系コミュニティの中には強気な数軒の家族がいて、財産を処分し、スーツケースを車の至るところにくくりつけて、東に向かって出発した。しかしその人たちを待ち構えていたのは、「ジャップ狩り解禁！」「当店、ネズミとジャップ処分します」などと書いたショーウィンドウの張り紙だった。州境では、ハイウェイを取り締まる州警察が好ましくない移民を取り囲み、知事の命令によって彼らを引き返させた。

ドウィット中将は、自主的な集団退去を主張すれば、何百人、何千人もの日系人がハイウェイを行ったり来たりして渋滞に陥り、道端にテントを張って食べたり寝たりの大混乱になってしまうとようやく気づいたに違いない。ほとんどの日本人が一インチも動こうとしていなかったにもかかわらず、彼は突然、自主的な退去を中止するよう命じた。そして、日本人が町から出ることを禁止し、違反すれば逮捕するという新しい命令を下した。司令部は別のより良い計画を秘かに練っていた。陸軍は、陸軍にしかできない方法で私たちを移動させ、整然と秩序正しく集合センター[15]へ強制的に連れて行くというものだった。隔離するための恒久的な収容所が内陸部に設置されるまで、私たちはこのセンターにとどまることになっていた。

命令は次のように簡単なものだった。

家屋と財産を処分し、事業は畳むこと。家族を登録せよ。持ち物は一人につき寝具の入った布袋一個、衣類のスーツケース二個。第一地区の居住者は四月二八日午前八時[16]に八番アベニューとレーン・ストリートの交差点に出頭せよ。

私はこの新しい命令に従いたくなかった。ワシントン州の日本人は州の農畜産品評会場にあるピュアラップの収容所に連行されると新聞で読んで知っていたからだ。記事には、収容所は一時的なもので、毎年恒例のステート・フェアの開会に間に合うように、日本人を品評会場と駐車場から移動させる、と一般の人々に弁解がましく書いていた。しかし、血統の良いホルスタイン牛やヨークシャー豚が青いサテンのリボンを誇らしげにつけている間、私たちはどこにいればいいのかについてはその記事には書かれていなかった。

私たちは暖かくて丈夫な服を用意するようにアドバイスを受けた。私の心に浮かんだのは、アメリカのシベリアのような、雪に閉ざされたどこか森の奥深くに広がる恒久的な収容所だった。胸まで深く雪に埋まりながら、生きるために小さな獲物を狩っている自分が目に見えるようだった。スーツケースのひとつには、ＡからＺまでのビタミン剤だけを詰め込むことにしよう。家族のために毛皮の裏地付きのフードやパーカーを縫おう。私はまさに動物のように生き延びるしかないと思った。

ある晩、父が留守中のホテルを運営してくれる人を見つけことができなければ、経営権を失うことになると言った。しかも、ベントレー・エージェント・アンド・カンパニーに好印象を与えるのに十分な知性と能力を持った人材が必要だった。

「サム、ポー、ピーターの全員が仕事を続けると約束してくれた。でもその三人とも、事業を運営するのに十分な読み書きの力がないんだ。ホテル経営の経験を持つ責任者を探さなければならないが、いったいどこで探せばいいんだ」

「誰も見つからなかったらどうなるの？」と澄が尋ねた。

「事業も生計の手段も失うことになる。生涯をかけた労苦と、家族のために抱いていた希望や計画を全て諦めなければならなくなるんだ」と父が言った。

私たちはがっくりと肩を落とした。父は考え込むように私たちを見て言った。

「パパはホテルのビジネスについておまえたちにはあまり話したことがなかったね。その主な理由は、これまでの事業は困難な登り坂ばかりで、すこしでも良くなるのを待っていたからだ。事業拡大のために何年も前に組んだローンを清算できたのはつい最近のことだ。あと五年か十年もすれば、長期的な投資に対するリターンが得られると確信していたし、いずれはいろいろなことができるようになるはずだった・・・お前を医学部に通わせることもできたんだ」父はヘンリーにうなずいた。

「それに、和と澄にも何でも好きなことを勉強させてあげることができただろう」

父は母を見ると、少し照れて笑った。

「そして、子どもたちがみんな独立したら、ママを本当の休暇に初めて連れて行くつもりだったんだ。日本だけでなくヨーロッパにもね」

私たちは父の言葉に目を丸くし、物思いに沈んで耳を傾けた。それは素敵な、素敵な夢だった。

母は突然素晴らしいアイデアを思いついた。かつてカムデン・アパートを経営していた旧友のオルセン家の人たちがホテルを運営してくれるかもしれないと言い出したのだ。彼らはアパートを売ってアバディーンに引っ越していた。もしかして、マルタの一番上の独身の兄が可能ではないかと母は考えた。もし彼が無理なら、マルタ夫婦が考えてくれるかもしれない。私たちは興奮して電話に向かい、オルセン家に長距離電話をかけた。四軒のオルセン家に間違い電話をかけた後、ついにマルタに辿り着いた。

「マルタ？　マルタですか？」

「はい、マルタです」

彼女の声を聴いて、私は嬉しくて受話器に飛び込みそうになった。マルタは私たちのことをよく覚えていて、家族の近況を聞き合った。マルタと夫は小さな養鶏場を購入して順調にいっていた。

「私は農場に育ったので、ここが気に入っているの。こちらの方が故郷にいるような気がするのよ。そちらはみんなどうしていますか？」とマルタは言った。

戦争のせいで政府の命令が出たため、私たちも他の日本人ももうすぐシアトルを離れるのだと彼女に伝えた。マルタは息を呑んだ。

「全員ですって？　斉藤さん、藤野さん、渡辺さん、それにカムデン・アパートに住んでいた他の人たちも？」

「ええ、その人たちも含めて西海岸に住む日系人全員なの」

マルタは困惑して、私たちはどこへ行くのか、何をするのか、いつかシアトルに戻ることはあるのか、そして父のホテルはどうなるのかと尋ねた。私はビジネスの状況を話し、父がその間、ホテルのマネージャーを必要としていること、そしてマルタや兄弟の誰かがその仕事を引き受けてくれないだろうか、と話した。電話のむこうで沈黙が続いたので、急いで言った。

「突然の電話でこんな風に驚かせてしまってごめんなさい、マルタ。でも、緊急事態だったので・・・」

マルタはとても残念そうに言った。

「ああ、あなたたちを助けるために何かしたいのだけれど、夫も私も農場を離れることができないの。手伝ってくれる人がいなくて、仕事を全部自分たちでやっているものだから。マグナスは去年アラスカに行って、そこで戦争関連の良い仕事に就いているの。他の二人の兄弟は町で商売をしていて、子どもがいるのであまり助けにならないわ」

私の心は壊れたエレベーターのように沈んだ。私が「ああ」と言った時、後ろに座っていた家族が暗い沈黙に包まれるのを感じた。最後の希望は消えてしまった。別れを告げると、マルタは助けられないことに心を痛め、私は自分たちの問題を彼らに押しつけようとしたことを詫びた。

翌週末、マルタとカールが突然訪ねてきた。私たちは二年近く会っていなかった。マルタは照れくさそうに説明した。

「とてもいい天気だったし、長い間どこにも行かなかったから、カールに『シアトルまでバスに乗って、糸井さん一家に会いに行きましょう』って言ったの」

　私たちは昔のことを話しながら、楽しい日曜日の午後を過ごした。母が極上の緑茶でもてなしてくつろいでいる間は、戦争の苛立たしい現実は消え去った。帰る時が来ると、マルタの輝く青い目が急に涙でいっぱいになった。

「カールも私も、戦争や全てのことがとても悲しくて、どうしてもお会いしてお別れを言いたくなったんです。神の祝福がありますように。この土地に戻られたらまたお会いしましょう。とにかく、そうなるように祈っています」

　マルタとカールの温かさと誠実さは、真珠湾攻撃以来消えていた平和な雰囲気を私たちの家庭に取り戻してくれた。戦争が私たちの人生に苦い経験をもたらしたにもかかわらず、二人は私たちがまだ故郷の町につながっていることを思い出させてくれた。少しずつ、私たちは幸せだった過去を想い出した。賑やかで変化に富んだウォーターフロントで育った楽しい日々、ピュージェット湾の白波を泳ぎ、ワシントン湖畔の柔らかな緑の芝生の絨毯の上でのんびりとくつろいだこと。そこから、青く輝く霜をまとったレーニア山のなだらかな山肩を眺めることができた。それは楽しい思い出だった。そして、あまりにも美しい景色が私たちを取り囲んでいた。何よりも、マルタやカール、クリスティン、サム、ピーター、ジョーのような、長年の付き合いの中で生まれたすべての素晴らしい友人を大切にしなければならない。私たちはシアトルから顔をそむけて永遠に離れることはできなかった。

第九章　キャンプ・ハーモニーでの生活

ジョン・L・ドウィット中将はEデイ[17]、つまり強制退去の日が近づいていると私たちに繰り返し警告した。

「Eデイは近日中に発表される。今のうちに手続きを済ませていないと、すぐに手遅れになる」

父はベントレー・エージェント・アンド・カンパニーと交渉し、ホテルのビジネスを管理してくれる人を雇うことにした。父は数年前に長期の賃貸契約を建物の所有者と結んでいたため、不動産の代理人は契約が切れるまで、父に事業の管理を任せる以外に選択肢はなかったのだ。父はその期間中、事業をそのまま維持できる一握りの幸運な人たちのうちの一人だった。

母は木箱や段ボール箱を集めてくると、毎夜遅くまで起きて、これまでに溜まった衣服、おもちゃ、家財道具を整理し、さらに整理しなおした。私たちは夜な夜な、懐かしい昔の思い出にふけって、なぜ自分たちがそんなに熱中しているのかを忘れてしまいそうになりながら、古いトランクやスーツケースの中を引っかき回した。それは楽しい夜だった。

ドウィット中将は凄まじい勢いで指令を出し始めた。

「全員腸チフスの予防接種を受けて、その証明として医師の署名入りのカードを携帯すること」

まるで魔法のように、私たちは皆、ジャクソン通りの古い日本商工会議所の建物に集まり、暗い廊下に無言で長い列を作って、混雑する診察室に入るのを待った。医師の若く美しい妻は青白く疲れていたが、並んで腕まくりをした茶色い腕に夫が予防接種をするのを手伝っていた。

四月二一日、火曜日、中将から衝撃的なニュースが告げられた。

シアトルの日本人は五月一日までに全員ピュアラップに移送する。土曜日と日曜日の午前八時から午後五時までの間に登録を済ませること。来週の火曜日、木曜日、金曜日の三回に分けて出発する。

その瞬間までは、どこかが、それとも誰かが私たちのために介入してくれるのではないかと、かすかな期待を持ち続けていた。今となっては嘆いている時間はなかった。この一週間の猶予期間に、こまごまとしなければならないことが山ほどあった。私たちが慌ただしく駆け回っている間に、この七日間は風に吹かれたマッチがぱちぱちと音を立てて消えるように、あっという間に過ぎていった。母が配ったシーツ、枕カバー、毛布を、シーバッグという筒状の布袋に詰めた。二つのスーツケースには、冬の厚手のオーバーコート、何枚ものセーター、毛織りのスラックスとスカート、フランネルのパジャマ、スカーフを詰め込んだ。それに自分用の洗面具、ブリキの皿とカップ、カトラリーを入れて荷造りが終わった。一人あたり布袋一個とスーツケース二個が、将来暮らすためになくてはならない必需品となるので、私たちは何を詰めるかを慎重に考えた。

ヘンリーは家族を登録するために管理局に行き、「10710」という番号が書かれた二十枚のタグを持って帰ってきた。タグはそれぞれの手荷物とコートの襟につけることになっていた。それ以来私たち家族は「10710番」と呼ばれるようになった。

最後の日曜日に、父とヘンリーは家具や家財道具をすべてホテルの一室に運んで保管した。持ち物を政府の保管所や、閉鎖されることになっている教会の地下に置いておくこともできたが、サム、ピーター、ジョーが見守っている方が、私たちの財産はより安全だと感じたからだ。

月曜日の晩、私たちは何もなくなった空っぽの家に友人を招いた。みんなの声は大きく反響し、何も敷いていない床で足音が鈍く響いた。私たちは木箱に腰掛け、ボトルのコーラを飲みながら、将来の開拓時代のような生活について陽気に語り合った。ヘンリーとミニーは、リビングの片隅で一晩中手をつないでいた。ミニーは日本人コミュニティから外れたところに住んでいて、その地区は最後の第三グループで出発することになっていた。

その夜、私たちはロールケーキのように軍用毛布にくるまって、何も敷いていない床で眠った。

翌朝、ヘンリーがいきなり大きな声で私たちを起こした。

「六時半だ！　みんな起きろ、ついにその日がやってきたぞ！」

私は声を張り上げて抗議した。

「そんなに楽しそうに言わなくていいじゃない！」

「どうしろって言うんだ？　泣けばいいのか？」

この険悪な雰囲気の中、私たちはこわばった体を床から起こして、しびれた背中と手足の血行を良くするために激しく体を動かした。そして毛布を細長い布袋に詰め込み、白い厚紙に10710と書かれたタグをコートの襟に丁寧に結んだ。バスルームに入って鏡を見た途端に、突然涙があふれた。私が泣いたのは、ちゃんとしたバスルームを使えるのがこれで最後だからではなく、日本人とボサボサ髪の熊を掛け合わせたような自分の姿が鏡に映ったからだ。これまで東洋人の髪を扱ったことがない美容師にパーマをかけてもらったばかりで、ひどい有様になっていた。髪は焦げたマットレスの詰め物のようだったので、櫛とブラシで必死に撫でつけた結果、私はまるでおびえたマッシュルームみたいになった。堂々と町を出るには、まともな髪型をしているかどうかにかかっているのに、よりにもよってこの朝、私はこの惨事に直面し、スカーフで覆う以外どうすることもできなかった。

私たちは下に降りてキッチンのコンロの周りに集まった。母はブリキのカップに入れたコーヒー、甘いロールパン、ブリキの皿の上で音を立てて転がるゆで卵の簡単な朝食を用意していた。ヘンリーはその簡素さに大喜びで言った。

「そうだ、これからこんな生活になるんだね。もうよそいきのマナーや上品なナプキンはいらなくて、素手でつかんで食べていいんだ。その方がもっと美味しいぞ」

母はヘンリーに厳しい目を向けた。

「ママが生きている間はだめよ」

玄関のベルが鳴った。借りた小型トラックで八番アベニューとレーン・ストリートの角まで乗せていくと言ってくれたダンクス大島だった。ダンクスがホテルまで運ぶことになっている家財道具の最後の数箱を男の人たちが急いでトラックに積み込んだ。

「これはどこに持って行くの？　これもホテルに？」とダンクスは戸惑いながら、一ガロンの醤油缶を持ち上げた。

どこから来たのか、どこへ行くのか、誰も知らなかったが、母がついに後ろめたそうに声を上げた。

「ええ、それは私が持って行くの。今から行くところにショウユがあるとは思えないから」

ヘンリーは今にも爆発しそうに言った。

「でもママ、布袋一つ、スーツケース二つ以上は持って行けないんだよ。しかも、よりによってショウユを持って行きたいなんて！」

私は恥ずかしかった。

「ママ、みんなに笑われるよ。ピクニックに行くんじゃないんだから」

しかし母は一歩も引かなかった。

「くだらない。こんなちっぽけなもの、誰も気づかないわよ。お酒を持って行くわけじゃないんだから！」

「それじゃ！」私は言った。

「ママがショウユを持って行くのなら、私はラジオを持って行くわ」とホテル行きの箱から、一五年使っていたラジオを救い出した。

「少なくとも、これがあれば、あっちに行ってぶつぶつと独り言を言うようになるのを防いでくれるわ」

澄は考え込み、箱の中をかき回して探し始めた。ヘンリーが怒鳴った。

「いい加減にしろ！　スーツケース二個と布袋一個、話は終わり！　家ごと持って行くなんてことになる前に今すぐ出発しよう！」

母はショウユ缶がちゃんと自分の荷物と一緒にあるか確かめると、もう一度振り返って茶色と黄色の木造の家を眺めた。

「さようなら、私のお家」と言った時は、ほぼいつも通りの陽気さだった。

年老いたアズマが、尻尾を揺らしながら前庭に飛び出してきた。

「さようなら、アズマ、私たちの家をしっかり守ってね。ヨロシク　オネガイ　シマスヨ」

軒先からツバメが舞い降りてきた。

「ああ、ソウ、ソウ、あなたにもさようなら、ツバメさん。ちっちゃな素敵な家庭を作ってくださいね」

母によると、ちょうど澄の寝室の窓の軒下に見つけたツバメの小さな巣には、宝石のように美しい青い斑点のついた四つの卵が入っていたという。ツバメはミニチュアの戦闘機みたいに、アズマの上をすれすれに低く威嚇するように飛んだ。ツバメが何度も何度も戻ってきて、アズマをめがけて急降下して攻撃するのを私たちは驚いて見ていた。

「家族を守るために闘っているのよ」と母は言った。アズマは跳び上がってやる気なさそうに鳥に軽く前足を伸ばしていたが、その後、母のウールのスラックスに体をこすりつけた。

「八時一五分前だよ」とダンクスが優しく私たちに思い出させてくれた。私たちは交代でアズマの毛を撫でて別れを告げた。新しい入居者は、アズマをペットとして飼うことを約束してくれていた。

私たちは勇気ある小さなツバメの話をしながらトラックに乗り込んだ。これを最後にビーコンヒル橋を下っていく時、私たちは黙り込み、ピュージェット湾のかすかに赤く染まった朝焼けの空をじっと見つめた。賑やかなチャイナタウンを抜け、数分で八番アベニューとレーン・ストリートの交差点に到着した。このあたりは普段は人通りも少なく閑散としているのだが、今や、布袋やスーツケースに囲まれて人目を気にしながら立っている、名札をつけた静かな日本人で徐々に埋め尽くされていった。

行き先のイメージに合わせて、みんなそれぞれにカジュアルな服装をしていた。ある一世は厚手のウール地のジャケットを羽織り、滑り止めのついたハイトップのハイキング・ブーツを履いていた。スキーウェアを着て、落ち着いた様子ですらりと立っている美しいカップルを私は感心してじっと見ていた。二人は新婚のようだった。結婚したばかりの装いによく似合う、機能的で洗練されたスーツケースのそばで二人は手をつないで立っていた。一世の女性の中には、諦めきってどうでもいいという雰囲気で、濃い色のスラックスの裾を深く折り返している人もいた。でも一人のしわだらけで節くれだったおばあさんは、足首までの長さの黒いクレープのドレスを着ていて、プラスチック製の「S」のイニシャルが高い襟元にピン留めされていた。それは時代遅れだったが、品のある女性らしい服装だった。

自動車が次々と縁石に乗り入れ、さらに日本人と荷物を降ろした。十時になると、ついにグレイハウンドバスの先陣が、静かにエンジンの音を立てて縁石に沿って整然と駐車した。群衆が少し動いてざわめいた。バスのドアが開くと、それぞれのバスからライフル銃を手にした兵士が降りてきて、ドアのそばに緊張して気を付けの姿勢で立った。ざわめきは収まった。私はこんな近距離でライフルを見たのは初めてなので不安になった。ライフルは暴動を鎮めるためのものだと思われたが、逆に、私の胸に激しい反抗的な感情が沸き上がってくるのを感じた。

日系アメリカ市民同盟のリーダーの一人であるジム・重野が、勢いよく前に出て、最初のバスに乗り込む家族の番号を読み上げた。私たちの番号になったので人ごみをかきわけて出て行くと、ジムは「すぐに乗って下さい」と言った。緊張と焦りのあまり、私たちは互いにぶつかり合った。びくびくしながら兵士とライフルをちらりと見ると、驚いたことに、澄んだ灰色の目で無表情に前方を見つめている兵士はまだ頬を赤らめた若者だった。おそらく彼も私たちと同じように緊張して不安なのだろう。ヘンリーは窓際の席を見つけると、見送りに来る約束をしていたミニーを探して窓から身を乗り出した。私と澄は両親に対して、突然母親のような気持になって、二人が大丈夫か確かめようと覗きに行った。二人は無言だった。

フラッシュ用の電球がついたカメラを手にした新聞社のカメラマンが、群衆をかき分けて忙しそうに動き回っていた。そのうちの一人が私たちのバスに駆け寄って、若いカップルとその小さな男の子に、バスを降りてドアのそばで写真を撮らせてほしいと頼んだ。彼らは気が進まなかったが、カメラマンがしつこいので、ついにバスから降りてポーズをとり、困惑を隠すために歯を見せて笑った。すぐ後にその写真を新聞で見ると、下のキャプションには「ジャップ、快く退去」と書いてあった。

バスはすぐに満員になった。出発を待ちながら全員が前方を見つめていた。護衛兵が中に入ってドアのそばに座り、グレーの制服を着たバスの運転手に無愛想にうなずくと、ドアは低い音を立てて閉まった。私たちは戦時市民管理局の赤ん坊のように無力な存在となった。

すべてのバスが日本人の第一陣で埋まり、ゆっくり動き出した。私たちは窓の外を眺め、二日以内に後を追ってくる友人たちの群れに向かって微笑みながら弱々しく手を振った。日本人の顔に交じって、青年部の牧師をしていたエヴェレット・トンプソン牧師と日本人バプテスト教会のエメリー・アンドリュース牧師の、背の高いすらりとした姿を見つけた。二人は長年私たちと共に過ごしてきた古い友人だった。彼らは明るい笑顔を浮かべて私たちを元気づけようとするかのように力強く手を振った。しかし、ベイリー・ギャツァート小学校の校長で、私たちのコミュニティでとても愛されていたマホン先生は、静かな日本人の群衆の前に立って人目をはばからず泣いていた。

澄は突然、車を運転しているミニーを見つけた。車は急停車し、ミニーが飛び出してヘンリーを必死に探した。ヘンリーは窓を乱暴に開けて叫んだ

「ミニー！　ミニー！　ここだ！」

周囲の人たちは急に和やかになって、彼女を動き出した私たちのバスに誘導した。ミニーは息を切らして窓に駆け寄った。

「遅くなってごめんなさい、ヘンリー！　ほら、あなたにお花よ」

ミニーはヘンリーの伸ばした手に、摘みたての黄色い水仙の花束を握らせた。

「ありがとう。またすぐ会えるよね、そう祈ってるよ」とヘンリーは叫んだ。

バスが角を曲がり、笑顔で手を振る必要がなくなると、私たちは陰鬱な顔で座席に深くもたれかかった。おしゃべりをする大学生以外はみんな静かだった。彼らがすぐに大学の校歌を歌い始めたので、何人かが振り返って彼らをにらみつけたが、歌声はさらに大きくなるばかりだった。するとと突然、むずかる赤ん坊の甲高い泣き声がその騒ぎの中で響き渡った。歌声は即座に止み、気まずい沈黙が続いた。私たちの三つ後ろの席では、若い母親が泣いて顔を真っ赤にした乳児を

腕に抱き、上下に揺らしてあやしていた。着物、セーター、毛布を何枚も重ねた中から機嫌の悪い小さな顔が覗き、毛布にも白いタグがピンで留めてあった。母親が怒りに満ちた目を向けると、若い男性が口ごもりながら謝った。彼女が買い物袋を必死に探して哺乳瓶を見つけた時、私たちは皆ほっとした。

バスは市街地を出て、耕したばかりの黒々した土に覆われた美しい農地が広がる道を南下した。最初のうち私たちは、窓の外を通り過ぎる風景を食い入るように眺め、ハイウェイの脇をとぼとぼ歩く筋肉たくましい作業馬や、草を食む牛の群れの鮮やかに輝く赤銅色、それに牧草地の目の覚めるような春の緑に見とれていたが、次第に同じような田園風景に飽きてきた。突然心に浮かびあがる不安と焦燥から逃れるために、私たちは眠ろうとした。やがて車の中で興奮したざわめきが起きて、私ははっと目が覚めた。麦わら帽子をかぶった日本人の農民の小さなグループが、ハイウェイの脇に立って私たちに手を振っていた。私は突然その人たちに温かい気持ちが沸き上がるのを感じたが、それは可哀そうにという刺すような心の痛みに変わった。彼らはもうすぐ私たちと合流するのだ。

正午頃、私たちは小さな町にそっと入っていった。

「どうやらここはピュアラップのようだな」と誰かが言った。

小さな子どもを連れた親たちは興奮して大声を出した。

「早く立って、あそこを見てごらん。ヒヨコさんや太った子豚さんがいるでしょ？」

「バチイ、汚い！」都会の少年は豚をじっと見てそっけなく言った。

バスが信号待ちでしばらくアイドリングしていた時、左側の一ブロックを埋め尽くして、鶏小屋のような低い掘っ立て小屋が整然と並んでいることに気がついた。誰かが感心して言った。

「この鶏舎を見てごらん。ここは養鶏がとても盛んなんだね」

バスはゆっくりと左折し、鉄条網で囲まれた門をくぐった。そして愕然としたことに、私たちは特大の養鶏場の中にいたのだ。バスの運転手がドアを開けると、護衛兵が外に出て再びドアのところで配置についた。私たちがバスに乗り込む時に誘導していた青年ジムがバスの中を覗き込んで明るく言った。

「さあ、みなさん、ヨコハマ・ピュアラップに到着ですよ。降りてください」

私たちは茫然として荷物を引きずり、よろめきながらバスを降りた。ピュアラップでは前夜に大雨が降ったに違いなく、灰色の粘り気のある泥に足首まで深く埋まった。受付係の白人は丁寧に指示を出した。

「さあ、みなさん、家族単位で一緒に並んでください。部屋を割り当てますから」

私たちが立っていたのはエリアAで、もとの農畜産品評会場の巨大な駐車場だった。他にもB、C、Dと三つのエリアがあり、いずれも野球場や競馬場の近くにある品評会場に建てられていた。この陸軍兵舎型の収容所は、皮肉にも「キャンプ・ハーモニー」と呼ばれていた。

私たちは、独身者用宿舎の真向かいにある2－1－Aという部屋を割り当てられた。建物は二ブロックほどの長さの細長く低い厩舎のようだった。私たちが住むところは一部屋で、約一八フィート×二〇フィートのリビングくらいの広さだった。ドアと反対側の壁に小さな窓がひとつあり、真ん中に置いた小さな安っぽい薪ストーブ以外、部屋には何もなかった。床は直接地面に張られた二インチ×四インチ材でできており、すでにタンポポがその隙間から顔を出し始めていた。母はそのボサボサの黄色い頭を見て大喜びした。

「私が育てるから、摘んでしまわないでね」

父はからかって言った。

「育てるだって！　気をつけないと、あいつらはみんなの髪から生えてくるぞ」

ちょうどその時、ヘンリーはドスンドスンと音を立てながら残りの荷物を持って入ってきた。

「何を騒いでるの？」

「タンポポ」と澄は短く答えた。

ヘンリーがタンポポを一握り引き抜いた。

「アラ！　アラ！　やめて。タンポポしか美しいものがないのよ。ここに庭を作れるかもしれないじゃない」と母は叱った。

「冗談でしょ、ママ？」

私はヘンリーをたしなめた。

「もちろんママは本気よ。何しろ、『ナリ・ケリ』を使って詩を書くにはインスピレーションが必要なのよ。私だって今すぐ詩が書けるわ」

ああ、たんぽぽ、たんぽぽ　／　みんなに嫌われて根こそぎされたけど
踊って金色の頭を振って　／　やっとおうちを見つけたんだね
黄色い仲間と一緒に　ナリ・ケリ、アーメン！

ヘンリーは、母の黒髪にタンポポを挿して言った。

「ママの方が十倍上手に創れるよ」

澄は布袋にもたれかかって不安げに言った。

「どこで寝るの？　まさか床で寝るんじゃないよね」

「心配するのはやめろよ」ヘンリーはうんざりして言った。

他の人たちが何をしているのか見ようと父と母が外に出ると、そこでも同じように、他の人たちは何をしているのだろうと泥の中を歩き回っている人たちがいた。間もなく戻ってきた母は、喜びに満ちた笑みで顔を輝かせていた。

「私たち、運がいいわよ。トイレがすぐ近くにあるの。何ブロックも歩かなくって済むわ」

詩心があって、それでいて現実的な母に驚いた私たちは大笑いした。父は、まるでおとぎ話に出てくる木こりのように前かがみになり、廃材の山を肩に担いで戻ってきた。コートとズボンの

ポケットは釘で膨らんでいた。父は戦利品を片隅にどさっと置いて説明してくれた。

「大工さんが置いていった木材の山があって、釘が何百本も散らばっていてね。みんなそれを拾っていたから、パパも急いで拾ったんだ。これでテーブルや椅子のある、少しはちゃんとした生活ができるかもしれないね」

班長が昼食の時間だとドアをノックし、最寄りの食堂で食事をするように言った。パイ皿、ブリキのカップ、スプーンとフォークを取り出そうと布袋の紐を解くと、私はお腹が空いていることに気がついた。食堂には長蛇の列ができていた。子どもたちはぬかるんだ泥の中をスキーのように滑って、列を出たり入ったりしていた。若者たちは片足で立ってはもう片方に体重を移しながら、イライラと不機嫌そうに言った。

「こんなに待たされたんだから、食べ物が美味しくなくっちゃね」

しかし、一世は腕組みをしたまま、ほとんど何も言わずに静かに立っていた。小雨が降り始め、何もかぶっていない黒い頭が雨滴で濡れてきらきら光った。給食の列はゆっくりと前進した。

昼食は缶詰のソーセージ二本、ゆでたジャガイモ一個、パンの厚切り一枚だった。ホールが混雑していて一緒に座れないため、私たち家族は分かれて座ることになった。通路を行ったり来たりして、混雑したテーブルやベンチをあちこち歩き回りながら、数インチの隙間を探した。小柄な一世の女性が食事を終えて立ち上がり、ベンチの上にしとやかに足を上げたので、一人分のスペースが空いた。その隙間に入り込もうとした瞬間には、間隔は二インチに縮まっていたが、私はそこに無理やり収まった。

私の右ひじの内側にくっついて座っている夕食の仲間は、頭が禿げた、不機嫌そうな一世の男性で、食事の時に体が密着するのを不快に思っているようだった。左ひじの下には泥まみれの小さな女の子がいて、鼻水を絶え間なく垂らしながらソーセージと格闘していた。彼女はソーセージを細かく刻んで、水を入れて作ったジャガイモ粥に混ぜていた。私は食べ物をなんとか飲み込んだ。

トラックが来て、若者や頑健な人にはキャンバス地の軍用簡易ベッドが、そして年配の人にはスチール製の簡易ベッドが配られると、大きな歓声が上がった。ヘンリーがベッドの配置を指示した。父と母は薪ストーブに一番近い隅に、もう一方の隅にはL字型に二つのベッドを配置してリビングと寝室を兼ねたエリアを作り、澄と私がそこを使うことになった。そしてドアに一番近い角にヘンリーは男の隠れ家を設けた。もし私が好きなようにさせてもらえたら、父のホテルの寮のように、全員のベッドを整然と一列に並べただろう。

私たち一家が宿舎の端の部屋を割り当てられたのは幸運だった。気を遣う隣人が片方にしかいないからだ。部屋を隔てる間仕切りの壁の高さは七フィートしかなく、上部が四フィート開いていたので、夜暗い中で澄がまだベッドに座って髪を束ねていると、それが隣の船井さんから見えた。

「マア、澄チャン」船井さんは厚板の壁越しに声をかけた。

「今夜もまた髪を巻いてるの？　毎晩カーラーするの？」

澄は腰に手を当てて反抗的に壁をにらみつけた。

その班の監視員は体格が抜群に良い二世で、身を屈めて歩く姿がフットボールのタックルの名手のように見えた。彼は最初の夜に巡回にきて、毎晩九時までに全員部屋に入るように言った。そして十時になると、またドアを叩いて「消灯！」と叫んだ。母は一秒も遅れることなく大急ぎで明かりを消した。

宿舎のいたるところで、ベッドのきしむ音や乳児の泣き声、夜に響く咳の音が混じって聞こえた。小さくて強力な薪ストーブが真っ赤に燃え、今にも融けて床に落ちないかと気が気ではなかったが、その状態は短時間しか続かず、その後突然氷のように冷え込むことがわかった。ヘンリーと父は交代でストーブに向かい、強烈な熱風を起こしたが、軍の毛布を焦がしそうになるだけで、毛布を通して暖かさが伝わってくることはなかった。兵舎内が静かになると、ポツポツと雨音が聞こえてきた。やがて雨粒が「パシャパシャ」と顔に当たって、まるで穴を掘っているように感じた。枕の濡れている範囲がまるで致命的な出血のように広がり、とうとう私は起き上がって簡易ベッドを部屋の中央に引きずっていかなければならなかった。しばらくしてヘンリーが起きてきた。

「僕のところも雨漏りがひどいんだ。朝一番に家主に文句を言わないと」

一晩中、人々が起き上がって簡易ベッドを引きずる音が聞こえていた。私は眠れずに小さな窓を見つめた。母が間に合わせのカーテンを窓につけてくれてよかったと思った。なぜなら、数秒ごとに強力なサーチライトの光が窓を横切っているのに気づいたからだ。その光は、トミー銃を持った護衛兵が二四時間体制で見張りをしている、強制収容所の周囲に設置された高い塔から射してきた。私たちを囲む鉄条網のフェンスを思い出して、私の胸は怒りに締めつけられた。犯罪者のようにフェンスに閉じ込められて、私は一体何をしているのだろう？　もし告発があったとしたら、なぜ公正な裁判を受けられなかったのか？　私はもうアメリカ人とは見なされていないのかもしれない。結局、私の市民権は本物ではなかったのだ。では、私は何者なんだろう？　両親と違って私は日本国民ではない。よく考えてみると、父と母でさえ母国との結びつきはほとんどなく、日本国民というよりはアメリカの外国人居住者だった。アメリカでの二五年間、他の市民と同様に働き、この国の政府に税金を納めてきたのだ。

ひとつだけ確かなことがあった。それは鉄条網のフェンスは本物だということだった。私はもはやそこから出て行く権利がないのだ。なぜなら私に日本人の祖先がいたからだ。そしてまた、一部の人々が民主主義の理念や理想を信じていなかったからでもある。結局のところ、それらはただの言葉に過ぎず、忠誠を保証することはできないとその人たちは言った。新しい法律や収容所はより確実な手段だったのだ。私はついに燃え盛る思いを振り払おうと、枕に顔を埋め、わずかな眠りを得ようとした。

ピュアラップでの最初の数週間は、口にこそ出さないが皆が過剰な不安や興奮でいっぱいだった。私たちは、高い監視塔の上でトミー銃の後ろに座っている護衛兵を神経質に見つめ、彼らも黙って私たちを見下ろしていた。全員がビクビクしていた。ある雨の夜、彼らは突然、収容所内の異常な動きに気がついた。「消灯」の時間後で、雨が滝のように降っていた。彼らは投光器を点灯したが、ドアが勢いよく開いて、小さな人影が駆け出して暗闇に消えていくのが見えただけだった。集団で収容所から脱出しようとしているように見えたに違いない。

私たちもその物音で目を覚ました。ヘンリーがかすれた声で言った。

「外で何が起こっているんだろう?」

すると母が悲鳴のような声を上げた。

「チョット！　聞いて、飛行機よ、しかもちょうど真上だわ」

「誤って収容所に爆弾が落ちてこないだろうね」父がのんびりと言った。

私は背筋が凍りついた。飛行機の低く続くブーンという音はますます大きくなった。隣で船井夫妻がぶつぶつ言い合う声が聞こえた。突然、飛行機が遠ざかり、騒ぎは次第に収まっていった。

翌朝早く、何があったかを確かめようと食堂に駆けつけると、収容所の半数の人たちが食中毒にかかったことがわかった。騒ぎというのは、気分が悪くなった人たちが野外トイレに駆け込んだためだった。護衛兵は暴動が間近に迫っていると思い込んで、調査の飛行機を出動させたに違いない。

「銃を撃ちたくてしかたがない兵士でなくて良かった。でないと、大惨事が起きるところだった」とヘンリーが言った。

私たちは皆、命拾いをしたように身震いした。

すぐにピュアラップの過酷な収容所の日常に突入した。毎朝六時になると、意地悪なコックが鉄鍋を激しく叩く音で目が覚めた。彼は鍋の中に重い鉄のひしゃくを突っ込んで四方を叩き、「ガン！　ガン！　ガン！」と通常の倍の早さで鳴り響く大きな音を立てた。寝ぼけ眼で、私はタオルと石鹸をごそごそ探し回り、暗がりの中を手探りで共同洗面所に向かった。

食堂では、缶詰の煮込みイチジクや分厚いフレンチトーストをやっとの思いでかじり、火傷しそうなほど熱いブラックコーヒーを飲んだ。朝食を無理やり胃に収めながら、私は毎朝エリアAのゲートへと急いだ。そこでエリアDで仕事をする他の収容者と一緒に列に並んだ。エリアDはエリアAの真向かいにあったが、その間の道路を横断するには武装した監視員が必要だった。護衛兵が私たちの通行許可証を入念にチェックして人数を数えた後、鉄の門が大きく開き、私たちは前後を軍警察に護衛されて整然と行進した。信号が変わるのを待って縁石に立ち止まった時も、再び人数が数えられた。通りを横切り、半ブロック進んでエリアDのゲートに着くと、そこでまた数えられた。私は管理事務所で速記者として月給一六ドルで仕事をしていた。肉体労働で一日八時間も汗を流しても労働者は一二ドルしかもらえず、一方、医師、歯科医師、弁護士、その他の専門職は、月一九ドルという「高額の」報酬を得ていた。収容所は主に自分たちで維持管理し、調理をしたり、医療を行ったり、下水管を敷設したり、靴を修理したり、自分たちで娯楽を提供していた。

私は人事部で勤務時間の記録をつける仕事だった。まず、ピンク、緑、青、白の勤務表に一万人の収容者の勤務時間をタイプし、次にこれらの勤務表を分類して、アルファベット順に並べて靴の箱に積み上げげた。仕事は耐え難いほど退屈だったが、どんなことがあっても辞めたくない理由があった。管理棟は、きちんと配管がされて温水と冷水が出る唯一の場所だったからだ。最初の数ヶ月は、毎朝適度にタイピングをしてから洗面所に忍び込み、熱湯で全身をスポンジで拭いた。そして目立たないように間隔を置いて洗面所に戻り、頭に巻いたスカーフを取って焦げた髪と格闘した。お湯の入った洗面器の上に頭を下げて、髪を浸し、櫛でとかし、伸ばして引っ張った。根気よく続ければ、きっと結果が出るだろうと期待した。

こうして私の一日は過ぎていった。エリアDに急いで仕事に行き、エリアAに急いで戻って昼食をとり、再びエリアDに戻って仕事をし、そして最後にエリアAに戻って夜を過ごす、そんな一日だった。消灯までのわずかな自由時間は、友達を訪ねてくつろいだりして過ごしたが、単調な生活を送っていたため、会話の話題は尽きていた。私たちは毎日、食虫植物のように人間を飲み込みそうなピュアラップの泥と戦っていた。地面は広大な泥の海で、乾いて固まりそうになるといつも雨が降り、滑りやすいぬかるみに戻った。

澄と私はついにガロッシュを買うことに決め、キャンプ・バイブルとあだ名されたボロボロの通販カタログを見つけ出した。そこに、一ページにわたって素敵なゴム製のガロッシュが載っているのを見つけたが、「品切れ」と書かれていた。それで、私はクリスにハイトップのガロッシュを二足探してほしいとSOSを送った。一週間後、クリスから返事が来た。

「ガロッシュはずっと品切れみたいです。町中の店を訪ねましたが、一足も見つかりませんでした。シーズンオフだよ、と偉そうに言い訳する店員もいました。でも探してみます。中古の店やファースト・アベニューの大特価セールのお店に行ってみます」

靴底が泥で分厚くなるほどだったので、澄と私は首を長くして待っていた。ついにクリスは手紙を添えて小包を送ってくれた。

「ファースト・アベニューはだめだったけど、うちの地下室で見つけた古いゴム製のものを二足送ります」

それは私たちの靴にぴったり合い、ゲタが収容所で大流行するまで、友人たちみんなの羨望の的だった。日本のゲタというのは木製の厚底靴で、ある年老いた独身男性が手製のゲタを履き、日焼けしたかさかさの足を平気で見せているのを初めて見た時、その大胆さに衝撃を受けたものだ。しかし程なく、父の友達の友達に当たる大工さんに、私にも作ってくれるように頼み込んだ。その鮮やかな赤いゲタは素晴らしく、シャワー用の木靴としても役立つし、三インチの高さがあったので足が泥で汚れることはなかった。それに私はナイロンが苦手だったが、ストッキングでゲタを履くことはできなかったので、その問題も解決してくれた。

ある日曜日の午後、ホテルのジョー・スボティッチが突然訪ねてきた。彼は接客室になっていたゲートのすぐ内側にある小さな格子の囲いの中で待っていた。丸顔に笑みをたたえたジョーは歓迎すべき愛すべき存在だった。彼と父が力強く握手を交わしている間も、二人はずっと笑顔だった。ジョーは毎週日曜日に着ていたのと同じ古いストライプのスーツを着ていたが、新しい灰色の帽子を照れくさそうに握りしめていた。

ジョーは食べごろのゴールデン・グレープフルーツで膨らんだ大きな買い物袋を父に渡した。

「これは旦那と奥さんに。グレープフルーツが好きだったね」

そしてポケットからたくさんのナッツとチョコレートバーを取り出して言った。

「これは子どもさんたちに」

「ジョー、ありがとう、気が利くね」と私たちは叫んで、サム、ピーター、モンタナについて質問を浴びせた。

「みんな元気ですよ。サムはまだ酔っ払いを追い払ってます。みんな以前より稼いでよく飲むようになったんで、私らはしょっちゅう奴らを階段から突き落として、警察を呼んでますよ。第一次世界大戦の時みたいでね。飲んだくれや喧嘩が絶えなくて。覚えてるでしょ、糸井さん」

私たちはシアトルも昔と変わっていないか聞いてみた。

「ああ、建物も何もかも同じだけど、町では人の数が増えたね。みんな戦争の仕事を求めてやってくる。スキッドローでは商売はにわかに景気づいてますよ」

　彼は高い金網のフェンスに目をやり、首を振った。

「あんたたちがここにいるのを見たくないです。理解できない。ずっと旦那を知っていますし、私の友達です。ああ、もう行かなきゃ、あのバスに乗らないと」

　父とヘンリーはジョーを門まで見送った。彼はフェンスの向こう側で短く別れの笑みを浮かべ、禿げた頭に新しい帽子を素早くかぶって、足早に立ち去った。

　グレープフルーツはピュアラップで初めて目にした新鮮な果物だった。美しい黄金色の丸い果物を手にするたびに、胸にこみ上げるものがあった。ジョーの真心に感動したのだ。

　一ヵ月も経たないうちに、父のおかげで私たちの部屋はかなり快適になった。借りたノコギリとハンマーで廃材をつなぎ合わせて、書き物机、ベンチ、それぞれのベッドの上の壁棚を作ってくれた。それから、スーツケースを置く木製の台を作り、ベッドの下に滑り込ませて目立たないようにした。父は一見すると食器以外何も入っていない戸棚を作ったが、そのカーテンの後ろに違法の小さいホットプレートが隠されていた。部屋で調理するのは消防法違反だが、誰もが小さな調理器具をどこかに隠していた。

　私たちがエリアAに慣れてきた頃、ヘンリーがエリアDの収容所内病院の仕事に応募したと言った。ミニーとその家族はエリアDに住み、彼女は病院で看護助手として働いていたのだ。しかし、ヘンリーが私たちも引っ越さなければならないと嬉しそうに言った時、澄と私は悲鳴を上げた。

「いやよ、二度といやだわ！　せっかく落ち着いたばかりなのに！」

「病院の命令だよ、悪いけど」とヘンリーはしたり顔で微笑んだ。

父は愛情を込めて手を入れた部屋を見回して言った。

「ああ！　ヤッカイダナ、せっかくここまで手間をかけたのに、なんて面倒なんだろう」

喜んだのは母だけだった。

「晴れた日にはエリアＤの兵舎のドアから山頂が見えるって友達が書いていたわ。それに、野球場の観覧席の上まで登ると、素晴らしい景色が見えるそうよ。いつ引っ越すの？」

「わからないんだ、ママ。数日中には通知があるよ」

その日の昼過ぎ、一台のトラックが家の前を通りかかった。あごひげを生やした屈強そうな若い二世が、トラックの踏み台の上に立って大声で言った。

「荷物をまとめてください。二時間後に迎えに来ますから」

「何だって！」と私たちは憤慨しながら急いで荷物をかき集めた。裏庭には濡れた洗濯物が干してあったが、それと一緒に昼食に使ってまだ洗っていない食器やコップを布袋に投げ込んだ。

父は棚とキャビネットを壁から外し、テーブルとベンチを束ねた。トラックが戻ってきた時には、なんとか準備は整っていた。持ち物は一人につきスーツケース二個と布袋一個のはずだったが、それには全く入りきらなかったので、仕方なく、セーター、ジャケット、コート、帽子を重ね着し、鍋やフライパン、必需品の醤油瓶、ラジオ、小さなホットプレートを両腕に抱えた。威勢のいいトラックの運送屋は、屋根のないトラックの荷台に荷物や家具を投げ込み、私たちはその一番上に腰を下ろした。

エリアDには、競馬場、広い野球場、観覧席、展示用納屋、売店が入ったビル、遊園地など、特別な施設があった。何百もの長いテーブルとベンチが端から端まで少しの狂いもなくまっすぐに並んだ巨大な食堂で人々は食事をしていたが、そこは以前、賞にふさわしい家畜を展示する品評会場として使われていた小屋だった。

エリアDの利点を生かして何かしてみようと妙なことを思いつく人もいたが、たいていは他の人には迷惑な話だった。

ある日、失業中の体育教師が食堂の前の美しく広大な空き地を見て何やらひらめいた。地面は平らで固く、細かい砂利で覆われていて、集団での自重トレーニングに打ってつけだった。運動不足の収容所生活で筋肉が衰え、腹がぽっこり出てしまった人が多すぎる。これは嘆かわしい状況だと彼は考えたのだ。ある朝、建物の柱や壁に次々と掲示が現れた。

「自重トレーニングを明日午前五時三十分に食堂前で始めます。全員時間通りに必ず集まって下さい」

この「必ず」という言葉を読んだ時、誰がベッドから引きずり出しに来ようがテコでも動かないと決めた。翌朝早く暗闇の中で目を覚まして他の早起きの人と出会ったのは、私たちの兵舎では母一人だけだった。

「健康のためじゃなくって、好奇心で行くだけよ。若い子みたいに飛び跳ねたら体が粉々に砕けちゃうわ」

父は毛布をかぶったままで、言い訳がましくボソボソ言った。

「政府がくれた人生初の休暇だ。誰も邪魔させないよ」

私たちが気持ちよく布団に潜り込むと、兵舎の至るところで五十余名が満足そうにいびきをかいて睡眠と脂肪を蓄積しているのが聞こえた。

一時間後、母は疲れ切った蒸気機関車のように息を切らして帰ってきた。髪が目にかかり、ブラウスがスカートからはみ出ていて、すぐにベッドに潜り込んだ。

「今日は朝食はいいわ。休みたいから。とんでもない拷問だったわ。見てるだけのつもりだったのに、目ざといリーダーが体操の列に入れと叫んだの。きまりが悪くなって、列に入ってみんなと一緒に跳ね回ったのよ」

「たくさん来ていたの？」と聞いてみた。

「かなりの人数だったけど、ほとんどがお年寄りでね。膝を伸ばすことすらできない人もいたわ。でもね、リーダーの声がとてもよく響いて、そのおかげで飛び上がることができたと思うの。それにしてもひどい日本語！　指図されても理解できたのは、『イチ！　ニ！　サン！　シ！』と数えた時だけ。それにリーダーは片腕が不自由で、自分で手本を見せることができなかったの。

散々な朝だったわ」

母は二度と自重トレーニングには行かなかった。母はもう年だから無理だと言い、私たちは若すぎて無理だった。もっと元気な参加者を募るビラには私たちは関心もなく、四時間の睡眠で十分で、眠れなくて目を覚ました老人と独身の男性しか現れなかった。彼らはできる限り訓練を頑張ったが、必死で教えている体操の講師よりもいつも動作が遅れた。ある朝、若い講師が姿を見せず、ノイローゼになりかけているという噂が広がった。このようにして、「健康回復」プログラムは人知れず失敗に終わった。

日曜日は、感情を抑えて忙しく仕事をする日常から解放されて、一旦立ち止まる日だった。朝は教会に行って、毎週日曜日に訪ねてくるエヴェレット・トンプソン牧師の話を聞いた。牧師は長身で痩せ型の男性で、彼の気さくで親しみやすい顔立ちに人々はすぐに引きつけられた。牧師はかつて日本で宣教師をしていたことがあったので流暢な日本語を話し、長年私たちの教会の若者と共に働いてきた。シアトルで交流があったトンプソン牧師や他の多くの牧師、それに教会で働いていた人たちに会えたのは大きな慰めだった。私たちは、自分たちが完全に忘れられたわけではないと感じた。

打ちひしがれた私たちは、間に合わせのチャペルとなっていた野球場の観客席下の薄暗い部屋に集まり、説教と祈りのたびごとに心を新たにされた。牧師は、私たちが新たな視野に立って生きていく拠り所を少しずつ築けるように助けとなってくれた。とりわけよく覚えているのは、ある日曜礼拝のことだ。詩編[18]の数編を声をそろえて読むように牧師に言われ、私たちは置かれた状況と環境の中にあって、聖句に新しい意味と慰めを見出そうと、いつもよりゆっくりと注意深く読み始めた。

「苦難の日に主があなたに答え
ヤコブの神の御名があなたを高く上げ」〔詩編二〇：二〕
「わたしを遠く離れないでください
苦難が近づき、助けてくれる者はいないのです」〔詩編二二：一二〕
「主はわたしの光、わたしの救い
わたしは誰を恐れよう
主はわたしの砦
わたしは誰の前におののくことがあろう」〔詩編二七：一〕
そして、私たちが
「あなたはわたしの嘆きを踊りに変え
粗布を脱がせ、喜びを帯としてくださいました
私の魂があなたをほめ歌い
沈黙することのないようにしてくださいました
私の神、主よ

とこしえにあなたに感謝をささげます」〔詩編三〇：一二－一三〕と読み終えた時、まるで囲んでいた壁が後ろに押しやられたかのように、部屋は平和と畏敬の念に満ち、私たちは自由になった。収容所での生活は人生の終わりではなく、ほんの始まりに過ぎないということを確信し、自分たちは肉体的に虐待されているわけではなく、今後も危害を加えられることもないと気づくことができた。私たちを待っていた最大の試練は精神的なものだった。現実に体験した偏見、あるいは気のせいかもしれなかった偏見に対して、私はずっと神経を尖らせ、怒り続けてきた。強制退去は最大の打撃だったが、私たちは見捨てられたのだと敵意や不信の念を抱いても、得られるものはほとんどなかった。自分の内面に目を向け、神への信仰を持ち続け、自らが本当に望む生き方を確立することがより重要な時がきていた。

夕食後、野外のレコード・コンサートを聴くために、私たちは毛布を持って、緑のビロードのような広い芝地に急いだ。レクリエーション・リーダーが音楽愛好家からレコードを借りてきて、みんなで楽しむことができるように大音量のスピーカーで流してくれるのだ。いつものように多くの若者が芝生に心地よく大の字になって寝そべっていた。コンサートが始まるとみんながあまりにも静かに聴き入っているので、私はたった一人でいるような気がして、あおむけになってまばゆい青い夏の空を見上げた。頭上を渦巻いてすばやく流れる雲とドボルザークやベートーヴェンの崇高な音楽が、貴重な束の間の平和をもたらしてくれた。

私たちは五月にピュアラップに連れてこられた。八月になってもまだそこにいた。ピュアラップが一時的なものであることは承知していたので、内陸の恒久的な収容所への移住を終えたいと願うようになっていた。私たちがどこへ行くのか、いつ出発するのか誰も知らず、蒸し暑さは気力と忍耐力を奪い、誰もが落ち着かない様子だった。ある日、班長が昼食後は宿舎に残るようにと言い、午後には大勢の白人が二世の助けを借りて、四つのエリアを同時に捜査するためにやってきた。二世がドアの前に現れた。

「では、みなさん、手元にある禁制品や危険な器具、武器を回収しに来ました。ナイフ、ハサミ、ハンマー、ノコギリ、といったものです」

父の顔は曇った。

「でも道具は必要なんだよ。ご覧の通り、この部屋にあるものは全部私が自分の手と少しの道具で造ったんだ！　あんたたちのやることにも、限度というものがあるだろ！」

若者は高まる怒りを抑えようとした。

「口論したって仕方ないでしょ。オジサン。僕は命令を実行しているだけなんだから。さあ、持っているものを出してください」

父はむっとしながら、ジョーがシアトルから郵送してくれたノコギリを手渡した。私たちは、父がハンマーと小さな果物ナイフを隠し持っていることを知っていたが、黙っていた。二世は満足したのか額の大汗を拭きながら隣の家に向かったが、浮かない顔で次の口論に備えているかのようだった。

その後、私たちは日本語で書かれた印刷物すべてを差し出すよう命じられた。母は中央受付所に行って若い男に訴えかけた。

「少しは持ってますが、危険なものではないんです。本当ですよ。政府はなぜ少ししか残っていないものまで取り上げようとするの？」

二世は辛抱強く説明した。

「誰も取り上げようなんてしているわけじゃないですよ、オバサン。いずれは返しますから。何をお持ちですか？」

母は微笑んだ。

「聖書ですよ。それのどこが危険なのか言ってちょうだい」

二世はうんざりした様子で両手を上げて言った。

「日本語で印刷されているのなら、預かる必要があるんです。他には？」

「マンヨウシュウはいいんでしょ？」万葉集は詩集で日本の古典だった。

「それもです」

「でも、反体制的な言葉は一つも書いてませんよ！」

「繰り返しますが、僕はこの命令に何の責任もありません。お願いです、他にも仕事があるんです」

母はしぶしぶ聖書と万葉集を手渡した。そして小さなポケットサイズの辞書を掲げて言った。

「これだけは持っていきますよ」

「はい、はい、いいですよ」

一世の気難しさと頑固さをぼやきながら、彼は母を解放した。

二週間も経たないうちに、私たちはすぐに強制収容所に移ると告げられた。その時までには、アイダホに向かうことはわかっていた。恒久的な収容所の建設を手伝うために大工兼労働者として先に行くことを志願した、父の友人の吉原さんは次のように書いてきた。


私たちが住む家は、アイダホの広大な草原の真っただ中にあります。そこは太陽が激しく照りつけて、植物も動物もすべてが茶色に干からびているように見えますが、それを埋め合わせるものもあります。スネーク川の一部だと聞きましたが、素晴らしく荒々しい川が洪水のように轟音を立てているのです。収容所の一角には大きな兵舎病院があって、巨大な貯水タンクが収容所を見下ろす歩哨のようにそびえ立っています。ここには十分な洗濯とトイレの設備があります。部屋はピュアラップより少し広い程度ですが、多くは期待できません。何と言っても収容所なのですから。

私たちは知らない土地に行くと思うとワクワクし、「アイダホ」というインディアン風の名前が気に入った。太陽の光で干からびた地面と干上がった泉、成長が止まったように小さいヤマヨモギやガラガラヘビの恐ろしい巣など、『ナショナル・ジオグラフィック』誌にシリーズで載っていた、まぶしく暑そうなアイダホの写真を思い出していた。快適な体験とはならないことはわかっていたが、変化には違いなかった。

第十章　ヘンリーの結婚式と奇妙なお茶会

八月中旬の蒸し暑い早朝、ガス灯やロココ調の壁パネルや硬いモヘアの座席で内装された、年代物の列車で私たちはアイダホに向けて出発した。コロンビア川沿いのフッドリバー地方に差しかかると、私たちは顔を窓に押しつけて途方もない美しさに見とれ、畏敬の念に静まり返った。そこは眩しい太陽の暖かな金色の光を浴びて輝き、サファイア色の夏空に浮かぶ雲は真珠のような乳白光を放っていた。山々は私たちの頭上に誇らしげにそびえ立ち、眼下のしぶきを立てて流れる青い川は、ダイヤモンドが液状に泡立っているようにきらめいていた。

客室係が夕食を告げた。煤でよごれたな煙突掃除夫のような私たちは、ためらいながら、きらめくカトラリーが並んだ白いテーブルについた。細い花瓶にはバラの小枝が揺れていた。目の前に並べられたチキンのディナーを眺め、今にもその皿がさっと片づけられて、食べ慣れた缶詰のウィンナーと豆が配られるのではないかと思った。用心深く最初の一口を飲み込み、自分にリラックスするように言い聞かせて、素晴らしい風景が目の前を通り過ぎるのを見ながら、贅沢な気分で水の入ったゴブレットの細長い脚に触れた。

車内は蒸し暑くなったが、まるでふいごのように煤が吹き込んでくるので、とても内窓は開けることができなかった。夜になると、軍警察は窓のシェードを下ろすように命じた。私たちはなんだか極秘で通過しなければならない敵国を旅しているような気分になった。母と澄と私は向かい合った二列の座席に座っていた。チクチクするモヘアの座席の上で一晩中体をよじったり向きを変えたりして落ち着かず、おまけにブンブンとうなり続ける動きの鈍いハエが私たちの汗で汚れた顔にぶつかってきた。列車は延々と時間をかけて山を登り、死にそうな毛虫のように這いながら、ギシギシ、ギーギーと音を立て、ガタガタ揺れては急に停止し、ついには力なく滑って後退した。ようやく夜が明けて窓一面に強烈な白い光の筋が差し込んだので、私はシェードを開け、その日差しに息を飲んだ。一夜のうちに景色は一変し、じりじりと照りつける熱い太陽は、大地の肌を灰褐色のしわのように干上がらせていたのだ。そしてとがった岩々が瘤のように突き出て、一握りのかびのような灰緑色の山よもぎが点々と生えていた。この何もない大草原の真っ只中で、列車は一〇分間の停車のためにガタンと止まった。軍警察が車外に下りてもいいと言うと、私たちは大草原を踏みしめてみたいという好奇心から、まるで遠足で興奮した子どものように大急ぎで外に飛び出した。気がつくと、線路の両側には有刺鉄線のフェンスが急ごしらえで張られており、軍警察はそれに沿って配置についていた。フェンスの向こう側には農民や女性、子どもたちが集まって、黙って私たちを見つめていた。周辺に農家はなかったので、彼らは私たちをわざわざ見に来たのだろう。顔は汗で光り、よれよれの服を着た私たちはあまり格好がよくなかったので、恥ずかしくて顔を背けた。

その日の午後、列車はがたごと揺れながら小さな町に入り、そこで私たちはバスの隊列に乗り換えた。広々とした平野を走る二時間の車中は静かだった。誰もが窓の外を無表情で見つめていた。一マイルほど離れたところから、強制収容所が見えた。断熱材で覆われたバラック小屋が整然と並び、燦々と照りつける太陽に輝いていた。

キャンプ・ミニドカはアイダホ州の中南部、スネーク・リバーの北にあった。半乾燥地帯で、ミニドカ・ダムの灌漑事業によって、ある程度は開拓されていた。私が座っているところから見えたのは、平らに広がる大草原とグリースウッドの茂みと野ウサギだけだった。そしてもちろん、私たち一万人を収容するための何百ものバラック小屋があった。

私たちの住まいは大きな陸軍型兵舎の一室で二十フィート×二五フィートほどの広さだった。兵舎の両端にはカップル用の小さめの部屋と、五人以上の家族を収容するための大きめの部屋があった。備品は鉄製のだるまストーブと簡易ベッドだけだった。

収容所での最初の日、私たちは砂嵐による熱烈な歓迎を受けた。部屋を探して歩き回っている間に砂嵐が襲ってきたのだ。時速六十マイルの突風がしっかり固まっていない土を空に巻き上げ、何も見えなくなった時、私たちはまるで砂を混ぜる巨大な機械の中に立っているような気がした。砂は口と鼻孔に入り、顔や手に千本の針のように突き刺さった。ヘンリーと父が先を進み、母と澄と私は父たちのジャケットにしがみついて、スーツケースをぶつけ合いながら後に続いた。ついに私たちは、息を切らし目が見えなくなって、よろめきながら部屋にたどり着いた。そしてスーツケースの上に座り、上着とスカーフをはがすように脱いで休んだ。窓ガラスが激しくガタガタ音を立て、隙間から埃が煙のように流れ込んできた。時折風が収まると、他の収容者がスーツケースにしがみつき、刺すような砂塵に頭をかがめているのが見えた。風が彼らの頭に急に吹きつけ、スカーフとタオルを勢いよく吹き飛ばして見えなくなった。私たちは息苦しい部屋に何時間も座っていたような気がしたが、食事を知らせるディナー・トライアングルの聞き慣れた金属的なカーンという音で我に返った。

厚く積もった砂ぼこりが食卓やベンチを覆い、ティーカップやボウルの中にもびっしりと積もって食堂は荒れ果てていた。厨房で調理している熱い蒸気と揚げた魚の匂いが建物に充満していた。私たちは食べ物の配給を待つ人々の列に並びながら、いつ嵐が収まるのだろうと窓の外を見ていた。

一人の女性が必死になって建物に向かっているのが見えた。小さい竜巻が彼女を包みこんで視界から消えた。数秒後それが収まると、その女性がスカートで子どもを守りながら手を引いているのが見えた。小さな女の子は突然地面に座り込んで膝の間に顔をうずめた。母親は急いで上着を脱いで娘の頭にかぶせ、子どもを抱きかかえて風に向かって身を投げ出した。誰かが二人を引っ張って食堂の中に入れた。それから三十分、子どもが泣き止まない中で私たちは黙々と食事をした。

嵐がやってくるのが突然だったように、止むのも突然だった。私たちは食堂を出て、真っ青な空の穏やかさに驚きながらその下を歩いた。あたかも天上には、地上の惨劇とは無縁の静かな領域が存在して、夏の夕空全体が平和と静寂のゆりかごとなって緩やかに降りてきたように思えた。

アイダホの夜空は美しく優しかった。半透明の乳色ガラスのような月が、紺青の深い空に低くかかり、ダイヤモンドのように輝く星々が地平線から地平線まで空全体に光を放っていた。ここは不思議な荒涼とした土地で、昼の白熱した強烈な光の中では荒々しいが、夜になると穏やかで優しい、独自の美しさを放っていた。

深まる青い影の中を、収容所での最初の夜の準備をするために人々が忙しく行き交っていた。一世の男性は木のゲタを踏み鳴らし、緩いサスペンダーは一歩歩くごとにリズミカルに揺れていた。一世の女性は涼しい綿のプリントのユカタ、つまり日本の家庭用の着物を着て、音を立てず摺り足で歩いていた。そして一世たちは互いにお辞儀をして、「オヤスミナサイ。ゆっくりお休みください」と静かにささやいた。大草原の未知の暗闇に反響するこの聞き慣れた言葉は心地よく響いた。私は突然、この人たちが素朴な尊厳と忍耐を持って自らの境遇を生き延びていることに気づいて、自分が心を乱していることを恥じた。その夜、警戒したコヨーテが遠吠えする以外に邪魔をするものがない、飲み込まれるような大草原の静けさに私たちは深く身を沈めた。

アイダホの夏の平均気温が華氏一一〇度と焼けるように暑く、最初の数週間は朝から晩までおとなしく簡易ベッドに横たわり、一日三回ふらふらした足取りで食堂に行くことしかできなかった。この土地に最初に足を踏み入れた先住民が、インディアンの言葉で「日光」を意味する「アイダホ」と呼んだ理由がよく理解できた。ここでは全能の太陽が王様で、抵抗できない圧倒的な力で支配していた。太陽は頭上から照りつけ、熱く焼けた大地に跳ね返って下から顎を襲い、正確でゆっくりした回転に合わせて私たちをきつね色に焦がした。そのため私はまるで歩く南部風フライドチキンのような気分だった。洗濯したシーツは太陽がカチカチに乾かして硬い看板のようになり、ワンピースは紙人形の切り抜きのように物干しにぶら下がっていた。

九月になると、私たちは意識が朦朧とした状態から徐々に抜け出していった。太陽が首の後ろを刺すようなことはなくなり、再びまっすぐ歩けるようになった。朝目覚めた時には、空気がひんやりと爽やかに感じられた。

そのような変化に元気をもらった勢いで、私は病棟秘書として収容所の病院で仕事をすることになった。ヘンリーはすでに数週間前から病院で働き、ミニーも看護助手としてそこで働いていた。澄や若い友人たちは刺激を求めて収容所内をうろつく日々を過ごしていたが、やがて空虚な生活に嫌気がさし、何とかしなければという思いで看護助手に登録した。その結果、彼女たちは明るい日と十代の情熱で病棟を活気づけた。父でさえ、いつもの周到さで求人状況を調べ始めた。あまり重労働を必要としない仕事を探していたので、当然ながら、溝掘り作業は論外だった。また以前、シアトルとアラスカを行ったり来たりしながら料理人をしていた父には、その仕事もうんざりだった。父は最終的に所内警備員、まさしく警察官になることに決めた。くすんだオリーブ色の軍用シャツとズボンとレギンスの制服を身に着けた姿は、第一次世界大戦を彷彿とさせた。体調のすぐれない母は家にいて、床にモップをかけ、家族の洗濯物を手で洗い、衣類にアイロンをかけ、修繕していた。そして英語を学ぶクラスや聖歌隊の練習、祈祷会、そして日本人形作りのクラスにも参加した。

秋にはキャンプ・ミニドカは立派な町になっていた。子どもたちはバラック小屋の学校に通い、収容者の中から、あるいは外部から雇われた専門の先生に教えてもらった。本館の管理業務をするスタッフや病院の責任者を除き、食堂、病院、農場、道路工事、内部の治安維持などのすべての労働を収容者が担っていた。シアトルや近隣の町からの寄付によって小さな図書館が開設された。プロテスタント、カトリック、仏教など、あらゆる宗教の活動が活発に行われた。シアトルの日本人コミュニティで奉仕していた牧師たちは、ツインフォールズという近くの小さな町に移り住み、私たちの間で良い働きを続けていた。トンプソン牧師とその家族もまた私たちと一緒になった。

時間が空くと、私たちは所内警備員が夜も昼も警備しているはずの材木の山から、廃材を少しずつ持ち出した。警備員は収容者で構成されていたので、膨大な山は少しずつ減っていった。コーヒーテーブル、ライティングテーブル、おしゃれな化粧台、低い椅子、高い椅子が、私たちの小さな住まいに徐々に増えていった。そしてむき出しの壁に何列もの棚が並び、新しいスーツケースの台が簡易ベッドの下に隠れて置かれた。何ガロンものシェラック・ニスと白いペンキ、カーテン用の何ヤードもの白いオーガンジー、そして簡易ベッドと洋服のクローゼット用に青いダマスク織の布を買った。リビング、化粧室、三つのベッドルーム、書斎、収納室、キッチンがすべて一体となって、ルーブ・ゴールドバーグ[19]の夢が実現したみたいに、そこには何でも揃っていた。ただし、キッチンの流しとプライバシーだけはなかった。しわくちゃのパジャマを着ている時、足の爪を切っている時、また顔にクリームを塗っている最中でも、次々と人が入ってきた。

ミニドカの冬は、夏と同じくらい強烈な体験だった。感覚がなくなるほどの寒さに備え、作業員のチームが部屋から部屋へと駆け回って白い板を壁に打ちつけた。それまでは、二インチ×四インチ材がむき出しで、四方の壁がまるで骸骨のように見えていたため、真新しい白い板で覆われると、プロの装飾家が仕上げたような印象になった。必要な人には政府が冬の服を提供すると聞いて、私たちは大歓声を上げた。母は一番乗りで服の配給を受けに行った。母が包みを持って帰ると、私たちは何が入っているのだろうと興奮して母の周りに集まった。丈の長いズボン下と第一次世界大戦時のくすんだオリーブ色の陸軍ズボン、海軍のピーコートを取り出して見せながら、母は平然と言った。

「これは良質なウールね。確かに暖かくしてくれるわ。ただ、私たち、みんな男性じゃないのが残念ね」

父やその仲間がパトロールの時に着ているのとまったく同じだから、みんな所内警備員のように見えると言って、澄と私は激しく抗議した。

ヘンリーはうんざりして大声で言った。

「まったく、女の人ときたら！　収容所でどう見られるかなんてどうでもいいだろ？」

女性らしさを失うくらいなら凍える方がましだと、澄と私は堂々と宣言した。冬になってピューピュー吹き荒れる風や大雪に襲われても、私たちは動じなかった。草原のくすんだ灰褐色は姿を消し、私たちは夢の中にいるように音が消えた白い世界を歩んでいた。周りは白一色で、白く覆われた兵舎、白い砂丘、そして何もない真白な空が広がっていた。父と母とヘンリーはごわごわしたピーコートと軍のズボンに身を包んだが、私と澄は大吹雪の中でチーズクロスのようにはためくスラックスとコートに執着していた。華氏〇度の寒さになると涙が出て頬の上で結晶し、傘には氷が張った。顔がひび割れないように笑顔を控えた。そして、肌は徐々にナスのような不気味な紫色に変わっていった。

私たちがついに降参したのは、同じ班に住む男の人がある夜、吹雪の中で迷い、凍死したことがきっかけだった。衣料品分配所に駆け込んだ私たちは、ひざまずいて懇願した。

「ズボン下、ピーコート、ベスト、何でもいいからお願いします！」

でも担当者はほとんど空っぽになった棚を指さして素っ気なく言った。

「ついてないね。君たちのサイズは何もないよ」

その冷淡な態度に唖然として彼を見つめた。

「暖かいものが欲しいだけで、サイズや見た目なんてどうでもいいんです！　軍の毛布はありますか？　自分たちで作りますから」

残っていたサイズ四〇のズボン下、膝まで届く袖も襟もないベスト、クマ用みたいに大きい素敵な厚手のピーコートをもらった。とりわけ、吹雪の警笛が鳴るとすぐに硬くて巨大な襟を立てることができるピーコートが気に入った。澄と私は、氷の塊になって徐々に消えてしまうよりも、首のない水夫に見えるほうがずっとましだということで意見が一致した。その夜、私たちは暖かい衣服を提供してくれた政府に感謝して祈った。そして人間は、いや、少なくとも女性は、プライドだけでは生きていけないということを学んだ。

私たちは四季を通して収容所で生活を送ったが、季節ごとに乗り越えなければならない困難があった。その間、私たちはアメリカの社会から次第に遠ざかり、置き去りにされ、周辺で生きることに適応していった。世界が巻き込まれている大きな戦いは、自分たちの隔離された生活とは無縁な、はるかかなたのことのように思えた。

そんなある日、陸軍の一団が特別任務で夢の中にいる私たちの収容所にやってきた。そして無為な牧歌的な生活は突然の終わりを迎えた。彼らは衝撃的な発表をした。

「アメリカ合衆国陸軍省は、日系二世の特別戦闘部隊の結成を決定しました。志願兵を募集します」

私たちは息をのみ、言葉を失った。その知らせを伝えに来たダンクス大島は激怒していた。高校のスポーツで輝かしい記録を持つたくましい青年に成長したダンクスは、荒々しく私たちを見つめて叫んだ。

「僕たちを何だと思ってるんだ？　ばかだと思ってるのか？　最初は、出自を理由に兵役資格を4－Cに変えて町から追い出しておいて、今度は自殺部隊に志願しろって言うんだ。このふざけた民主主義のために死ねってことかよ。全くずうずうしいよな！」

それはまさにほとんどの人が感じていたことだったが、徴募官が私たちの怒りにうまく対処する準備は万端だった。彼らがミーティングを開くと、私たちは傷ついた様子を露わにして集まった。

見るからに手ごわそうな大柄で背の高い黒髪の士官が演説をした。

「なぜ私たちがここに来て、君たちのグループから志願兵を募集しているのか、おそらく疑問に思っているだろう。その説明は、大統領から最近発表された、国に奉仕する市民の権利と名誉に関する声明に最もよく表れていると思うので、それを読み上げる」

いかなる忠実なアメリカ合衆国の市民も、その祖先に関係なく、市民としての責任を果たすという民主的な権利を否定されるべきではない。この国が建国され、常に統治されてきた原則は、アメリカニズムとは心と精神の問題だということである。それは人種や祖先の問題ではないし、これまでも決してそうではなかった。すべての忠実なアメリカ市民は、自分の能力が最大限に貢献をできる場所・・・それが軍隊であれ、軍需産業であれ、農業であれ、公務であれ、あるいは戦争協力に不可欠なその他の仕事であろうとも、その場所でこの国に奉仕する機会を与えられるべきである。

それは聞こえの良い言葉だった。私たちの心には真実かつ明確に響く宣言だったが、頭では理解できない疑問点があった。演説をした担当官は討論の場を設けた。私たちは、独立した二世部隊というのは、あまりにも人種隔離に似ているため望んでおらず、他の市民同様、アメリカ人との混成部隊で奉仕したいと言った。その人は次のように答えた。

「しかし、もし二世が軍隊全体に散らばることになれば、君たちは二世としての存在意義を失うだろう。君たちは過去に日本人の顔で苦しんできたので、そうしたいのかもしれない。だが、なぜ日本人の顔を受け入れないのだ？　なぜ恥じるのだ？　なぜ逆にそれを十分に活かさないのだ？　匿名に引きこもっている場合ではない。今、西海岸で強力な組織が、アメリカ市民であろうが単に住民であろうが、君たちを一斉に日本に送還しようと運動している。しかし、君たちを信頼している男性や女性もいて、君たちが立ち上がって自分自身を表現する機会を与えられるべきだと思っているのだ。二世部隊がちょうどそれにふさわしいものであり、君たちが立てる功績や得る名声はすべて君たちのもので、君たちだけのものであるべきだと彼らは考えているのだ」

私たちはその演説をした人は誠実で、話した内容を真剣に信じていることがわかった。次に私たちは、もうひとつの切実な質問を投げかけた。

「そもそもなぜ政府は私たちをこんな所に閉じ込めたんだ？　なぜ？　なぜ？　なぜなんだ？」

傷ついた私たちの顔を見て彼は言った。

「私はその質問に答えることはできない。君たちがすでに知っていること、つまり政府は強制退去が必要だと考えたと繰り返すしかない。強制退去という事態が起きた。それが正しかったにせよ間違っていたにせよ、過去のことだ。今、我々が関心を持っているのは君たちの未来だ。陸軍省は、君たちが志願して祖国に奉仕することで、日系アメリカ人市民として高い評価を得るチャンスを与えているんだ。この戦闘部隊は君たちが考えているような意味での隔離ではないことを信じてほしい」

食堂に漂っていた緊張がほぐれ、質疑応答がより自然に行われるようになった。ミーティングの後、私たちはバラック小屋に戻って議論を続けた。ダンクスも一緒に来て皮肉っぽく言った。

「どうすればいいんだ？　奴らにいいようにされているんだ。貢献しなければ、間違いなく僕らには未来はない。西海岸の人種差別主義者はそうなることを狙ってるんだ」

私は言葉を挟んだ。

「でもそういう人たちの中には、二世部隊に猛反対する連中もいるに決まってるわ」

「そういうケチな奴らは僕らが立派に見えることには片っ端から反対するのさ」とヘンリーは不満そうに言った。

ダンクスが言った。

「僕が今考えているのは一般市民のことだ。大事なのはその人たちだ。彼らは僕らの忠誠心を証明してほしいと思っている。それなら示してやろうじゃないか。運が悪けりゃそのために命を捨てることになるだろう。でも、戦争が終わった後で、僕たちの努力がアメリカ市民に何の意味も持たないっていうなら、もうどうにでもなれだ！」

翌日、ヘンリーは「明日志願してくる」と宣言した。誰も何も言わなかった。父は血管の浮き出た手をじっと見つめた。母の顔から血の気が失せた。

「ママ、そんなに心配しないで」

母は少し微笑んだ。

「ヘンリー、心配しているんじゃなくて、今は何も考えられないの」

父は母に優しく話しかけた。

「もしヘンリーが日本で生まれていたら、とっくに軍隊にとられて戦争に行っていたんだよ、ママ」

「その通りね。それに、そろそろ過去のことを考えるのはやめてもいい時期ね。これからは息子たちに合わせるべきだと思うわ。それが私たちにできるせめてものことだから」

父は嬉しそうに言った。

「それを聞きたかったんだ。少なくともこの件に関しては意見が一致したね。ダンクスがどんな思いをしているか想像してごらんよ」

ダンクスの母親は、息子が志願すると決めて以来、彼と話すのを拒んでいた。

「子どものために長年働いて苦労してきたのにこんな目に遭うの？　ああ、私たちはばか息子を育てただけだったんだわ！　自分たちが侮辱されようが、親が侮辱されようが、それでも志願するというのね。二世には根性がないのよ！」

翌朝早く、ダンクスと、衣料品セールスマンの澤田さんの二人の息子ジョージとポールが健康診断のために収容所の病院へ向かう途中、私たちの家に集まってきた。

「ハンク[20]、混んでくる前に行こう」

彼らはにぎやかな話声と騒々しい叫び声を上げて出て行った。父、母、澄、そして私は、真珠湾攻撃以来、心の中で絶え間なく荒れ狂っていた嵐の中から抜け出したような気分で、ベッドに身を沈めた。二世部隊の誕生は、私たちの強制退去後の生活のクライマックスであり転機だった。私たちが本来の居場所に戻る道だった。

数日後、ヘンリーがミニーとすぐに結婚する、というもう一つの発表をした。私たちは言葉を失った。父はグリースウッドの杖をサンドペーパーで磨く手を止め、母は机で書き物をしていた手を止めた。澄と私は両親がどんな反応をするだろうとじっと見つめた。ヘンリーとミニーはシアトルでこの話について何度も拒絶されていたので、私たちは一発触発の事態に備えた。

父と母は今にも嵐が吹き荒れそうな表情で私たちの前に立っていた。しかし、私たち全員にとって嬉しい驚きが待っていた。

最初に我に返ったのは母だった。

「ミニーのご家族が認めてくださるなら、私たちはそれでいいわ。そうでしょう？　パパ」

父も同意した。

「でも、君の両親はどう思っているの？　だって、ヘンリーは出ていってしまうんだよ」

ミニーはため息混じりに答えた。

「お二人がいいのなら、うちの両親もそれでいいと言っています」

「それなら集まって話し合おう」

ヘンリーは抗議しようとして口を開いたが、思いとどまった。日本人の年配の人々には話し合いが必要で、お辞儀と同じくらい当たり前のことなのだ。その夜話し合いが行われ、全員が予想した通りに、満場一致で結婚を承認して終わった。ヘンリーは、駐屯地に配属された後、その近くにアパートを見つけて、ミニーも一緒に住むつもりだと言った。

ヘンリーとミニーを正式に結婚させるために続いた一連の出来事は、混乱がありながらも喜びに満ちたものとして家族の思い出のアルバムに永遠に刻まれている。それは収容所生活の中で最も大変で波乱に満ち、そして幸せな経験の一つだった。

ミニーは収容所にいてもいなくても、本格的なきちんとした結婚式をしようと決心していた。ミニーにとって、私たちが辺境の荒野に放り出されているという事実は、何の障害にもならなかった。彼女に少しでもその気があれば、ヤマヨモギがまばらに生えた茂みにさえ、きっと結婚式の祭壇を飾るカラーやランの花を咲かせることができたに違いない。

翌朝早く、ヘンリーとミニーは自分たちと横山さん、母、澄、そして私がツインフォールズへ行く一日外出許可証を手に入れるために管理棟に駆け込んだ。町で過ごせるその貴重な一日の間に、結婚許可証を申請し、ウェディングドレスとベールを買い、牧師、写真屋、レストランでの結婚披露宴の予約をすることになっていた。通常、町への外出許可証が正式に処理されるには一週間ほどかかったが、ヘンリーとミニーはその日の夕方までに確実に許可証を手に入れようと、職員の私室のドアや机を叩いて回った。

その次の日の朝早く、私たちは軍用トラックの荷台に詰め込まれて、ツインフォールズに向かった。幌の隙間から吹き抜ける冷たく切るような風で、私たちはだんだんと氷像のようになっていったが、町での初めての自由な一日を思い浮かべるとみんなの目は輝いた。

「一番にチョコレートアイスクリームソーダを買いたいわ」と澄は興奮して言った。

私たちは震えながら、熱いコーヒーと熱々のローストビーフサンドイッチしか思いつかなかった。

「ウェディングドレスが見つかってほしいわ」とミニーは深く息をついた。ドラッグストアの前の角でトラックが止まると、私たちは黙り込んだ。町の人たちがどんな反応を示すだろうかと気になったからだ。好奇の目だけだろうか、それとも疑惑と敵意に満ちて見られるのだろうか。

軍用トラックの荷台から一人ずつ飛び降りてくる私たちを、身なりの良い婦人が口を開けて驚いたような目で見た。彼女の率直な反応で、私たちは明らかに見下げられていると感じたが、無関心を装った。そして用事を済ませようと、私たちは小さな男の子の袋からこぼれたビー玉のように、四方八方に幸せそうに散っていった。ヘンリーとミニーは結婚許可証を取りに駆け出し、横山さん、母、澄と私は「五セント・一〇セントストア」という何でも売っている雑貨屋に駆け込んだ。横山さんと母は日用品のコーナーで大興奮し、収容所で品薄だったティーカップ、針と糸、綿製品、洗濯石鹸、目覚まし時計、電球を買った。スミと私は化粧品売り場に猛ダッシュし、お気に入りの紫色の口紅とマニキュアを見つけた。

正午になり、私たちはレストランの前に立って、みんな一緒に入るべきか、それとも二つのグループに分かれて別々の食事場所に行くべきか迷っていた。集団で移動したり、大勢のグループで公然と集まったりするのは避けた方がいいと何となく思っていたからだ。日本人の顔は一人でも十分目立つし、大勢で集まると反感を買うかもしれない。横山さんと母は二人一緒の方がいいと言うし、澄と私はその二人だけで行かせたくはなかったので、最終的に全員で一緒に行くことにした。あまり人目を引かないように願いながら、私たちは恐る恐る中に入った。ただ一人、痩せて日焼けした農夫が私たちをじっと見ているだけだった。私たちは急いで隅っこの方に行って、壁紙のデザインに紛れ込もうと壁際に身を寄せた。そして、まるでお出かけしている子どものように、見られないように、聞かれないように気を遣いながら、ローストチキン、カリッと揚がったフライドポテト、柔らかい金色の人参、ふわふわのココナッツクリームパイ、香り高いホットトコーヒーを前に、声を立てずうっとりしていた。食事が終わると、私たちはお皿の汚れを落として皿洗いのところに持って行きそうになった。それは食堂で身に付けた習慣だった。しかも、食事の支払いをするためにレジで立ち止まるのを危うく忘れるところだった。

午後の残りの時間は、ミニーに同行して大切なウェディングドレスを探すことに費した。あるデパートで、陽気でふくよかな店員が、ミニーが花嫁になると知った途端、歓喜して言った。

「まあ、なんて素敵なの！　最新のドレスを取り揃えてますよ」

彼女は愛情を込めて、ゆったりしたサテンのドレスを自分の成熟したブリュンヒルデ[21]の胸と腰に当てた。ミニーは相手の感情を害さないようにそっと言った。

「素敵ね、でも私九号サイズなんです」

「あら、ここにあるのは全部一六号よ」と店員は素っ気なく言った。正常以下のガリガリに痩せこけた人を除いて、女性はすべて一六号を着ているとでも言いたげだったが、気を取り直して親切そうに付け加えた。

「でも大丈夫よ、お嬢さん、簡単にお直しできるわ。さあ、これを着てみましょう」

店員はミニーの弱々しい抗議をかき消して、まるで漁師が網を打つようにミニーの頭にふわりと膨らんだサテンのドレスをかぶせた。あっという間に、彼女がピンクッションを持ってミニーを取り囲むと、やがてドレスは完璧にフィットした。店員はミニーの背中のいたるところに待ち針で巧みに縫いひだを作ったので、恐竜の背骨のようになった。袖は六インチ折り返し、ミニーの膝まで垂れ下がっていたウエストラインを、絹でできたカンガルーの袋のように二重に折って、お腹の上まで持ち上げた。

「すっごくおしゃれで豪華だわ！」と店員が忙しそうに動き回りながら言った。

「このネックライン、本当に素敵よね」この荒っぽいお直しから無理やり私たちの注意をそらそうとしながら続けた。

「これを着ると本当に魅力的じゃない？」

澄と私は、ミニーの背中に並んで輝いている待ち針に気を取られて、何も言えなかった。横山さんと母はいつもの礼儀正しさと意見を明らかにしない曖昧な態度で、誰にともなく微笑んでうなずいた。

町にもう一軒あったデパートも最新のウェディングドレスを揃えていたが、すべて一六号サイズで指紋や足跡、口紅の汚れがついていた。私たちは重い足取りで高級婦人服店に入った。洗練されてほっそりした店員は、まるで皮膚に直接編み込まれたように見えるほどぴったりした、無地のシンプルなドレスを着ていた。彼女は結婚式なんて流行遅れだとでも言いたげに、高慢な態度でミニーに言った。

「ウェディングドレスは置いていません」

四軒目のドレスショップにも同じようにないことがわかると、ミニーは唇を震わせ始めた。

「どうすればいいの？」

接客していた店員は、二ブロック先のサラ・アンのお店に行ってみるように勧めた。

「他にもお店があるの？」とミニーは思わず嬉しそうに言った。

ミニーはドアから飛び出した。私たちが疲れて彼女の後を追いかけている間に、彼女はすでに一ブロック先を歩いていた。

サラ・アンの店で、ミニーは夢見心地で鏡の前を行ったり来たりしていた。彼女は繊細な白いレースの美しいウェディングドレスを着て、白い網レースのふんわりしたスカートが揺れていた。

ミニーは興奮した声で言った。

「これが最後の一着で、それも九号サイズだったのよ！」

私たちは力が抜け、その場に崩れ落ちた。結婚式はセーフだった。

街にはブライダル用のヘッドドレスはひとつもなかったが、今やミニーをがっかりさせるものは何もなかった。彼女はベビーパールのネックレスを一ダースとワイヤー、それにメッシュレースを何ヤードも買った。それらを使って、彼女は根気よく美しい冠状の頭飾りを作った。それに小さなシードパールで繊細なオレンジの花のデザインを織り込み、白い雲のようなベールで仕上げた。それは見事な芸術品だった。

ミニーは結婚式に音楽がほしかったが、結婚式が行われることになっているツインフォールズのトンプソン家のアパートにはピアノがなかった。ミニーは諦めなかった。

「大丈夫よ、何か見つけてくる！」

彼女なら、たとえグリースウッドの木でピアノを自分で作り、コヨーテの群れを追いかけて象牙の代わりの牙を手に入れなければならなかったとしても、必ず手に入れてくるだろう。数日後、ヘンリーとミニーはボロボロの黒い特大スーツケースを引きずって、部屋にドタドタと入ってきた。ミニーは愛おしそうにそれをなでながら言った。

「ほらこれよ、和。収容所内の声楽の先生から借りてきたの。先生は持ち物として、服を詰めたスーツケースよりも持ち運びのオルガンの方が大事だと思ったのですって。これが私たちのために結婚行進曲を奏でてくれるのよ」

ミニーが蓋をパチンと開けると、壊れかけたオルガンの鍵盤が現れた。それは黄ばんだ虫歯を思わせた。そして、無作法な老人が上機嫌で夕食後に大声で叫んだり、唸ったりしているような音を立て、空気を送って鍵盤を押すだけで、勝手に遠慮のないダブルフォルテの轟音を響かせた。私が練習する結婚行進曲がアパート中に響き渡り、そのブロックの全員がローエングリン[22]に合わせて歩き始めた。ヘンリーは座っている私の上から、苦々しそうに手をもみながら言った。

「少し静かにしてくれないか？　みんなが窓を見上げてニヤニヤしてるんだ！　僕が結婚することがみんなにバレちゃったじゃないか」

「このオルガンを静かにさせるには斧で壊すしかないし、これでミニーは結婚の通知状を送る必要がなくなったじゃない」と私はヘンリーに平然と言った。

結婚式前日の火曜日の夜、また災難が起こった。ヘンリーが深い溝に真っ逆さまに落ちて足首を捻挫したのだ。彼はうめいて悪態をつきながら、たくましいミニーに半ば引きずられ、半ば担がれて病院に運ばれた。そこでヘンリーはきまり悪そうに、病院スタッフの手荒い優しさと冷やかしを大人しく受け入れるしかなかった。

結婚式当日、私たちは早起きし、横山家と糸井家の家族全員で軍のトラックが待つ管理棟まで晴れやかに行進した。横山さんと父は、防虫剤の臭いがぷんぷんするダークスーツと厚手の冬用オーバーコートを着ていた。女性たちは、晴れ着を着てベール付きの帽子をかぶる機会を得て大喜びだった。空気は透き通って冷たく、道路は氷で覆われて鏡のようにつるつるだった。ハイヒールは滑るので、管理棟までの二マイルのハイキングは危険と隣り合わせだった。必死で息をしたために帽子のベールが蒸れて、悪戦苦闘で赤らんだ私たちの顔の前にクモの巣のようにだらりと垂れ下がった。

ツインフォールズでは、まず結婚式と家族の写真を撮るために「ザ・アルバム」という店に立ち寄った。急に頼んだので、カメラマンは結婚式より前の午前中しか予約が取れなかったのだ。それは異例だったが、今回ばかりはミニーも気にしなかった。六人の女性が狭くて暗い更衣室に入って、花嫁の着付をして髪飾りをつけるのを手伝った。ヘンリーは紫色の内出血をじっと見ながらしょんぼりと角で座っていた。証人の一人として同行していたダンクスは、ブライダルブーケとコサージュとブートニアを買いに急いで花屋に行った。結婚式の準備に追われた慌ただしさが、仕上がった写真の全員の顔にはっきりと表れていた。カメラマンは私たち一人一人をリラックスさせて、まさにその瞬間に自然な表情にみせようと奮闘していた。彼は私たちの周りを素早く動き回り、横山さんの握りしめた拳をほぐし、ソーセージ形の巻き毛を整え、ずり上った袖を揃えた。そのうち横山さんの、茶色の細い髪の房が立ち上がって、イソギンチャクのように揺れた。

「新郎、頬の筋肉を緩めてください。結婚式の日だからといって、そんなに険しい顔をしないでください！」

「眼鏡をかけた男性の方、顎を下げてください。もっと下げて、もっと下げて」

父はとうとう二重あごで遠近両用眼鏡の後ろから四つの目を光らせて写真に納まった。

そこから結婚式の一行は式が行われるトンプソン牧師のアパートに移動した。私は結婚式を自分の目で見たかったが、記憶に残っているのはバスルームの中だけだ。はっきりと覚えているのは、トンプソン夫人がタオル掛けにとても美しい黄水仙色のタオルを掛けていたこと、そしてローエングリンの結婚行進曲に合わせて堂々と伴奏しているかのように、バスタブの蛇口から水滴が絶え間なく落ちていたことだけだ。

式が始まる前にダンクスは、黒くて不格好で背の低いポータブル・オルガンと私を、狭いリビングの一番奥にあるソファの後ろにうまく隠した。やわらかいかすかな光が降り注ぐ雰囲気を出そうと、「月光」を演奏し始めると、オルガンはまるで村の酔っぱらったおばかさんが陽気に浮かれ騒いでいるような音を立てた。皆が振り返って驚いたようにちらっと見た。すると新婦とともに祭壇に向かって行進するのを待っていたヘンリーは、キッチンから飛び出してくると、私たちに向って恐ろしい勢いでシーッと言った。

「なんてことだ、こんなことだと思ったんだ。そいつを外へ出してしまえ」

「どこに？」ダンクスは床からオルガンを持ち上げ、慌てふためいて小さな部屋のまわりを見回した。

「あそこに、あのドアの後ろだ！」ヘンリーは白いカーテンのついたフレンチドアを指さした。

オルガンと私はリビングから追い出され、慌てて寝室に入ってしまった。そこではトンプソン牧師がリビングに登場するのにふさわしい雰囲気と時が来るのを待って黙想していた。牧師はベッドと壁の間に、笑い声やうめき声を立てているオルガンを押し込むのを手伝ってくれた。私はきちんとベッドに腰かけ、空気をほんの少しだけ送り、再び開式の曲を弾き始めた。しかしオルガンはスケートリンクに置いたパイプオルガンのように大音量で鳴り響いた。澄が駆け込んできた。

「ヘンリーがまだうるさいって」

オルガンと私は寝室から追い出されて廊下に座り込み、念のためにリビングのドアと寝室のドアが閉められた。そこで演奏を始めたが、耳が良すぎるヘンリーはまだ満足しなかった。他に逃げ場は一つしかなかった。オルガンと私はバスルームに追放された。ダンクスは額の汗をぬぐいながら言った。

「ヘンリーがこれで満足しないと、君たちは窓から追い出されることになるぞ」

椅子を余分に置くスペースはなかったので、私は仕方なく便座に座って、ドアを二回叩いたら音楽を始める、という澄の合図を待った。そして結婚行進曲をたった数小節弾いたところで、澄が停止という合図にドアを四回叩いた。どうやらヘンリーとミニーがキッチンからリビングへ行くのにたった三歩しかなかったようだ。トンプソン牧師が厳粛に式を執り行っている間、私は浴槽の中で真剣に黙想していた。式がすべて終わると、澄がバスルームの扉を勢いよく開き、目を輝かせて叫んだ。

「素晴らしかったわ！　天国から舞い降りて来たみたいな響きだった！」

ブルーオックスというレストランでの陽気な結婚披露宴が終わると、軍のトラックはゲートが閉まるまでに猛スピードで私たちをキャンプ・ミニドカに送り返した。幸せな新婚カップルは三日間のハネムーンを過ごすためツインフォールズに残った。

町に行くための外出許可証には厳格な規則があって、ヘンリーとミニーはたくさんの親友を結婚式に招待することができなかったので、収容所の中で自分たちや両親の友人を招いて盛大な披露宴を開くことにした。

ヘンリーとミニーがせっせと招待状を書いている間、私たちは皆でパーティーを手伝おうと集まった。この日のために巨大なレクリエーション用のバラック小屋を使えるように交渉して、特別な許可をもらっていたが、そこは床と窓枠に厚く積もった砂以外、何もなくがらんとしていた。私たちは床をモップで掃除し、窓を洗い、形もサイズも様々な椅子を集めた。何十もの木挽台の上に長い板を置いて巨大なティーテーブルを作った。それを真っ白なシーツで覆って借りてきた銀の燭台を飾ると、テーブルは王室の宴席のように格調高く重々しい雰囲気になった。横山さんと母はローズピンクのグラジオラスを幅の広い銀の花器に生けて、テーブルの中央に飾った。

披露宴には音楽が必要だとミニーは言ったが、私はぞっとして後ずさりした。

「いやだ。二度といやよ！」

ミニーは笑った。

「安心して、和。今度は本物のピアノを偶然見つけたのよ。最近、ビュールの教会から収容所に寄付されたの。それにあなたにはお茶会の主催者として手伝ってほしいから、弾かなくてもいいわ」

ピアノはトラックで運ばれ、慎重にバラック小屋に降ろされた。それは干からびてボロボロで、前板は引きはがされ、痩せ細った肋骨のような弦がむき出しになっていた。ヘンリーは卒倒しそうになった。

「どこで見つけたのか知らないけど、元のところに戻してこい！　こんなもので客をもてなすなんて絶対に嫌だ！」

ミニーは一歩も引かなかった。

「私は音楽をやるって決めてるの。室内楽をね。三人の女の子に弦楽三重奏をお願いしてしまったの」

ヘンリーが仕方なく引きさがるまで、ミニーの目には涙が溢れそうになっていた。

「室内楽をやってもいいよ。でもあいつが見えないようにカーテンで隠さないとね」

日曜日の午後、帽子と手袋着用のフォーマルな結婚披露宴の舞台がついに整った。銀のティーセット、コーヒー沸かし器、磁器のカップと受け皿、ピカピカのカトラリー、ナッツやミントの入った銀のトレイなど、借り物ではあったが、すべてふさわしい場所に配置された。この洗練された華やかさを前にすると、醜いむき出しの垂木や、壁を交差する二インチ×四インチの木材は、急に気にならなくなった。カーテンの後ろにはアイスクリームのガロン缶に囲まれて、追い払われたピアノが立っていた。外では、淡い黄色の太陽が三月の冷たい風の刺すような寒さを全力で和らげようとしていた。披露宴がある収容所の端まで数マイル歩いて来る人もいたが、招待客にとって絶好のウォーキング日和だった。これからの二時間は、人々が出入りして、新郎新婦や親族とおしゃべりしたり、初めての人と知り合ったり、旧交を温めたりする楽しい午後になるだろう。笑いさざめく声、ティーカップに銀スプーンが当たる優雅な音、心地良い軽快な音楽が混じり合って、束の間の都会的な雰囲気に戻れるだろう。

しかし、私たちはひとつ重要なことを見落としていた。全てがそろった本格的なティーパーティーをやろうと意気込むあまり、一世たちが日本のお茶会にしか慣れていないことを忘れていたのだ。私たちが計画したのはアメリカ式のお茶会だった。

何かがおかしいと最初に感じたのは、一時になっても誰も現れない時だった。最初の一時間は、数人の二世だけが緊張してティーカップを揺らしながら座っていた。彼らの声は大きなホールのあちこちに痛々しいほどはっきりと響き渡るので、きまり悪くなって会話は途絶えそうになっていた。理由は一つだった。年配の人たちは、大幅に遅れて来るという日本の昔からの習慣を守っていたのだ。東洋人にとって、定刻に到着するのは子どもっぽいせっかちさを示し、魅力的なディナー・パーティーや催しに遅れることは自制心と慎み深さを意味していた。私たちも東洋人だったので辛抱強く待った。三時になるとようやく彼らは一斉に到着し、入口で礼儀正しく立ち止まって、右にも左にも丁寧にお辞儀をしながら遠慮がちにホールに入ってきた。そして何もなく誰もいないホールの一番奥に集まって腰を下ろし、何かが起こるのを待った。すぐに椅子が足りなくなり、多くの一世ができるだけ目立たないように壁にもたれて立っていた。私たちは椅子や木箱など、座れそうなものを大急ぎで若者たちに探させた。一世の客を立たせたままではいけないのは明らかだった。ミニーは、他にも何かがおかしいと気づいた。

「自分で動いて茶菓を取ろうとなさらないの！」

ミニーの姉妹の多美と和江、澄と私は招待客のところへ駆け寄ってお辞儀をし、美しく並べられたテーブルの方を指して、できる限り魅力的な接客役らしい声で言った。

「ドーゾ、テーブルのところまでお越しください。お好きなお飲み物や軽食をお取りください」

最初に話しかけた一世の女性は深々とお辞儀をし、お礼を言ってからつぶやいた。

「ドーゾ、お構いなく」

彼女は頑として座ったままだった。私はその列にいる一人ひとりにお辞儀をし、お願いして回ったが、どの一世も愛想よく微笑み、椅子や壁に張りついたままだった。

「ありがとうございます、ご親切にどうも、でもどうぞお構いなく」と二〇人目の女性がお辞儀で遠慮を示そうとした時、私はもどかしさのあまり泣きそうになった。私たちは秘かに話し合った。アメリカのお茶会でどうするのか実演すればいいのかもしれない。ヘンリー、ミニーと接客係はテーブルまで行ってお茶とコーヒーを頼み、自分で好きなものを食べたり飲んだりした。招待客は私たちの一挙手一投足を見つめ、大いに興味を示し、人が動いたことで退屈さを紛らわせることができてほっとしているようだった。私はすっかり落ち着きを失って、ケーキ皿を取り損ない、ケーキをテーブルに落とし、コーヒーカップにカシューナッツを落とした。私たちはあちこちで談笑しながら人々の間を歩き回り、やけどしそうに熱いホットコーヒーを勢いよく飲んで涙が出てきた。戸惑ったような表情でそんな私をしばらく見ていた愛らしい顔の女性は、礼儀正しく目をそらした。私はついに母をカーテンの後ろに引っ張っていった。

「私たち、ママの友達を軽食に招待したのに、協力してくれないの。まるで私が無理やり食べさせようとしているような気がするわ」

母はしばらく考え込んだ。

「和チャンたちが配って回るしかないわね。あの人たちにはこのやり方は居心地が悪いのよ。自宅に招待したお客にお腹が空いたらキッチンに行って自分で取って食べてくださいって言っているようなものだから」

「でも、お母さん、一〇〇人近いお客さまがいるのに、食べ物を配るなんて・・・」

他に道はなかった。

「何かお飲み物をお持ちしましょうか。紅茶ですか、それともコーヒー?」と一人ひとりに尋ねると、きわめて曖昧な答えが返ってきた。

「アリガトウ、サンキュー、サンキュー。どちらでも結構です」

結局、私は紅茶とコーヒーを交互に出し、しばらくは順調に進んだ。

空になったティーカップを探して招待客の間を歩き回っていると、漠然と、さっきとは別の何かがうまくいっていないという感じがした。それは、人々が時々石のように押し黙ってしまうことだとわかるまでにはしばらく時間がかかった。沈黙は、室内楽の演奏が始まった時に必ず起こった。弦楽三重奏の弦を弾く音だけがホールに満ちて、ついには音楽が次第に心細く照れくさそうな音に聞こえるようになった。そのことを澄に話すと、彼女は招待客の心を理解しようと目を輝かせた。

「きっとこうだわ。音楽が流れている時に話したり食べたりするのは礼儀に反すると思っているのよ」

私たちはすぐに人々の間を歓談しながら歩き、客の注意を音楽からそらして会話を始めてもらおうとした。しかし礼儀正しく静かにしている人々の間では、私たちの声は大きくて不自然に聞こえた。冷ややかに非難する雰囲気が広がって、私たちは仕方なく一人また一人と話すのをやめ、いつしか全員が熱心な音楽家の演奏に耳を傾けていた。少女たちがヴィクター・ハーバート[23]の曲をメドレーで演奏し終えた後、多美が持って行った軽食を彼女たちは喜んで受け取った。すると拍手の波が人々の間で湧き上がった。少女たちは、片手にアイスクリームとケーキの皿、もう片方の手にはティーカップを持って、困惑したような笑顔で観客を見渡し、そして平然を装って食べ始めた。

またこんな場面もあった。

「ロウソクに火がついてないわ！」と澄が小さい声で言った。披露宴が完全に停滞しないようにと必死になって、火をつけるのを忘れていたのだ。私はカーテンの後ろで見つけたマッチを素早く取り出し、テーブルに向って早足で歩いた。その時、バラック小屋がまたしても恐ろしい静寂に包まれた。何が起こったのかと顔を上げると、一〇〇人の視線が私に向けられ、全員が私を注目していた。私は喉をごくりとさせた。長いテーブルを歩き回り、少なくとも一〇〇本はあろうかと思われるロウソクに火を灯す間、裸の床に、私のハイヒールのコツコツという鋭い音だけが響いていた。澄は笑い過ぎて涙を流しながら、カーテンの向こうから私を見ていた。澄をにらんでも、彼女は天井を見上げて肩をすくめ、どうしようもない、というジェスチャーをするばかりだった。私の小さな仕事が終わると、みんなの期待感がわくわくした緊張感に高まってくるのを感じた。その時、「インディアン・ラブ・コール」[24]の美しいソロを披露できたらいいのにと心から願ったが、私にはもう観客に提供するものは何もなかった。カーテンの後ろにゆっくりと戻りながら、私の見事な演技の後にほんの少しの拍手ももらえなかったことに少しがっかりした。

「日曜の午後二時から四時まで」と招待状に書かれていたため、日本人の常識で到着した招待客の大半は、律儀に四時まで残っていた。私たちはその頃には、恐ろしいほどの空白を埋めるためにもっとしっかりとした余興を用意すべきだったと後悔していた。四時になるとすぐに皆が帰り支度を始め、一斉にヘンリーとミニーと親戚の人たちにお祝いの言葉を述べようと駆け寄り、おしゃべりと笑い声は陽気な盛り上がりを見せた。ティーカップやケーキ皿から解放され、コンサートや奇妙なキャンドル・セレモニーからも解放された一世たちは、楽しそうに歩き回っていた。最後の客が帰ったのは六時近くだった。私たちは安堵してというよりも気が動転して椅子に崩れ落ちた。東洋と西洋を強引に融合させようとしたことは大きな間違いだった。日本人の招待客を迎えたアメリカ式のお茶会はほとんど完全な失敗に終わりかけていた。

第十一章　東へ向かう二世

強制退去の日から一年経ったばかりの一九四三年に、戦時転住局は二世が人生の本流に戻るための道を開き始めていた。仕事と住む場所の証明があって、ＦＢＩの許可が下りれば誰でも永久に収容所から出ることができた。また、専門学校や大学に入学が許可された学生も解放された。西海岸はまだ立ち入り禁止だったが、それ以外の大陸全域への出入りが可能となり、そこでまた再出発することができた。中西部と東部が胸が高鳴る挑戦の場として、突如大きく姿を現した。それまで私にとってアメリカとは、美しいシアトルの街であり、小さな日本のコミュニティであり、そしてただ自分であるための命がけの闘いを意味していた。過去を脱ぎ捨てた今、私というハイフンで繋いだ「日系－アメリカ人」が持っている二つの文化が引き裂かれるのではなく、それを生かせるアメリカの別の側面に出会えることを期待した。

幼なじみの松子は、最初に収容所を出た一人だった。教会のプログラムを通じて日系人の支援に関心を持つようになったシカゴのＷ・トランブル牧師夫妻が、松子に手紙を書き、大きなデパートで速記の仕事があることを伝えて、自分たちと一緒に暮らすように勧めたのだった。トランブル夫妻がどんなに素晴らしい人で、仕事がどんなに楽しいかを伝える松子の熱心な手紙がシカゴから次々と届いた。彼女は、東洋的な顔をもはや気にしておらず、生まれて初めて自由でのびのびと呼吸ができるようになったと書いてきた。松子はミニドカを去るよう強く勧め、トランブル夫妻に私のことを話してくれた。ある日、ジョン・リチャードソン博士夫妻から心のこもった手紙が届いた。リチャードソン博士は、シカゴ郊外の長老教会の牧師だった。牧師によると、助手を切実に探している歯科医がいて、二世を雇ってもいいとのことだった。しかも、私はリチャードソン夫妻の家に住むことになっていた。

それはとても本当とは思えない、夢のような話だったので、リチャードソン博士の招待を即座に受け入れた。父と母は私に行ってほしくなかったが、成長し自立しなければならない子どもを育てている限り避けられない悲しみの一つとして、私の決断を受け入れてくれた。

早春の雪解けの頃、ショショーニで列車に乗りこんだ私は、興奮と不安で頭が真っ白だった。大陸を猛スピードで横断している二日二晩、私は目を見開き、座席に張り付いていた。列車がついにシカゴに到着すると、巨大な騒々しい大都会に圧倒された。街は轟く活気に満ち、風が吹き止まず、もうもうとした煙が立ち込めていた。何百という人と車が、自殺行為のようなスピードで行き交っていた。ほっとしたことに、人々は忙しすぎて、強制収容所にいた人間が街に忍び込んだことに誰も気づかなかった。私は人波をかき分けて進み、ようやくタクシーを見つけた。

リチャードソン一家は、郊外にある二階建ての大きな茶色の木造の家に住んでいた。緊張でかじかんだ指先で玄関のベルを押すと、優しい灰色の目をして、白髪が美しい光輪を帯びたように見える小柄の女性が暖かく迎えてくれた。

「お入りなさい、モニカ、私はリチャードソン夫人です。主人と一緒にお待ちしておりました。さあ、スーツケースをお持ちしましょう」彼女の物静かで思いやりのある態度にすっかり緊張が解けた。

リチャードソン博士がにこやかに書斎から出てきた。背が高く、がっしりした体格で大きな樫の木のような人だった。彫りが深く逞しい顔立ち、力強く朗々と響く声、そのすべてが強い意志と目的意識を持った人物であることを示していた。彼が力強く握手すると、私はまるで枝の先で揺れるミソサザイのように思えた。

「モニカ、君に会えてとても嬉しいよ。ここが気に入ってくれたらいいのだけど」

リチャードソン一家が長年にわたって中国で宣教師をしていたことを知った。夫人は、三人とも軍隊にいる息子たちの写真を見せてくれた。医師のゴードンは陸軍、ポールは海軍、そして末っ子のジョンも太平洋のどこかの陸軍にいた。長く日本と戦争を続けている中国をよく知り、愛している人たちと話すのは、不思議な感覚だった。さらに驚いたのは、次男のポールが海軍情報部で日本語を学んでいることだった。やがて彼は敵の日本兵と対峙することになるだろうし、おそらく三男のジョンはすでに遭遇しているかも知れない。私たちの関係はすべて戦争という厳しい現実と絡み合っていたが、それでもリチャードソン夫妻は、私たちは友人であり、政治や戦争や憎しみとは関係のない、共通する何かがあると最初から感じさせてくれた。

しばらく話した後、リチャードソン博士は訪問する用事を思い出して、帽子とコートを素早く身に着けると、ここは君の家だからくつろぐようにと言い残して、急いで出かけた。

リチャードソン夫人は、質素ながらも魅力的に家具が配置された二階の部屋に案内してくれた。

「ここがあなたの部屋よ、モニカ。息子のジョンが軍隊に行く前に使っていたの。クローゼットもドレッサーの引き出しも空けておいたから、好きなように使ってね」

夫人は広々とした裏庭を見渡せる窓に歩み寄り、少しだけ開けた。春のそよ風が糊付けしたばかりのカーテンを吹き抜け、眼下に広がる木々や芝生、花畑の涼しげな爽やかさを部屋に運んできた。この家には静寂と平和があった。それは、この優しい女性の人柄が表れているのだと私は確信した。

「これで退散するからゆっくり休んでね。準備ができたら夕食を食べに下にいらっしゃい」と彼女は言った。

私は目頭を熱くして部屋で一人立っていた。ついに長い旅が終わり、疲れた魂の休息所に辿り着いたような気がした。疲れきってベッドに横になった。それは緊張から解き放たれた心地良い疲労感だった。再び自分の部屋を持てたのは素晴らしいことだった。南側の窓の外にそびえ立つ楡の木さえ私のものだった。それは部屋に差し込む日光を遮って、深緑の葉の涼しげな影を落としていた。ドレッサーの上には摘みたての花を活けた黄色い鉢が置かれていた。そしてベッドのそばの小さな台に、鮮やかな青のサテン地でできた美しい中国のスカーフがかかっているのに気がついた。それは金色や紅色、翡翠色、紫色の糸で、込み入った花柄のデザインが手で刺繍されていた。リチャードソン夫人は私を喜ばせようと置いてくれたに違いない。私は温かい気持で枕に頭を沈めた。家族を想って時折ひどく寂しくなることはわかっていたが、この家にいればそのつらさが和らぐだろう。ここには、深く揺るぎない優しさと愛があるからだ。明日は、父と母に新しい友人のことを伝える楽しい手紙を書くことができるだろう。

最初の頃は、私に対する人々の反応をとても心配していた。キャンプ・ミニドカを出る前は、一旦外に出たら、敏感な一般の人を不快にさせないためにできるだけ目立たないように振舞わなければならないと、何度も何度も忠告された。私は目立たず、気づかれないようにしようと決心していたが、中西部では東洋的な顔は珍しく、人々は足を止めてじっと私を見つめたり、後をつけてきたり、質問してきたりすることに気がついた。最初はそのような視線にうろたえたが、彼らがじっと見るのは好奇心からで、決して敵意からではないことを理解した。

人々はたいてい私を中国人と勘違いし、自分たちが同盟国である中国の人をいかに尊敬しているか、また宋美齢がどんなに行動的な人物であるか、などと話しかけてきた。そしてある時、デパートで若い店員が目を輝かせて、私のところに駆け寄ってきたことがあった。

「ミス・ウォン、サインをいただけますか？」

ミス・ウォンではないと私は残念そうに伝えたが、ほんの一瞬、有名人になったようなスリルを味わった。若い店員は、その日同じデパートで化粧品のデモンストレーションをしていた女優のアンナ・メイ・ウォンだと思ったのだった。

またある時は、中国のファンダンサーのミン・トイと間違われたこともあった。街角でバスを待っていると、知らない男性が笑顔で手を振りながら、急いで通りを渡ってきた。彼はとても愛想よく近づいてきて言った。

「こんにちは、ミス・トイ！　えっと、あなたはミス・トイですね？」

一瞬私は混乱した。私の名前は「イトイ」だったが、最初の文字を省略して「ミス・トーイ」と呼ばれたことが何度もあったからだ。何の話だろうとためらいながら、「はい」と答えると、男性は明るい表情になって言った。

「ミス・トイ、あなたのショーはとてもキレがあって良かったですよ。ランチでもしながら、うちのキャバレーとの出演契約について話をしませんか。ちょうど今、ファンダンサーが必要なんです」

私は、唖然として口があんぐり開いた。ショックを表す言葉が見つからなかったので、空のタクシーを止めて慌てて乗り込んだ。当惑した男性は叫びながら私の後ろを追いかけてきた。

「ちょっと待って、ミス・トイ！　あなたはファンダンサーですよね？」ファンダンサーのミン・トイがタクシーに飛び乗るのを見ようと、人々は足を止めた。

東洋的な顔は、特に買い物をする時に有利に働くことがあった。デパートや市場に入ると、店員はすぐに私を見つけ、好奇心いっぱいで接客しようと駆け寄ってきた。店員たちはいつもにこやかで愛想がよく、私の英語を褒めてくれた。

松子は町で交友関係が広い魅力的な女性になっていて、私の面倒をよく見てくれた。私たちはどこに行っても歓迎されて胸が熱くなった。特に教会のグループでは大歓迎された。また新しい友人とディナー・パーティーやコンサートやダンスを楽しんだが、私たちを不審に思う人は誰もいなかった。

私が中西部で感じた、人々の自然体で気持ちの良い態度を、ヘンリーとミニーと澄に手紙で伝え、すぐに収容所を離れるように勧めた。ヘンリーは視力が弱いという理由で陸軍に不採用になり、友人たちが次々と戦争に行くのを見送りながら苛立っていた。間もなく、ヘンリーとミニーがセントルイスの結核療養所で仕事を見つけ、澄が看護教練生部隊に入学したという知らせが家から届いた。澄はロングアイランドの病院で学ぶことになっていた。三人がそれぞれの目的地に向けて再び旅立つ途中でシカゴに立ち寄り、私たちは短いけれども素晴らしい再会を果たした。彼らはリチャードソン夫妻と出会ってすっかり魅了され、自分たちが新しく生まれ変わったように感じると言った。ヘンリーとミニーは一緒に仕事ができるので、新しい仕事に満足していた。澄は看護の研修を心待ちにしていたが、ニューヨークを見られると思うだけでワクワクしていた。私たちは再び別れなければならない寂しさで胸が痛んだ。いつか、みんなが住む真ん中あたりに引っ越して両親を呼び寄せようと約束した。そうすれば昔のように、いやそれよりももっと穏やかに暮らせるようになるだろう。

Ｊ・Ｊ・モラー医師の歯科助手として出勤した最初の朝、私はやる気満々で賢く見せたいと熱意に燃えていた。モラー医師のオフィスに入った瞬間、高級美容サロンに迷い込んだのかと思った。壁と天井は淡い青灰色で、高価なフロア・ランプで照らされていた。巨大な肘付きの一人掛け椅子とモダンな低いソファが、厚く青い絨毯の上でまるで気取ってくつろいでいるように置かれていた。

糊のきいた白衣姿のモラー医師は、奥のオフィスから滑るように現れた。長身で身のこなしがしなやかな四十代半ばの人だった。鉄灰色の鋭い目は深くくぼみ、ボールベアリングのように光っていた。薄い唇は突き出た岩のような顎の上に一直線に延びて、彼の石のような強情さを物語っていた。彼は必要以上のことはしゃべらなかった。

「入りなさい。案内しよう」

受付の部屋を通り抜けると事務室があり、立派な机、電動タイプライター、高価そうなファイルキャビネットが備えられていた。治療室には電動の歯科用の椅子があり､豪華な白い本体には、何に使うかわからない治療用具がついていた。女性患者用の化粧室もあった。しかし、小さな技工室は陰気で乱雑だった。大量の缶やガラス瓶が山積みになって、まるで廃品置き場になっていたが、そこが忙しい活動の中心のようだった。

後から思い出したように、モラー医師は給与の話を持ち出した。

「これまで助手には週給一四ドル払ってきた。実を言うと、最初のうちはそんなに価値のある仕事ができる子はいないんだ。しかし、君の場合は例外で一五ドル支払ってあげよう」

私は仕事の少なさを考え、彼の申し出を受け入れた。モラー医師は最初から、容赦のない熱心さで私を訓練し、教育した。彼のモットーは効率だった。無駄な動きは絶対に許されなかった。

「常に両手を使いなさい。片方の手を遊ばせてはいけません。片手だけでできる仕事なら、もう片方で別の仕事を見つけなさい」

モラー医師の仕事に対するひたむきさには誰も及ばなかった。毎日夕方になると、彼は急いで夕食に出かけ、急いで戻って真夜中過ぎまで仕事をした。ある朝、彼が応接室の絨毯に勢いよく掃除機をかけているのに出くわすと、こうつぶやいた。

「掃除婦が何をやっているのかわからないが、床がきれいになったためしがないし、家具もちゃんと拭いていない。レベルの低い奴のやり方だ」

そして、怒りに燃えた様子で隣の部屋も掃除しながら私に言った。

「明日から一時間早く来て部屋を掃除しなさい。でももっと給料がもらえると思わないように。本当は普通よりも多く払っているのだから」

松子に雇い主のことを話すとショックを受けた。

「奴隷の監督みたいじゃない。私ならやめるわ」

「そんなことをしたら本当に激怒させて、みんなに二世はダメだって言いふらすかもしれないわ」

私は戦時転住局雇用事務所のベック所長の言葉を思い出していた。

「何をするにしても、軽々しく辞めないでください。仕事を頻繁に転々とすると、二世は信用できないという評判が立ってしまいますから」

松子は答えた。

「ナンセンスよ。一生懸命働くのと、踏みにじられるのは別のことよ。私はプリチャードさんのような上司に恵まれて幸運だったと思うわ。出会った中で彼は一番思いやりのある優しい人よ」

私はもう少し頑張ることにした。

二週間もしないうちに、清掃婦、受付係、秘書、簿記係、歯科技工師へと昇進していた。これは私には無理なことで、仕事の効率は低下していった。やがて、閉まったドアに激突したり、白い石膏粉の缶を落としたり、動きを無駄にせず、すぐに医者に渡そうと熱心なあまり、歯科器具で罪のない患者に突き刺してしまったりした。

ある日、仕事中に失神するというとんでもないミスを犯した。夏の午後は蒸し暑く、二時間にわたって金充填の仕事を手伝っていた。完了まではあと一時間はかかりそうだった。作業には細心の注意とタイミングが必要で、金箔を適切な温度まで熱して、モラー医師の器具が示す正確な位置にピンポイントで押し込まなければならなかった。それに、首の後ろに汗を流しながら、患者の反対側で直立不動の姿勢で立っていなければならなかった。単調な作業と湿気の多さ、そして電動の金充填機のカチカチカチカチという小さい金属音しか聞こえない部屋の静けさから、私は次第に催眠術をかけられたようになっていった。血がゆっくりと足の方に下がって、失神しそうなことはわかっていた。モラー医師に気分が悪いことを告げた。待合室に這って行って、深くて座り心地の良い椅子にしばらく座っていたかったが、なかなかたどり着けなかった。私はドアの前で気を失い、気がつくと天井を見上げていて、机や椅子が逆さまに浮かんでいるのが見えた。その光景にめまいがして、また目を閉じなければならなかった。そして、自分がどこに寄りかかっていたかを思い出し、もがきながら立ち上がると、モラー医師が落ち着いて作業をしているのが見えた。技工室に入って喉に水を流し込み、髪と制服を整えて仕事に戻った。

患者が診療所を出た後、モラー医師は真っ青になって怒鳴った。

「患者の前で気絶するなんて何を考えているんだ。もし誰かが入ってきて、君が床に倒れているのを見たら、どんな印象を与えるか考えてみろ！」

最後の一撃だった。もう限界だった。

「辞めます、モラー先生、今すぐ。もう二度と来ません」

まるで大きな氷の塊を彼の頭に落とすかのような満足感を持って言った。

モラー医師の怒りは突然止み、傷ついたライオンのようにわめいた。

「そんな簡単にやめさせるわけにはいかない！　戦時転住局に報告してやる。それに、辞めるには二週間前に予告する義務があるんだ。そのことはベック氏がきちんと対応してくれるだろう」

「わかりました、二週間は残りますが、それ以上は一日たりとも来ません」

その日の夕食時、私はリチャードソン夫妻に辞めたこと、そして起こったことすべてを話した。

リチャードソン夫人は首を横に振った。

「とても気の毒だったわね。そんな人のことは理解できないわ。でも今日はあなたに良い知らせがあるので、退職の予告をしてよかったわ。実はあなたが大学に戻れるように手配したのよ。友人のスコット夫妻は中国で宣教師をしていたのだけど、今はインディアナ州のウェンデル・カレッジの学長をしていて、今日彼から手紙が届いてね。もしあなたが望むのなら、喜んで入学を受け入れると言っているのよ」

「希望すれば、ですって？ これ以上望むものはありません、リチャードソンさん。でも・・・」

彼女は私の言葉を遮って、微笑みながら言った。

「それだけではなくて、大学はあなたの学費の支払いに就労奨学金を出してくれるのですって。それに、キャンパスの敷地内に住んでいるアッシュフォードさんという牧師の未亡人が、あなたと一緒に住みたいと言っているの。彼女は一人ぼっちなので、あなたが彼女の話し相手になれると思うわ」

リチャードソン博士は言った。

「さあ、モニカ、君にはこれまで悪いことばかりあったけれど、これからは良いことがありますよ」

モラー医師との慌ただしい一日のあとでは、この朗報はあまりにも大きすぎて受け止めることがでないほどだった。私はリチャードソン夫妻にどれほど幸せかを伝えたかったが、うまく言葉にできなかった。博士が聖書に手を伸ばしていつもの食後の礼拝を始めた時、私は本当にほっとした。頭を垂れて祈っている間、静かにすすり泣くことができたからだ。

第十二章　大地の奥深くへ

私はインディアナ州南部のウェンデル・カレッジに入学した。蔦に覆われた赤レンガの校舎は、堂々と流れるオハイオ川を見下ろす、高さ三〇〇フィート近い断崖の端に建ち並んでいた。その辺りは生い茂る木々に覆われていた。ウェンデル・カレッジは長老派系のリベラルアーツの学校で、キャンパスの雰囲気にはゆったりとした生活のペースや素朴で親しみやすい魅力があった。あらゆる社会的背景の若者たちが集まり、聖職、教職、医療、その他さまざまな分野の職業を目指して学んでいた。また、南米、中国、ジャワ、インドなど、世界各地からの留学生が集まり、独特の国際色豊かな雰囲気が漂っていた。

キャンパスのはずれで一緒に暮らした未亡人のアッシュフォード夫人は、大学街の親しみやすさを象徴する存在だった。絹のような蜂蜜色の髪をお団子にまとめ、明るく青い目をした夫人は人を和ませる母親のような女性だった。牧師で大学の役員をしていた夫は数年前に亡くなり、彼女はそれ以来一人で暮らしていた。背の高い二階建ての灰色の木造の家で、その新しい友人は私のために、居心地の良い部屋を二階に用意してくれていた。そこで私は静かに勉強することができた。膝が悪いにもかかわらず、アッシュフォード夫人は夜明けに起きて暖炉に火を入れ、朝食を用意してくれた。彼女の陽気な呼び声と部屋まで漂ってくるコーヒーの香ばしい香りで目を覚ました。夕方学校から帰ると、私たちはリビングに二つ置いてあった木製のロッキングチェアに座り、その日の出来事を話したり、好きなラジオ番組を一つ二つ聴いたりして過ごした後、二階に上がって勉強した。そして、アシュフォード夫人は、頭脳労働も肉体労働と同じくらい疲れると固く信じていたので、就寝前には必ず私をキッチンに呼んで軽い夜食を作ってくれた。このように彼女は、私が必要としていた親しい交わりと、ウェンデルを思い出すたびに心に蘇る豊かな魅力的な思い出の数々を与えてくれた。それは、寒い冬の夜、家中に広がる焼きたてのナッツパンや手作りのクッキーの温かい香り、そして春の暖かい夜に寛ぎを与えてくれる、ポーチに置かれたキーキーと音をたてるブランコだ。そこに座って、家を取り囲むライラックの甘い香りを深く吸い込みながら、私は紺碧の夜を照らすホタルを眺めていた。

ウェンデル大学には他にも三人の二世の女子学生が在籍していた。二人は南カリフォルニア出身で、三人目は私の故郷の出身だった。教職員も学生も、私たちがキャンパスの一員であることを実感できるように手を尽くしてくれた。私たちはお茶会や夕食会に招待され、独立した女性の団体にも参加するように誘われた。国の規定で、私たちはソロリティ〔女子学生クラブ〕に加入することはできなかったが、新入生勧誘パーティーには参加させてくれた。私はこの方針について知っていたたし、個人的に傷つくことはなかったが、ある会員は明らかにこの制限に困惑しているようだった。ある日、そのクラブ役員のアリス・ウィーク、ロレイン・ブラウン、そして教員アドバイザーのナイト先生がわざわざ訪ねてきた。アリスがまるで水に飛び込む前のような深呼吸をして、ナイト先生に視線を送ってから、私に優しく語りかけたのを覚えている。

「モニカ、あなたに会えて楽しかったし、これからもっともっとお互いのことを知りたいと思っているわ。でも、会員資格には国籍による制限があって、私たちの多くがあなたに加わってもらいたいと心から思っているのだけど、できないの。わかってくださいね」

気まずい沈黙の後、私は何とか答えることができた。

「ええ、アリス、私は故郷にいた時からこのことは知っていたの。わかったわ」

ロレインがこう続けた。

「モニカ、あなたに何も言わないよりは話すべきだと思ったの。個人的な理由であなたを無視していると思われたくなかったの」

「ありがとう。来てくれて本当にうれしいわ」

彼女たちは自分のプライドを傷つけてでも、誠実さを持って来てくれたのだと理解した。

その後の数年間で、卒業生総代を務めた魅力的で真面目なアリスや、才能ある音楽専攻のロレインと親しくなり、好きになった。私がいつも一緒にいたのは、マルタ・サンチェスというコロンビアのボゴタ出身の快活な黒い瞳の少女だった。彼女は英語がうまく話せない時はいつも表情豊かに手を使って話してくれた。私たちは二人とも音楽が好きで、ピアノを弾くスタイルも似ていて、力強く嵐のように弾いたものだ。私たちは、ジョージ・ガーシュウィンのように自由奔放にジャズを演奏することに憧れるクラシック好きの学生だった。マルタは自分の国では医者がとても必要とされていたので、医者になるために勉強していた。バンコク出身のアンナ・ジョンは、日本が中国内陸部に侵攻するまで中国で学んでいた学生だった。彼女は長く過酷な道のりを南下して安全な場所に辿り着き、長老教会宣教団の援助でウェンデルにやってきたのだった。アンナは地質学者になりたいと思っていた。また、オハイオ州デイトン出身のシルヴィア・アーノルドとその兄弟のジョンとも親しくなった。彼らは二人ともキリスト教の奉仕の道に進むために勉強をしていた。

教授たちは最初から親しみやすくて気さくだった。授業中はよそよそしく、私たちに勉強するようにと厳しかったが、学校や教会の行事、郵便局やお店での出会いを通じて、先生や奥さんや子どもたちとも親しくなった。例えば、土曜日に町まで車に乗せてほしい時は、いつも高貴な風貌の語学教授にお願いした。それがコーニッヒ先生夫妻で、週末になると先生は車いっぱいに学生を乗せて街に出かけた。また暖かい春の日には、背が高くて無愛想な経済学の教授を説得して、授業を木陰の涼しい緑の芝生に移してもらうこともあった。そして、個人的な悩みを抱えるとすぐに私は、明々と燃える炉端のように愛情と理解を示してくれるスコット先生夫妻のもとへ駆け込んだ。ウェンデルは、広々とした道をひとりで急いで、授業から授業へと移動していた、厳粛で格式高いワシントン大学とはまるで別世界だった。

私はビジネスや専門職の世界に存在する人種の壁に怯え、興味がもてることが他にないかと探したり、その力を伸ばしたりする勇気がなかった。閉ざされた扉を前にして、そうすることは無意味に思えたのだ。だからワシントン大学に入学した時、最初に好きになった文学をどうしてもやりたいと思い、友人たちにはそれを教えたいと言っていた。しかし、それはいずれ消えてしまう空想にすぎないことを、私たちは皆わかっていた。

しかし今では、私の興味は、音楽、歴史と時事、宗教と哲学、社会学など、さまざまな分野に広がった。しかし何よりも、私は人間そのものが好きだということに気付いた。人それぞれが持つ個性や人格を探究することに興味を持つようになったのだ。どのような職業を選ぶにしても、それは必ず人と関わるものになるだろう。私は中西部に来るしかなかったのだが、そこで思ってもみなかったほど普通で幸せな生活を送るようになってから、徐々に緊張が解け、リラックスして自分の本当の意思を見極める余裕ができた。私は心理学のコースに惹かれ、その分野でやっていけそうだった。指導教員と話し合った結果、臨床心理学に進むことに決めた。

ウェンデル大学での最初の二年間は、学費と食費を稼ぐために女子寮で給仕の仕事をしていた。他の学生は、一週間もしないうちに片手で頭上に大きなトレイを持ち上げることができるのに、私は体力的に向いていないのか、トレイの重みでよろめき、うめき声を上げるばかりだった。とうとうスコット博士の秘書の仕事が与えられたが、それは、腰にトレイを乗せて運んだせいで、両脇に深い打ち傷ができ、これ以上無理だと思っていた矢先のことだった。

夏休みの間、私はシカゴのリチャードソン家に帰って法律事務所で速記者として働いた。私にビジネススクールに行くように説得した父の先見の明は、ついに実を結んだ。

ウェンデルでの二年目、クリスマスの直前に、まだキャンプにいた父と母から手紙が届いた。それは「一人でも戻ってきてくれたら嬉しい」と休暇を一緒に過ごすように強く求める手紙で、列車の運賃にと小切手が同封されていた。それで私はスーツケースに荷物を詰め、アシュフォード夫人に「さようなら、メリークリスマス」とキスをし、キャンプ・ミニドカに向けて出発した。

列車の終点ショショーニ駅で、崩れかけた古いホテルに入り、暖房が効きすぎるロビーで収容所行きのバスを待った。そこでは髭を生やしたしわくちゃの老人たちが無言でくつろぎ、新聞の一字一句を読んだり、時折手を伸ばしてボロボロになった真鍮の唾壷にたばこで汚れた唾液を吐き出したりしていた。父のシアトルのホテルも、今ではこんな風に朽ち果てて、埃まみれの人々でいっぱいなのだろうかと思った。

キャンプ・ミニドカに着いた時、ゲートに軍警察が立っているのを見て驚いた。軍警察や有刺鉄線のフェンスなどすっかり忘れていたからだ。母は顔を輝かせてゲートの待避所から飛び出してきた。

「和チャン！　よく来てくれたわね。元気にしてた？」母は私の顔をまじまじと見つめた。母を抱きしめた時、その滑らかな黒髪に白髪が少し混じっていることに気づいたが、元気そうで、まだ笑顔があふれているのを見て安心した。

「パパはどこ？」と尋ねた。

「ひどい風邪をひいて、今は病院で休んでいるの。一日か二日で家に帰れるわ」

母は隠そうとしたが、父がそれまで肺炎になりかけていたことを知った。

収容所は幽霊が出そうに静まりかえり、元気な若者はいなくなっていた。体の丈夫な二世の男性は全員徴兵されていた。残りの若者は、仕事や学校で中西部や東部に移り住み、一部の親も彼らについて出て行った。しかし、それでも西部に戻りたいと思い、帰る家や仕事がある一世は、終戦時に西海岸の軍事制限が解除されることを願って収容所に残っていたのだ。

古いバラック小屋の部屋に一歩足を踏み入れると、まるで抜け殻のような監獄に戻ってきた気がした。部屋は二つのベッドだけになり、静かでがらんとしていた。白い壁は石炭の煙でくすんだ灰色になり、澄のベッドがあった壁は、以前は映画俳優の写真で埋め尽くされていたが、今は何もなく、黒い針穴が点々とついていた。かつてはマニキュアや口紅、コロンのボトルが何列にも並んであふれていた化粧台は、がらんと空っぽになっていた。そこにはただ母と父のブラシと櫛のセットだけが整然と並んでいた。

その晩、母と私は父を見舞いに病院へ行った。廊下の遠くから父がベッドに座っているのが見え、かつての肉付きの良い褐色の顔が、今では輪郭がはっきりして、やつれて見えた。高い額は青白く光り、これが病気のせいだけなのかどうかを尋ねる勇気はなかった。父と母には、収容所を離れてから起こったことをすべて手紙に書いていたが、二人はそれをもう一度聞きたいと言った。私はリチャードソン一家のことや、どうやって学校に戻ることができたかについて、そしてウェンデルの新しい友人のことを二時間にわたって詳しく話をした。話している間、母はじっと私を見つめていた。

「和チャン、幸せになったのね。シアトルで戦争が始まった当時のことを思い出すわ。いつになったら私たちのうちの誰かが再び安心して幸せを感じることができるようになるのかしら、と思ったものよ。子どもたちのことが本当に心配だったわ」と母が言った。

父はシアトルのビジネスはあまり順調ではないと話した。確認のしようがないけれども、月次報告書を見る限り、誰かが莫大な金を自分の懐に入れ、帳簿をごまかして大幅な改善が行われているように見せかけているのではないかと父は疑っていた。父は、ヘンリーがこの問題を調べるために近々シアトルに行くと言った。ヘンリーは当分の間、医療のキャリアを積むのを諦め、ミニーとともにセントルイスを離れて父の事業再建を手伝うためにシアトルに戻ることにした。ミニーの家族も元の家に戻るつもりだった。

「少なくとも私にはまだビジネスがある」と父は悟ったように言った。

「すべてを失った多くの友人よりもずっと幸運なんだ」

加藤さんはホテルの賃貸権を失ったばかりか、政府の保管係を名乗る男たちが倉庫に移すと言って、私有財産をすべてホテルから運び出してしまった。加藤さん夫妻は、シアトルに戻ったら、もっと良い計画ができるまでのしばらくの間、家政婦とコックとして一緒に働くことになるだろうと言っていた。夫妻は、差し当たってヨーロッパにいる息子の二郎からの手紙を待ちながら、日々を過ごしていた。

大島さんはミズーラの収容所から釈放されていた。彼と妻は、適当な店が見つかれば理髪業に戻るつもりだった。息子のダンクスがドイツ軍の捕虜になったため、二人は不安な日々を送っていた。

松井さんは、結婚した娘と一緒にニューヨークで暮らしていた。母によると、松井さんは息子のディックがいる日本に帰ろうと漠然と考えていたが、ディックはアメリカに帰りたいと手紙を書いてきたという。彼女はジレンマに陥っていた。松井さんはまた、かつてのシアトルの幼なじみの和夫に偶然会ったと教えてくれた。彼は今では幸せに結婚し、三人の子どもがいて、教会の聖歌隊でソリストとして人気があった。

また、日本語学校の模範的な少年で、私たちがあれほど嫌っていた源二が東部で聖職に就くために勉強していることも知った。そして、元校長の大橋先生はコロラドで本屋をやっていた。日本語学校の建物は、帰還者のためのアパートに変わるのではないかという噂もあった。

父は私に、以前服のセールスをしていた親友の澤田さんを訪ねるように言った。

「娘さんがシカゴに行ってしまったので、今ここで一人ぼっちなんだ。お前も知っているように、ジョージはイタリアで戦死し、今度はもう一人の息子のポールが戦闘中に行方不明になっていると伝えられている。澤田さんはよくお前のことを尋ねてくれるんだ」

ずっと昔のことだが、澤田さんがジョージを医学部に行かせるためにどれほど苦労したかを、そして子どもたちの話をするたびにどれほど誇らし気に背筋をしゃんと伸ばしていたかを思い出した。

澤田さんは散らかった部屋にいた。窓辺には半分しか入っていないティーカップが並び、受け皿はタバコの吸い殻であふれていた。ストーブのそばのスツールに、針金でできた奇妙なかごが置いてあって、その上にぼろぼろのグレーのセーターが掛けてあった。私がそれをじっと見ていると、澤田さんはニヤリと笑った。

「ここに昭三が住んでいるんだ」

彼はセーターを取り払って、不機嫌そうな黒いカラスを私に見せた。

「カラスが私の肩にとまるようになるまで、何時間も草原に座っていたんだ。それ以来、私たちはいい友達になった。時々ここで飛び回らせているんだけど、すごく散らかしてしまうんだよ。部屋に散らかし屋のおじいさんは一人で十分でしょう?」

私は笑った。澤田さんは相変わらず陽気で気さくだった。彼は何としてもシアトルに戻りたいと言った。私はまだしばらくそこには戻りたくないと言うと、澤田さんは言った。

「若い人は何でも敏感に感じ取るんだね。それはいいことだが、そのために余計に苦しまなければならないこともある。私のように年を取るとね、和子さん、物事の白黒がそれほどはっきりしなくなるんだ。心配しないで、シアトルで私は幸せになるから。あそこの人たちは長く恨んだりしないだろうし、私もそうだ。すべての怒りや嫌悪は徐々に収まるだろう。私が望むのは、そこで穏やかに暮らすことだけなんだよ」

私たちはしばらく黙って一緒に座っていた。そして私は立ち上がって帰ろうとした。

「澤田さん、またお会いできてよかったです。お体に気をつけて、ポールのいい知らせが早く届きますように」

「ハァ、アリガトウ。私も祈っています」

「それから、ジョージのことを聞いてとても悲しく思いました」

澤田さんは静かに言った。

「私の息子は自らその道を選んだんだよ。聞いていると思うけど・・・特別任務に志願したんだ」

「はい、父から聞きました」

そのことを話すのは彼にとってどんなに辛いことだろうと思いながら、私は悲しい思いで沈黙した。彼は私を安心させようとしてか、優しく話しかけた。

「和子さん、あの子がキャンプ・シェルビーに向かう列車の中で私に書いた手紙を見てほしいんだ。それを読めば、あなたが思っているほど私は寂しくない理由がきっとわかりますよ」

彼が本棚の方に向かって歩いた先には、制服姿のジョージの写真が飾ってあった。その前に日本語の聖書が置かれていた。澤田さんは聖書に挟んだ手紙を取り出して私に手渡した。

目覚まし時計の大きなカチカチという音と、カラスの昭三が爪のついた小さな足で歩き回る音しか聞こえない小さな静かな部屋で、私はジョージの手紙を読んだ。それは収容所の門のところで父親に別れを告げてから、わずか数時間後に書かれたものだった。

彼は次のように書いていた。

「別れ際に言うべきだったのに言えなかったことがあります。それを伝えておくことが自分に対する、そしてお父さんに対する義務だと感じています。なぜ言わなかったのかわかりません。たぶん、私が無口だからですが、私たちが日本人だったからかもしれません。でも一番の理由は照れ臭かったからです」

列車が出てしまってから、ジョージは家族でピクニックに出かけたこと、母親が亡くなった時の悲しみ、家族の苦悩と喜びなど幸せな家庭生活を思い返していたと書いていた。

「強制退去の日が来て、私がくやしく辛い思いに襲われた時、あなたがどんなふうに私を慰めてくれたかを覚えています。私たちを拒絶し、無一文にしたこの国に対して信頼を取り戻すようにと、なぜあなたが私に言ったのか、その時は理解できませんでした。あなたは賢明にもこう言いました。『これが最善なんだ。多くの人のために少数の人が苦しまなければならない。これはお前たちの犠牲なんだ。そのように受け入れればもう恨むことはない』私はそれを聞いて、恨みは消えました。市民権を持つことが許されなかったあなたが、その価値を教えてくれたのです。私が信頼を持ち続け、忠実なアメリカ市民となったのは、あなたがそう言ってくれたおかげです。入隊の時が来た時、私は準備ができていました」

私は涙を浮かべて澤田さんが話すのを聞いた。

「この手紙でジョージは私をいつも慰めてくれます。ジョージは私のことをよく理解し、愛してくれていたのです」

私は手紙を読ませてくれたことに感謝した。彼は昭三をケージから出して私と一緒に玄関まで歩いてきた。

「さあ、和子さん、一生懸命勉強しなさい。でも将来の夫を見逃さないように、片目をちゃんと開けておいてくださいね！」笑いながら涙があふれた。私は早足に立ち去った。

あっという間に日々は過ぎ、キャンプ・ミニドカを去る時が来た。父と母が収容所の門まで見送ってくれた。青白い空と雪が、冷たく引き締まった大気の中でピンク色に染まる清々しい冬の朝だった。

「そうだな、ママ、この別れは僕たちにとって悲しいものではないよね？　若い息子が戦争に出かけるわけではないのだから」と父は言った。

「どの親にも起こることなのよ。子どもは成長し、離れていかなければならない。でもそれは良いことなの・・・手紙によると、セントルイスのヘンリーとミニーも、遠く東部に行った澄も、みんなとても幸せそうだから。戦争が始まって、全員が強制退去することになった時、パパと私は胸が張り裂けそうだった。日本人の両親であることがとても申し訳なく思ったのよ」

「お願いだから、ママ、そんなこと言わないで。二世で生まれたのがそれほど悲劇的なことじゃなかったって、どんなに自分の考え方が変わったか。それを知ってもらえればいいのだけど。もう日本人の血を恨んだりしていないわ。それどころか、私たちのためにたくさん苦労してくれたお母さんや一世の人たちのおかげで、実はそのことを誇りに思っているの。二つの文化に生まれるって本当にいいものね。人生でちょっとお得な気分になれるというか、一つ分の値段で二つを手に入れるみたいなものだわ。大人になるまでは一番大変だけど、その後は面白くて刺激的に思うこともあるわ。以前は二つの頭を持つ怪物のように感じていたけれど、今では一つの頭より二つの頭の方がいいってわかったの」

「それを聞いてとてもうれしいよ」と父は晴れやかにほほ笑んだ。私は続けて言った。

「戦争を経験して精神的な拷問を受けたにもかかわらず、二世はアメリカという国とその生き方をよりはっきりと理解することができたし、国をより大切に思うようになったの。アメリカの民主主義の理念と理想は、基本的に宗教的な原則に基づいていて、アメリカの存在そのものが、個人の信仰と道徳的責任にかかっていたのね。以前は、政府が私たちを守って保護してくれる父性的な組織だと考えていたので、そうしてくれなかった時は、怒りや失望を感じたわ。でも今では、私もワシントンの政治家と同じように、自分の行動に責任を持つべきだとわかったの。それがわかったおかげで、なんだかアメリカが自分の居場所と感じられるようになったのよ。全体的に見れば、一世の人たちがこの戦争で受けた損失の方がずっと大きいと思うの」

「物質的な損失を考えればそうかもしれないけど、子どもたちが得たことは、私たちの利益でもある。僕たちの最も深い幸せは、子どもたちから与えられるのだから」と父は言った。

「パパとママはシアトルに戻ったら、まず何をしたいの？」

父は即座に答えた。

「まず、ホテルの世話をしてくれたジョー、サム、ピーターに挨拶とお礼を言いに行くよ。それからウォーターフロントを散歩して、カニでも食べよう。それから小さな家を買って、お前たち全員が子どもたちを連れて来てくれるのを待つよ」

母は微笑んで賛成した。私は父と母に軽くハグをしてバスに乗った。窓の外を見ると、重くて黒っぽい冬の服に身を包み、二人が辛抱強く立っているのが見えた。父は古い海軍のピーコート、母は黒いウールのスラックスと黒いコートを着ていた。二人は、愁いに沈んだ移民のように見えた。父と母は、いつになったら無人地帯を離れ、法律の壁を越えて市民権を得られるのだろう。けれどもすぐに私は思った。アメリカでは多くのことが可能なのだと。父母と目が合った瞬間、二人はすぐに微笑んだ。

私は自信と希望を持って、ウェンデル・カレッジに戻ってきた。

私はアメリカ社会に、より深く、より力強い脈動があることに気づいていた。私は再びその本流に戻ろうとしていたが、相変わらず東洋人の目をもちながら、これまでとは全く異なる見方をしていた。それは悲しくも自我が引き裂かれたのではなく、私は自分が一人の完全な人間と感じていたからだ。今や私の日本人とアメリカ人の部分が一つに融合していた。

注

1　JACL（Japanese American Citizens League）：日系アメリカ人市民同盟（全米日系市民協会とも呼ばれる。）一九二九年に結成された最も影響力のある日系アメリカ人の組織。（序文三頁）

2　ここでは一九四九年となっているが、記録ではモニカの父・誠三の死去は一九四八年六月三日である。（序文四頁）

3　ベイリー・ギャツァート小学校：当時は1年生から8年生までの教育機関がグラマースクールと呼ばれていた。本書ではモニカの通ったベイリー・ギャツァート・グラマースクールを「ベイリー・ギャツァート小学校」、セントラル・グラマースクールを「セントラル・グラマー中学校」と訳した。（一五頁）

4　メタノール、ベーラム：アメリカの禁酒法時代や戦時中など、飲用アルコール（エタノール）が不足していた時期に、毒性がありながら代替品として用いられた。（二一頁）

5　ヒルビリー：二〇世紀初頭アメリカ南部の田舎で発祥した音楽の一ジャンルで、現代のカントリーミュージックの前身と考えられている。（二八頁）

6　エミリー・ポスト（一八七二―一九六〇）：マナーに関する著作で有名なアメリカの作家で、一九二二年に出版した『社会、ビジネス、政治、家庭におけるエチケット』がベストセラーと

なった。(三九頁)

7　ジャックス：アメリカの伝統的な子どものゲームで、小さなゴムボールと「ジャックス」と呼ばれる六本の突起がある小さな金属またはプラスチックの駒を使う遊び。(四二頁)

8　「清くあることは神のようになること」：「きれい好きは敬神に次ぐ美徳」という諺から。(四六頁)

9　チャーリー：中国系移民を指す侮蔑的な呼び名で、二〇世紀初頭に他のアジア系移民に対しても人種的ステレオタイプや差別を反映して用いられた。(五五頁)

10　おとぼけくん(Bozo)：愚かで間抜けな人物を意味する俗語 bozo から、友人同士のふざけ合いや冗談として使われている。(一〇一頁)

11　自重トレーニング：カリステニクス(calisthenics)という、腕立て伏せなど、自分の体重を利用したトレーニング方法。(一一〇、二五〇、二五二頁)

12　布地などの雑貨屋：ドライグッズストア。主に繊維製品、布地、衣類、裁縫用品など様々な保存可能な商品を販売する小売店。食料品店とは異なり、食べ物や飲み物を販売しなかったため、「ドライグッズ」と呼ばれていた。(二〇九頁)

13　4―C：第二次世界大戦中の敵性外国人に対して与えられた分類コードを指す。(二二六、二六九頁)

14　ジョンL・ドウィット西部国防司令官とハワイ郡司令部のデロス・エモンズは、ジェネラルという敬称がついているが、正確には当時 Lieutenant General の階級だったため、ドウィット中将、エモンズ中将と訳した。なお、ドウィット中将は戦後大将となっている。（二一六―二一八頁）

15 集合センター：日系人を隔離する場所として、アメリカ政府はまず「アセンブリーセンター（集合センター）」という一時的な収容所を用意し、後に「リロケーションセンター（転住センター）」を設けた。これらはどちらも作品中は「キャンプ」と呼んでいるが、本書では、「強制収容所（コンセントレーション・キャンプ）」あるいは「収容所」と訳す。なお、モニカ一家が収容されたピュアラップの集合センター（通称キャンプ・ハーモニー）は、ワシントン州中南部のタコマ市の南に位置する。（二一八頁）

16 原文では午後八時となっているが、前後関係から午前八時とした。

17 Eデイ：Evacuation Day「避難の日（強制退去の日）」は、第二次世界大戦中に日系アメリカ人が自宅を離れ、集合センターに出発する（その後強制収容所に送られる）特定の日を指す。一九四二年二月一九日にフランクリン・D・ルーズベルト大統領が署名した大統領令九〇六六号によって、西海岸からの日系アメリカ人の強制移住と収容が許可された。（二二五頁）

18 詩編：旧約聖書からの引用。日本語訳は日本聖書協会の新共同訳を用いた。（二五二―二五三頁）

19 ルーブ・ゴールドバーグ：アメリカの漫画家、エンジニア、発明家で、一九一〇年代に「ルーブ・ゴールドバーグ・マシン」という、簡単な作業を無駄に複雑な方法で行う装置を考案し、それを描いた漫画で知られる。（二六六頁）

20 ハンク：ヘンリーの愛称。（二七一頁）

21 ブリュンヒルデ：ワーグナー作曲のオペラ『ニーベルングの指輪』の登場人物。（二七七頁）

22 ローエングリン：ワーグナー作曲のオペラ『ローエングリン』の第三幕一場で演奏される「婚礼の合唱」（または「結婚行進曲」）として知られる曲を指す。（二八〇頁）

23 ヴィクター・ハーバート：アメリカ合衆国に帰化したアイルランド人作曲家、指揮者、チェリスト（一八五九―一九二四）で、オペレッタやポピュラーソングで知られる。（二九〇頁）

24 「インディアン・ラブ・コール」：一九二四年ルドルフ・フリムル等の作曲したオペレッタ「ローズ・マリー」の中の曲。一九三六年に映画化されている。（二九〇頁）

『病気と私』のキミ

ベティ・マクドナルド　（『婦人朝日』編集長　伊沢紀　宛て）

（本誌新年号、アメリカ女流作家のメッセージは『病気と私』『卵と私』で有名なベッティ・マクドナルド女史にお願いしたのですが、その後事情があって返事ができなかった旨返事があり、再度懇請したところ次の通りの返事があった。『病気と私』の中のキミという二世は読まれた方々には興味があると思います。）

寄稿のご依頼に何度も応じられないと申し上げなければならないのを、大変残念に思います。実はお手紙は一両日前にやっと手許にとどいたのです。ひどい暴風雨があって崖が崩れたため、ヴァション島の私の家が壊れ、一時シアトルに移らねばなりませんでした。その上、私は百万ドルの訴訟事件に関係していたので、毎日法廷に出なければならなかったのです。それから私の末の娘がお産をし、とうとう私まで流行性感冒になってしまったのです。最近やっと仕事ができるようになったばかりです。夫が島から郵便を全部持ってきたのですが、その中に貴方の手紙も入っておりました。それで三月号にも寄稿できなかったことを、こんなにもお詫びしている次第です。

多分貴誌の読者達は『病気と私』に出て来る日本女性キミが非常に幸福な生活を送り、大変な成功をしたことに興味がおありと思います。キミの本名はイトイ・カズコといいましたが、現在ではソネ・カズコです。彼女の良人はツユキという姓だったのを変えて、お祖父さんの姓をとってソネにしたのですが、それについては面白い話があるようです。どうも大概のアメリカ人はツユキと正しく発音出来ないので、どうしても彼女の夫ゲアリをスキヤキと呼んでしまうのです。とうとうゲアリも我慢しきれなくなって、お祖父さんの姓ソネに変えることにしたわけです。改名の法律的な手続を取るために裁判所に行ったところ、判事がこう申しました。「ところで君はどうして改名するのですか、スキヤキ君?」

それはとにかくとして、カズコのお話を続けることに致しましょう。臨床心理学の免状を貰ってカレッジを卒業してから、彼女はゲアリ・ソネと結婚しました。ソネは昆虫学の免状を持っていましたが、両人はデトロイトに行って暮し、そこで男の子フィリップが生まれました。カズコと私はしょっちゅう文通しておりますが、彼女の手紙がとても才気があって面白いので、ある時、私はその一通をアトランティック・マンスリー出版社の編集者に見せて、「カズコは物が書けると思うけど、どう?」とたずねました。その編集者は、この人は物になるといったばかりでなく、こちらから出掛けて行って何か手始めになるようなものを書かせなければならない、といって本当に出掛けて行きました。彼女が書き始めた本はもう二章ばかりで出来上がりますが、アトランティック・マンスリー出版社の編集者は、その本の成功に最大の期待を持っています。カズコは私のエージェント(代理業者)の顧客として受け容れられましたが、私のエージェントは文学方面ではアメリカで最高のエージェントですし、私の知っている限りでは、これまで何年もの間、一人も新しい顧客を受付けていなかったのです。そればかりでなく、彼女は可愛らしい赤ちゃんを持っています。女の児で一月に生れたのです。

カズコのお母さん、イトイ・セイゾー夫人は、二週間後に日本に向い、一年間滞在する予定です。彼女は牧師でない素人の説教家ですが、私はそういう人の能力に信頼を寄せています。彼女はまた有名な女流詩人でもあり、日本婦人の解放に非常に活動していますし、とてもチャーミングな方です。

この前の日曜日にカズコとおひるを一緒に食べました。彼女が良人が哲学の学位をとるために勉強しているイースト・ランシングに出掛ける一寸前でした。その時の彼女の話では、お産の前後数カ月をお母さんのところへ行って過したそうです。それは彼女が本を書いている間、子供の世話はお母さんがしてくれると思ったからだったのです。ところがお母さんの家には、朝から晩まで何人もの人がひっきりなしに出入りするし、電話は鳴り続けるので、ホワイト・ハウスへ行ってルーズヴェルト夫人と暮らした方がまだましな気がしたそうです。そこで私は彼女がそういうところで物を書いたのは運がよかった。何故といえば、有名な人は皆そういう目にあわなければならないし、彼女は将来とても有名になるのだから、といいました。

カズコの成功した話は、すべての日本女性、とくに肺が悪いか、悪かったことのある女性にインスピレーションをあたえると思います。

（『婦人朝日』一九五一年七月号）

ベッティ・マクドナルド夫人と私

モニカ・ソネ

ベッティ（マクドナルド夫人）と識り合ったのはあるサナトリアムに入った時のことで、そのころ私は十八歳のおずおずした娘だった。私がおずおずしていたのは肺病なんかになったからであり、白人達の真中にほおり出された唯一人の日本人だったからでもあった。本当にこれ以上不幸な境遇は考えられなかった。

私がそれまで住んでいたワシントン州シアトル市の小さな日本人社会では、肺病になればもう満足な一生は送れないものと思われていた。それで私も仕方がないから死ぬつもりにすっかりなって、重い足をひきずってサナトリアムに向かったわけだ。その上なおさら困ったことには、白人達とこんなに一緒に暮すのは生まれて初めての経験だった。それまでずっと私は日本人社会の生活しか知らなかった。学校では白人と二世の両方のお友達があったが、放課後は二世としかつき合わなかった。また私は普通の小学校の放課後に別の日本語学校に通い、教会も日本人のメソジスト教会に行っていた。ところで日本人は経済的に白人農民達の手強い競争相手だというのが一つの理由で、西部海岸地方ではあまり評判がよくなかったのである。

療養所では私は借りて来た猫のように大人しくして、誰もあら探しなどできないようにする決心をした。日本人の血統なのが何だか自分でも恥ずかしくなりそうな気持だった。けれども、ある日ベッティ・バード（後のマクドナルド夫人）が私と一緒の室にしたいと看護婦長に申し出てからというものは、私には片隅で目立たないように死んでいく暇がなくなったし、それにふさわしい雰囲気も消えてしまった。ベッティが私を選んだのには誰もがショックを受けた。婦長さんにも、又ベッティが選んでよかった他の二人の女性にも、それから誰よりもまず私自身にとって、本当に意外だった。何しろそれまで東洋人と同室したいなどといった人は一人もいなかったのだから。

ベッティは活気に溢れた若い女性で燃えるような赤毛の髪は、ちょうどその色をした満開の菊の花を思わせた。素晴しいユーモアの感覚と深い温かい心の持ち主だった。ベッティは肺病をこわがってはいなかった。彼女の考えでは肺病は速やかに治療しなければならない病気ではあるが全快すればまた満足な一生を送れるのであった。私は彼女の考え方の方が実際的にもずっと得だし、気分の上からいってもくらべものにならないほど楽なことを理解した。その後九ヵ月間私達は一緒に暮らしたが、その間にベッティは私が逃げ込もうとした殻を完全に破ってしまった。それとなく色々な方法で彼女は私に日本人の生れであるのを恥じるいわれのないことを教えた。私達は日米両国の政治関係についても話をしたけれど、別にお互いに掴み合いの喧嘩もしなかった。自分自身が非常な芸術家であったベッティは日本の美術と絵画を大変愛好していた。全快して退院できるようになったころには、私は自分でも全く人が違ったように感じていた。健康を取り戻したのはもちろんだが、もっと有難いことには、自信と頑丈な神経を手に入れていたのだった。私が米国生まれの権利を持っていることと日本人の血統であることとが、はじめて渾然と一つに融け合ったのであった。

ベッティは退院を許されてからナショナル・ユース・アドミニストレーションのローカル・ディレクターという責任者の地位に就いた。この機関には学生が内職に働いていた。ときどき私はベッティが仕事をしているところに訪ねて行ったが、そこにいる若い人達の大部分が二世なのにびっくりさせられた。それまでこの町では一つ二つの教会の事務所を別にすれば、二世が白人の下で働いているのを聞いたことがなかったからである。なぜそんなことをするのかというベッティの説明は簡単であった。自分は有能な働き手が欲しいのであり、二世は有能だからというのだった。しかもこれはみな日米関係が急激に悪化し、いたるところで日本人に対する反感が強くなっていた非常時の出来事なのである。

戦時中も二世の友

それから三年経って、一九四一年十二月に日米間に戦争が起った。その時私のところに最初に駆けつけて来て、個人的友情は今後も変わらないだろうといってくれた人の一人がベッティだった。米国政府が日系市民全部を西部海岸地方から移住させる命令を出した時、ベッティは大変悲しんだ。けれどもそれは軍事上の必要による命令で、彼女たらずとも誰でもどうにも仕様のないことだった。ちょうどそのころ、彼女はドナルド・マクドナルドという背の高い立派な青年と結婚した。私がシアトルを離れて収容所に移動してからもベッティと私とはお互いに文通を続け、私達一家に必要なものがあれば彼女はいつでも直ぐに送ってくれた。軽いユーモアに富んだ彼女の手紙はいつも私達一家を喜ばせた。

戦争の終りごろになると私の両親は収容所から出ることを許されたので、両親はシアトルに帰り、私は中西部に行ってカレッジに入学した。ベッティの『卵と私』が出版されて全米をアッといわせたのはその頃だった。私は彼女がずっと前から物を書いていたのを知っていたので狂いのようになって喜んだ。以前私はサナトリアムでの経験を題材としたベッティの原稿の下書きを読んだことがあった。この本はそのころどこの出版社でも肺病のような陰気なことを書いたものは誰れも読まないと判り切ってるといって、相手にしてくれなかったものだ。

母が私に手紙をよこして、『卵と私』を買いに百貨店に行ったら、ちょうどベッティが自分の本にサインをしてやっているところに出会したこと（ママ）を知らせて来た。母はシアトルに帰って以来ずっとベッティに会っていなかったので、署名をして貰おうとする人々の長い行列に加わって待っていた。やっと順番が着て母ははにかんで微笑しながら本をベッティに差し出した。ベッティは直ぐ母と判って椅子から飛び降りて抱き付き、大勢の人の前で泣いたり笑ったりした。サインのことなどはすっかり忘れてしまって、ベッティは私達家族の一人々々について次次に消息をたずねた。若くて美しい著者が、小柄な日本人のお婆さんと涙を拭き拭き語り合っている異様な光景に、周囲の群衆は呆気にとられるばかりだった。その後間もなく二番目のヒット『病気と私』が出版され、続いてベッティが何年もの間自分の女の子達に話して聞かせていた優れた童話をまとめた本が出たのである。

有名になってもベッティの人柄は少しも変らなかった。彼女はやはり前と同じように他人を助けることを考えていた。一生を通じて働きかつ闘って来たベッティには、バラバラになった生活の断片を一つ一つ継ぎ合わせて更生の第一歩を踏み出そうとする西部海岸地方の日本人の苦労がよく判った。ベッティは自分の農園を日本人達に貸し、その時もまたその理由として日本人が農民として一番有能だからといってくれた。私自身もある日、アトランティック・マンスリー出版社から、米国における二世の経験について本を書いてみないかといわれ愉快な驚きを感じたのであった。これには何か不思議な方法でベッティが介在していることが私には判っていた。

多くの人々にとってはベッティ・マクドナルドは一夜にして成功したようにみえるかも知れない。けれども私はそれがそうではないことを知っている。今日有名なベッティ・マクドナルドは、私の憶えている最初にサナトリアムで会った時、すでに成功に必要な条件――素晴らしいユーモアの感覚、深い温かい心、そして夥しい勇気――を備えていた。肺病と取り組む勇気、人間としての待遇を受ける日本人の権利のために闘う勇気、そして常に自分を見失わない為に必要な勇気を彼女は持っていた。後に彼女の得た物質的成功はただその当然の結果としか思えない。

（『婦人朝日』一九五二年一月号）

訳者解説

永岡規伊子

はじめに

アメリカ西海岸でアジア系移民への差別、とくに排日の運動が厳しさを増していた時代にモニカ・和子・糸井（一九一九－二〇一一）は、日系二世としてシアトルで生まれた。ミニドカ強制収容所の体験を経て、戦後カリフォルニア州出身の日系二世ゲイリー・マサミ・曽根と結婚し、一九五一年には、長男に続いて長女が生まれ、「三世の娘」の母となっていた。一九五三年にモニカ・ソネとしてリトル・ブラウン社より*Nisei Daughter*を出版した。その後、一九七六年に日系人の強制収容が国家の過ちであったとアメリカ政府が初めて認めたことをきっかけに、この作品は再び脚光を浴び、一九七九年に著者の序文を加えてワシントン大学出版局より再版されている。

父親の経営するキャロルトンホテルで過ごした作者の幼少期に始まり、強制収容所を出てアメリカ東部の大学に進学する道が開かれた青春期に終わるこの作品は、文学の一つのジャンルである自伝文学としてアメリカの主要紙で高く評価された。その理由として、「アメーバのような至福」の日々に自我が芽生えはじめた頃から、さまざまな経験を通して自我の確立に至るまでの道筋が一つの大きなテーマとして貫かれていること、それが数々の過酷な現実に対峙しなければならない経験であったにもかかわらず、作者の明るく暖かい人間性とユーモアがページの隅々から溢れていること、また周囲や自分自身に対する客観的な観察と深い洞察を基に事実が語られていること、そして細やかな心の動きが正直に感性豊かに描かれていることが挙げられる。それに加えて、巧みな自然描写がこの作品の特徴と言えるだろう。ここに描かれた自然は、その時々の作者の心象風景を伝えていて、特にレーニア山やピュージェット湾は、モニカの心を映し、受けとめ、応答する存在であった。また、日本滞在中の幼いモニカの五感で捉えた描写、たとえば熊野神社詣でなどは、まるでそこに一緒にいるかのような空間を伝えている。(*Nisei*：本書一四一〜一四三頁)

そのような文学としての位置づけに加えて、この自伝が一九二〇年代から一九四〇年代のアメリカ日系社会を伝える生きた証言であることから、歴史や社会・文化史など、さまざまな分野の資料として取り上げられてきた。さらに、一九七九年版の解説でフランク・ミヤモトが指摘しているように、モニカは成長の過程で「私は誰なのか」「私の居場所はどこなのか」という問いに対して、日系人コミュニティの世界と、より広いアメリカ社会という相反する答えを与える二つの世界に直面する。加えて日系人コミュニティは一世と二世の世界に分かれていた。そのような二つの異なった文化と世代間の断絶の中で育つ移民二世という、アイデンティティの獲得がきわめて困難な状況で自己を確立していく苦悩と成長の様子が克明に語られていることから、これまで多文化研究や移民研究で取り上げられてきた作品でもある。中でも文化的同化の観点から多く論じられ、それが批判的に捉えられることもあった。しかし、その議論にはこの自伝が終戦からあまり時を経ていないアメリカで出版されているという事情、つまり安井、平林、是松、遠藤などが戦時中から訴訟によって声を上げていたとは言え、まだ政府への批判を正面から語ることができない時代であったことを考慮する必要があるだろう。*Nisei Daughter* において、モニカがアメリカ政府の日系人に対する不当な行いを赤裸々に描いてみせたのは、この時代にあって驚異的であったと言わざるを得ない。二〇一四年版のマリー・ローズ・ウォンの解説に記されているように、これは一九五〇年代のアジア系アメリカ人による数少ない出版物の一つであり、とりわけ強制収容所の体験が女性の視点から明らかにされた最初の一冊であったという、歴史的な意義を持つ作品なのである。

ではなぜこの時期に、マイノリティで戦時中の「敵国人」であった日系の彼女にこの作品の出版の機会が与えられたのだろうか。本書に収録したモニカ・ソネとアメリカ人女性作家ベティ・マクドナルドの二つの手記を手掛かりに、*Nisei Daughter* の出版に至った背景と、ベティとの出会いがモニカにどのように影響を与えたかについて述べておきたい。

一　ベティ・マクドナルドとモニカが『婦人朝日』に寄稿した経緯

ベティ・マクドナルド（一九〇八–一九五八）は、コロラド州に生まれてシアトルに育ち、一八歳で結婚して夫と共に経営する養鶏場で暮らしていた。もともと文筆家を目指して日常生活を書き留めていた彼女は、養鶏場の出来事を明るくユーモラスに綴った *Egg and I*（一九四五年）

を出版し、発売一年で百万部が売れるベストセラーとなって一躍有名になった作家である。他にも、*The Plague and I*（一九四八）、*Anybody Can Do Anything*（一九五〇年）、*Onions in the Stew*（一九五五年）などの、今でいうノンフィクション、あるいはドキュメンタリー風の作品や、自分の娘たちに話して聞かせた童話を *Mrs. Piggle-Wiggle* というシリーズで出版している。それは世界各国でも翻訳されて、日本では龍口直太郎訳で一九五〇年に『病気と私』、一九五一年に『卵と私』が雄鶏社から出版された。当時の女性文学雑誌『婦人朝日』の編集者がその気鋭の女流作家に新年のメッセージ記事を依頼していたが、事情で間に合わなかったため、後に謝罪を兼ねた彼女の手記が日本語に訳されて、「『病気と私』のキミ」というタイトルで一九五一年七月号に掲載されることになる。その中で、ベティはモニカ・ソネが結核療養所以来の友人で、モニカが *Nisei Daughter* を執筆中であることを紹介した。そして、それに呼応する形でモニカが書いた「ベティ・マクドナルド夫人と私」と題した手記が一九五二年一月号に掲載されたのだった。

二　*Nisei Daughter* のクリスと *The Plague and I* のキミ

モニカはシアトル郊外のサナトリウムで同じ病室になったクリスとの出会いを *Nisei Daughter* の中で次のように描いている。モニカは療養所で一八歳の誕生日を迎えていることから一九三七年の出来事である。

「病室の三番目の隅にいたクリスは、明るい赤褐色のふわふわした髪をしていた。よく笑い、その爽やかなユーモアは単調な日常生活を吹き飛ばしてくれた。私はクリスの心を分析しようとしたが、どうしてそんなに陽気でいられるのか理解できなかった」(*Nisei*：本書一八七〜一八八頁)

一方*The Plague and I*では、語り手であり主人公であるベティは若い日系の女性キミとの出会いを次のように印象深く描いている。

「(病室の)北西の隅には小さな日本人の娘がいて、華奢な淡褐色の両手をじっと胸の上で組み合わせていた。彼女はキミ・サンボー(Kimi Sanbo)という名前だった。まっすぐで豊かな黒髪を真ん中で分け、きっちりと後ろに引き詰めて青い櫛で留めていた。くっきりした黒い眉毛はこめかみに届き、黒い瞳がボタンホールのように大きく、鋭く光っている。頬はつややかなピンク色をしていた。彼女は何も話さなかった」(*Plague*：四五頁)

このように作中人物として仮名で紹介されるクリスとキミこそが、ベティとモニカであることが、『婦人朝日』に載せた二人の手記で次のように明らかにされる。

モニカは「ベッティ(マクドナルド夫人)と識り合ったのは、あるサナトリアムに入った時のこと」(モニカ：本書三二九頁)と書き、ベティは「多分貴誌の読者達は『病気と私』に出て来る日本女性キミが非常に幸福な生活を送り、大変な成功をしたことに興味がおありと思います。キミの本名はイトイ・カズコといいましたが、現在ではソネ・カズコです」(ベティ：本書三二六頁)と語るのである。

三　モニカとベティの友情と信頼関係

互いの印象がいわば陽と陰という正反対のこの二人がサナトリウムで出会ってから、次第に友情と信頼関係が深められていく様子については、*Nisei Daughter* の中でも触れられている。真珠湾攻撃後、日系人排斥の運動がいよいよ激しくなって一家が日本に関連するものをすべて焼き捨てざるを得なくなった時に、モニカが大事な日本人形をクリスに預ける場面（*Nisei*：本書二一〇頁）や、泥に埋まるピュアラップの集合センターでクリスに長靴を差し入れてもらう場面（*Nisei*：本書二四四頁）である。

二人に一二歳の年齢差がありながら、そのような友情に結ばれるに至った背景には、当時は死を意味した結核という感染病への恐怖を共に体験し、病を乗り越え、また *The Plague and I* に詳しく描かれているように、退院した後も結核感染者に対する偏見と病気から復帰する苦しさを一緒に乗り越えてきた思いがあっただろう。しかし、そのような状況だけでなく、二人には何よりも互いを尊敬し合う共通した価値観と資質があった。それを示しているのは、*Nisei Daughter* とモニカの手記、そしてベティの *The Plague and I* に描かれる互いへの評価である。

まず、モニカは *Nisei Daughter* と手記の中でベティについてこのように記している。

「彼女の才気あふれるユーモアと生きることへの抑えがたい欲求に、私は影響を受けずにはいられなかった。自己憐憫のどん底に沈んでいた自分が、少しずつ明るい日差しに誘い込まれていくような気がした」（*Nisei*：本書一八九頁）

「有名になってもベッティの人柄は少しも変わらなかった。彼女はやはり前と同じように他人を助けることを考えていた。一生を通じて働きかつ闘って来たベッティには、バラバラになった生活の断片を一つ一つ継ぎ合せて更生の第一歩を踏み出そうとする西海岸地方の日本人の苦労がよく判った。ベッティは自分の農園を日本人達に貸し、その時もまたその理由として日本人が農民として一番有能だからといってくれた。・・・今日有名なベッティ・マクドナルドは、私の憶えている最初にサナトリアムで会った時、すでに成功に必要な条件―素晴らしいユーモアの感覚、深い温かい心、そして夥しい勇気―を備えていた。肺病と取り組む勇気、人間としての待遇を受ける日本人の権利のために闘う勇気、そして常に自分を見失わない為に必要な勇気を彼女は持っていた」（モニカ：本書三三三頁）

一方、ベティは *The Plague and I* の中で、モニカについてこのように評している。

「優しく聡明で、思いやりがあり機智に富んだ、美しいキミと同室の友になれたことがどんなに幸運であったか、そのことを私は何度も何度も思い返した」（*Plague*：七四頁）

「残念なことに、財産や仕事を取ってしまうと、安物のゴルフボールのようになってしまう人があまりにも多すぎる。少しずつ解いていっても、純粋なゴムの芯に行きつくことはない―そんなものは初めからないからである。ところが、キミの場合は、解き始めるとすぐに彼女の美しい外皮の下が大部分芯であることがわかった」という評価に対してキミはこのように言葉を返す。

「ねえベティ、それは何もわたしの人格のせいじゃないのよ。ただ、もし結核にかかるんだっ

たら、日本人である方が耐えやすいというだけのことだわ」(*Plague*:七五頁)

「彼女と同室してみてわかったのは、二人は知性の点では互角だが、感情の点では彼女の方が優れている、ということだった。私が彼女に勝っているのは経験だけだった。それは間違った見方だと彼女は言った。そう見えるのは彼女が日本人だからというだけのことで、なにも質問しないで服従することに慣らされているからに過ぎないと言った」(*Plague*:一二五頁)

このように、聡明さと優しさを共通に持ち、明るさとユーモアと勇気を持つベティと機知に富み芯の強さを備えたキミ(=モニカ)は互いに惹かれ合う。特に、ベティが指摘するキミの優れている点を、本人は日本人の特質だと説明していることは注目に値する。もちろんそこには日本人の我慢強さや服従の精神を揶揄しているニュアンスもあり、また、褒められたことに対する日本人特有の謙遜の気持ちが表れているかもしれない。しかし、ベティの指摘によって、自分の内面に育まれていた日本人の資質をモニカはここで新たに自覚するようになる。また、ベティが自分の農園を日本人に貸すのは、彼らが一番有能だからと言ったことも、モニカが日本人に対して客観的な理解を深める要因になっただろう。

四 *Nisei Daughter* 執筆の動機と出版の背景

そのような友情と信頼関係で結ばれていたベティとモニカは、文章を書く才能と情熱というもう一つの共通点を持っていた。モニカは「以前サナトリアムでの経験を題材としたベッティの原稿の下書きを読んだことがあった。この本はそのころ、どこの出版社でも肺病のような陰気なことを書いたものは誰も読まないと判り切っているといって、相手にしてくれなかったものだ」（モニカ：本書三三四頁）と回顧し、後にベティが作家として成功したことに歓喜して、「ベッティの『卵と私』が出版されて全米をアッといわせた・・・私は彼女がずっと前から物を書いていたのを知っていたので、狂いのようになって喜んだ」（モニカ：本書三三二頁）と振り返っている。

一方、ベティもモニカのユーモアのセンスや文筆の才能を評価していたことが彼女の手記で次のように明かされている。

「カズコと私はしょっちゅう文通しておりますが、彼女の手紙がとても才気があって面白いので、ある時、私はその一通をアトランティック・マンスリー出版社の編集者に見せて、『カズコは物が書けると思うけど、どう?』とたずねました。その編集者は、この人は物になると言ったばかりでなく、こちらから出掛けて行って何か手始めになるようなものを書かせなければならない、といって本当に出掛けて行きました。彼女が書き始めた本はもう二章ばかりで出来上がりますが、アトランティック・マンスリー出版社の編集者は、その本の成功に最大の期待を持っています。カズコは私のエージェント（代理業者）の顧客として受け容れられましたが、私のエージェントは文学方面ではアメリカで最高のエージェントですし、私の知っている限りでは、これまで何年もの間、一人も新しい顧客を受付けていなかったのです」（ベティ：本書三二六〜三二七頁）

ベティのこの説明によって、先に述べた疑問、つまり戦後の早い時期に収容所体験の出版が可能となった経緯を知ることができる。モニカの才能を評価していたベティの仲介によって出版社がモニカを発掘し、「アメリカにおける二世の体験」を書くように勧められて生まれたのが *Nisei Daughter* であったのだ。

五　サナトリウム時代の二人の交流がモニカにもたらしたもの

モニカのアイデンティティの模索が *Nisei Daughter* の主要なテーマであるが、彼女の人間形成に影響を与えた多くのエピソードの中でも、サナトリウムでの経験が大きな意味を持っている。そこでのモニカの変化を端的に表しているのが、以下の二つの場面である。

「療養所で過ごすうちに、私は仲間たちと歩調が合っていないことに気がついた。私がアメリカナイズしたことに自信を持っていたので、このようなずれを感じるのは少しショックだった。私は父母よりも英語をずっと上手に話せるし、血のように赤いマニキュアや濃い紫色の口紅を塗ることに何のためらいもなかった。私はこのことが鼻高々で、父と母をいつも不快にさせていた。しかし、ここでは私は自信を失い始めたのだ」(*Nisei*：本書一八九頁)

日系コミュニティの中では自身をヤンキーと自認するモニカだったが、初めて独りで「本当の」アメリカ人と寝食を共にした時、異質な自分に自信を失う。しかし、それから九カ月が経ち、退院を目前にしたモニカは次のように語っている。

「一瞬、泣くべきか怒るべきかわからなかったが、彼女たちの温かい愛情のこもったまなざしを見た時、突然私は慰められた気がした。クリス、ローラ、アン、エレインをはじめ、仲間たちは、ありのままの私を彼女たちの輪に受け入れてくれたのだ。私の外観が違ったり、少し変わった言動をしても彼女たちが気にしなかったのは、基本的に私たちはお互いが好きだったからだ。人生で初めて、私は自分自身でいることに純粋な幸福を感じた」（*Nisei*：本書一九四頁）

このようにモニカがありのままの自分の発見と受容に至るまでに、きっかけとなる出来事があった。それは初めて会うローラに対して冷たい態度を取ったとクリス（＝ベティ）に指摘される場面である。ローラに向かって精一杯笑顔で接したモニカには、クリスの言う意味がわからない。しかし、後に日系人の奈美と万里江の態度に自分自身を見た時、それが日本人の礼儀正しさ、裏を返せば堅苦しさであって、アメリカ流の親しさを表す態度ではなかったことに気づくのである。（*Nisei*：本書一八九〜一九三頁）

日本への旅でモニカは「本当の」日本人ではないことに気づかされたが、サナトリウムというアメリカ人社会の中では「本当の」アメリカ人ではなく、むしろ知らず知らずのうちに身についた日本人の部分が内面にあることに気づいていく。しかし、外観や言動の違う日本人である自分をアメリカ人として受け入れてくれる友達がいることも同時に知ることになる。「人生で初めて」そのままの自分でいいという「本当の幸福」を感じることができたのは、二世の自分探しにとって大きな出来事になっていく。

そのことは具体的にモニカの手記で語られているので詳しくはお読みいただきたいが、それによるとベティと一緒にいた九カ月の間に、モニカは自らが作っていた心の殻を破られ、日本人であることを恥じる気持ちからそれを誇る気持ちへと変えられる。日本人の血統を持つことと、アメリカ人の権利を持つことは矛盾しないという認識に至るのである。（モニカ：本書三三〇～三三一頁）

六　*Nisei Daughter* の抑制された語りの奥にあるもの

一九七九年版の序文で、モニカ・ソネは、一九四二年の出来事に対する大統領と議会、マスメディアと最高裁判所の責任について書き、「民主社会の責任、つまり等しく正義を行う義務を果たすこと」の大切さを訴える言説の引用で閉じている。これはマリー・ローズ・ウォンの解説でも指摘されているように、*Nisei Daughter* の抑制した語りには見られない、主張を込めた熱い口調である。しかし彼女の考え方そのものが作品の発表後四半世紀のうちに、当然深化したとは言え、変化したとは思えない。*The Plague and I* に描かれる一八歳のモニカには、すでにそのような批判精神が現れているからである。そこには日本人差別だけでなく、人種や性別による差別に立ち向かうモニカの方向性がすでに見られる。例えば、黒人を蔑む発言を聞いたキミ（＝モニカ）は、人種差別に対して堂々と挑んでいく面も見せている。チャーリーという回復期の患者が、「もう長くは持たないやつが一人いるんだ。・・・ああいったニガーは結核には抵抗する力がないってことさ」と言うと、女性患者のアイリーンが「ニガーなんかと一緒にお風呂に入りたくないわ。ニガーって、いやな匂いがするんですもの」と言ったという文脈でのキミの発言である。「日本では（They Japanese）白人は匂いがすると思っているのよ」と言う。それに対して、アイリーンに「ジャップが白人と違う匂いがするっていうの？」と詰め寄られても、キミは毅然として、「わたしたち日本人（We Japanese）は全然匂いがしないというのがわたしたちの意見（our opinion）なの」（*Plague*：八四－五頁）と答えている。

このように、キミ（＝モニカ）の発言には、人種問題で引っ込み思案になり日本人であることを恥じて殻を作っていた入院当初の姿はない。彼女は、自分の中にある日本人の気質が優れている点であるとベティに指摘されることによって、自分をありのままに肯定するきっかけを見出す。「彼ら日本人」という第三者の立場ではなく、「わたしたち日本人の意見」だと誇りをもって言えるようになっているのだ。

そして、キミは人種差別だけでなく、社会の男性優位についても次のように指摘する。

「キミはいつもの小さい、高い声でいった。『わたしが今まで観察したところでは、この世のなかのことはすべてにおいて、男の人のほうが恵まれているわ。このパイン・サナトリウムにしても、男性用の安静病棟では、男の人は入院したその日から、すべての日刊新聞を読むことができるのですもの』シルビアが『男性は女性より強いから安静にする必要がないのよ』と言うと、キミはこう反論した。『それはおかしいわ。院長も男性だからよ。院長はきっとこんな風に考えているのよ、「女の心はちっぽけなもんだ。女なんてものは、一日二四時間三〇日連続で、つまり合計七二〇時間、何もしないで横になっていることができる。だが男の心は大きいので何か考えるものを与えてやらなければならない。だからすぐに新聞を読むことを許してやろう」ってね』」（*Plague*：五二頁）

Nisei Daughter には、このようなモニカの男尊女卑への抵抗（今でいうジェンダー意識）を直接的に語る場面はない。しかし、女性は仕事がなくても結婚すればよいとばかりに縁談を持ってくる松井夫人に対して突然モニカが大笑いし、「自立できる見通しがあってよかったと思う」場面（*Nisei*：本書一八六頁）などに、彼女の自立を目指す意志と当時の女性らしさへの反発を読み取ることができるだろう。*Nisei Daughter* というタイトルは、現代に先駆けて二世であり娘であるという二重の足枷を暗示しているように思われるのである。

もちろん文学作品はそこに書かれたもので評価されるべきであるが、そのような別の角度から見た作者像を知ることによって、作品に隠された意図やメッセージを読み取ることができるという点で、本書に収めた二人の手記とベティの作品に描かれたキミの姿を新たな解釈の糸口とすることは有効だろう。

七　*Nisei Daughter* のエンディングについて

Nisei Daughter は次のような、モニカの新しい人生への決意とも取れる言葉で締めくくられる。

「私はアメリカ社会に、より深く、より力強い脈動があることに気づいていた。私は再びその本流に戻ろうとしていたが、相変わらず東洋人の目をもちながら、これまでとは全く異なる見方をしていた。それは悲しくも自我が引き裂かれたのではなく、私は自分が一人の完全な人間と感じていたからだ。今や私の日本人とアメリカ人の部分が一つに融合していた」(*Nisei*：本書三一九頁)

ここで書かれている「アメリカの本流の生活」に戻るというのは、「アメリカの社会から次第に遠ざかり、置き去りにされ、周辺で生きることに適応していった」(*Nisei*：本書二六六頁)収容所の生活から解放されて、「一九四三年に戦時転住局は、二世が人生の本流に戻るための道を開き始めていた」(*Nisei*：本書二九一頁)ことを意味する。しかし、日系人は立ち退きによって解体されたシアトルの日系コミュニティに戻ることはできない。モニカにとって、本流とは、アメリカ東部で独り働きながら大学で学ぶ新しい生活である。「ショショーニで列車に乗り込み・・・二日二晩私は目を見開き、座席に張り付いていた」時(*Nisei*：本書二九二頁)、彼女は初めて日系社会を出て、サナトリウムというアメリカ人社会に「放り込まれた」六年ほど前の体験を思い起こしていたのではないだろうか。

自我が目覚めた頃の「ヤンキーでありながら、同時に日本人である二つの頭を持つ」(*Nisei*：三二頁)自分への幼い戸惑いは、青年期になって、「日本人の血について反抗的な気持ちと擁護する気持ちの間で引き裂かれて」(*Nisei*：一五七頁)葛藤する。ベティと出会った頃のモニカは、著しく異なる二つの文化の中で、自らのアイデンティティを見出すために苦闘し、しかも敵国人としてヘイトの対象になっていたために、自分の中の日本人をより意識せざるを得ず、それを恥じて殻にこもっていた。しかし、先に述べたように、サナトリウムでのベティとの出会いを経て、モニカは自分の中の日本人の資質を肯定し、そのままの自分で良いのだという「幸福感」と自信を得ていた。アメリカ東部での生活に飛び込む時に、サナトリウム時代に得たこの自己肯定感と自信はモニカにとって大きな助けとなっただろう。

しかしもちろん、サナトリウムでの経験だけで確固とした自己を確立できたわけではなかった。ベティとの出会いの後の戦争前夜や戦争中の収容所において、モニカの心は何度も揺れ動く。日系人にとって信じがたい真珠湾攻撃のニュースを聞き、「古傷が再び開き、今や敵となってしまった日本人の血に、秘かに背を向けようとしている自分に気づいていた」（*Nisei*：本書一九八頁）と語られる通りである。しかし、仮の収容所となったキャンプ・ハーモニーで、モニカの人生にとって重要となる以下のようなもう一つの出会いを得ることになる。それは日曜日のある礼拝での出来事である。

「私たちがこれらの行（聖書：詩篇の言葉）を読み終えた時、まるで囲んでいた壁が後ろに押しやられたかのように、部屋は平和と畏敬の念に満ち、私たちは自由になった。・・・私たちを待っていた最大の試練は精神的なものだった。現実に体験した偏見、あるいは気のせいかもしれなかった偏見に対して、私はずっと神経を尖らせ、怒り続けてきた。強制退去は最大の打撃だったが、私たちは見捨てられたのだと敵意や不信の念を抱いても、得られるものはほとんどなかった。自分の内面に目を向け、神への信仰を持ち続け、自らが本当に望む生き方を確立することがより重要な時がきていた」（*Nisei*：本書二五一～二五二頁）

強制収容所という極限の試練の中で、この瞬間に神への畏怖と神による平和に満たされた時、モニカは過去の偏見や不当な扱いへの怒りから自由になる。他人を責めるのではなく、自分の内面と対峙し、自分自身の生き方を追求する方向に向くことによって、次のような新たな自己の発見と未来への期待へと導かれるのである。

「それまで私にとってアメリカとは、美しいシアトルの街であり、小さな日本のコミュニティであり、そしてただ自分であるための命がけの闘いを意味していた。過去を脱ぎ捨てた今、私というハイフンで繋いだ「日系-アメリカ人」が持っている二つの文化が引き裂かれるのではなく、それを生かせるアメリカの別の側面に出会えることを期待した」（*Nisei*：本書二九一頁）

自分は何者かという問いに対して、モニカは「日系アメリカ人」として生きる権利を有する人間であるという答えをここで改めて確認したと理解できるだろう。先に挙げた、「一人の完全な人間と感じ、今や私の日本人とアメリカ人の部分が融合していた」という作品のエンディングはその延長線上にある。しかも、このエンディングが書かれたのは、モニカが一九五二年に『婦人朝日』に宛てた手記に「米国生まれの権利を持っていること」と「日本人の血統であることと」が「はじめて一つに融け合った」と書いていた頃に重なることに注目したい。同時期に書かれたモニカの手記の言葉を補足することによって、*Nisei Daughter* のエンディングは日本のルーツを持つことを大切にしながら、アメリカ人の権利を持って生きていくという自己肯定を表していると言える。

おわりに

The Plague and I の中で、キミは入院中にすでに「精神医学を研究しようと決心した」（*Plague*：二〇八頁）と書かれている。*Nisei Daughter* の終章で、ワシントン大学では文学を志していたが、ハノーバー・カレッジ（作品中ではウェンデル・カレッジと呼んでいる）で「音楽、歴史、時事、宗教、哲学、社会学」への興味を経て、最終的に「人が好き」であることから心理学に絞られ、臨床心理に進むことになったと述懐する。（*Nisei*：本書三〇九頁）

モニカはその決意の通り、後にケース・ウェスタン・リザーブ大学で臨床心理士の修士号を取得し、娘のスーザン・デヴィソンから教えていただいたところによると、オハイオ州カントンにあるカトリックコミュニティ同盟（The Catholic Community League）で三八年間働いた。これは、結婚や家族カウンセリング、養子縁組サービスを提供するソーシャルワーカーによって運営されていたカトリック系の組織で、モニカはこの組織の臨床心理士であり、ソーシャルワーカーの一員でもあったという。

キミ（＝モニカ）がサナトリウムでの同室の友人に「悲しまないで。私たちはあなたの友達だし同じ思いでいるわ」と言うのを聞いたベティは、「キミの語る言葉はいつでも、羊皮紙の片隅に桜の小枝か一輪の菖蒲を描くような響きを持っていた」（*Plague*：七七頁）と書いている。

この作品に描かれている日系人として受けた差別と偏見と、自らの心と向き合い続けた経験は彼女の精神的な基盤となって、今度は他人の心の声を聴き、その人が本当の自分を発見するように手助けをする仕事へと導かれるのである。

一、この解説は、拙稿「Monica Sone, *Nisei Daughter* の背景―Betty MacDonald との友情をめぐって―」『大阪学院大学外国語論集第八三、八四合併号』（二〇二二年一二月、一－二四頁）を大幅に加筆修正したものである。

二、解説中の引用は以下に挙げた二つの作品と二つの手記からであるが、引用の後ろの（　）内に出典を以下のように略して示した。モニカの手記（モニカ）、ベティの手記（ベティ）、*Nisei Daughter*（*Nisei*）、*The Plague and I*（*Plague*）

＊モニカ・ソネ「ベッティ・マクドナルド夫人と私」、『婦人朝日』朝日出版社、一九五二年一月号。

＊ベティ・マクドナルド「『病気と私』のキミ」、『婦人朝日』朝日出版社、一九五一年七月号。

＊Monica Sone, *Nisei Daughter*. An Atlantic Monthly Press Book, Boston: Little, Brown and Company, 1953. paper back edition, University of Washington Press, 1979 and 2014.

＊Betty MacDonald, *The Plague and I*. Hammond, Hammond & Co. Ltd., 1948. renewed 1976.

paperback edition, University of Washington Press, 2016.
（日本語訳）ベティ・マクドナルド、龍口直太郎訳『病気と私』雄鶏社、一九五〇年。なお、*Nisei Daughter* からの引用は本書の筆者訳であるが、*The Plague and I* からの引用については『病気と私』の龍口直太郎訳に修正を加えた。

訳者あとがき

訳者が*Nisei Daughter*と出会ったのは、作者モニカ・ソネ（糸井・モニカ・和子）の母・糸井弁子さんとシアトルにあるブレイン記念合同メソジスト教会で礼拝を共にした時にさかのぼる。一九八七年から一九八八年のことだった。それから三十年が経った二〇一七年夏、弁子さんの父・永島與八の足跡を辿っていた夫と共にシカゴ、シアトル、ロサンゼルスを訪ねた時に、シアトル在住の永島・糸井家の子孫である二人の方にお会いする機会を得た。モニカの妹・澄子（サミー）の長男ショーン・ブリンスフィールドさんとモニカの父方の叔父・糸井六郎（作品の中で、高山の医師として登場する）の孫にあたる糸井律さんだった。その後、律さんの姉の糸井文さん、モニカの母方の叔父・永島真一の孫ドーン・マタスさんともお会いする機会を得て、その方々の惜みないご協力で、渡良瀬川を挟んで近隣に位置する豊かな農村地帯にあった永島家（群馬県大邑楽郡西谷田村）と糸井家（栃木県安蘇郡界村高山）の足跡を知ることができた。

足尾鉱毒事件で、糸井家と永島家は深刻な被害者の立場にあり、この作品で高山のオジイチャンとして登場する糸井藤次郎とその息子でモニカの父・誠三と、モニカの祖父・永島與八は運動の中で親しくなっていた。特に足尾鉱毒反対運動の青年指導者として田中正造と共に闘い、獄中でキリスト教と出会って信仰を得て、アメリカでの日本人伝道に赴いた永島與八、およびその家族の足跡や活動については永岡正己「永島與八の生涯と社会的実践」（『キリスト教文化』かんよう出版　連載中）に詳しい。

この度、モニカ・ソネの長女スーザン・デイヴィソンさんから許可を得て、日本語翻訳の機会をいただくことができた。翻訳に当たって、私の古くからの友人でロサンゼルス出身の日系アメリカ人三世の大島カレンとの共同訳を思い立ったのは、作者モニカとカレンの両親が同じ世代で、当時の日系人の文化についてカレンが熟知していること、そして英語のネイティブスピーカーの解釈とすり合わせることによって正確な翻訳にしたいと思ったからだった。数年にわたったコロナのパンデミックで行き来が制限される中、たたき台に作った私の日本語訳と英文を、主に遠隔で読み合わせた。最終的な日本語訳は私に責任がある。

この作品に描かれた日系一世の文化は明治生まれの私の祖父母の世代のもので、私の幼い頃の思い出であり、またそれは、本国よりも古い文化が継承されていた日系コミュニティに育った日系二世のモニカや、カレンの父母に身近なものだった。翻訳作業の中で、私たちが見聞きしたその時代を二人で振り返り、分かち合うのは懐かしく、とても楽しい時間だった。それと同時に、日系アメリカ人に対して行われた強制収容という重い歴史を、モニカの描く市井の人々の視点を通して改めて考えることができた。

モニカが一九七九年版への序文で「日系アメリカ人は、この補償運動が他の人々に対する同様の不当な扱いを防ぐ抑止力となることを望んでいます」と書いてから、一九八八年に「市民の自由法（日系アメリカ人補償法）」が制定されてアメリカ政府から正式に謝罪が行われ、抑留日系人への補償が始まることによって、その運動は成果を見ることになる。

しかし、未だアメリカでの、あるいは世界中の人種問題は根深く、不正義が行われ、より複雑さが増している。そして今まさに戦争や内紛で増え続けている世界中の難民や移民の人権を考える上で、モニカの母の「（子どもたちに）自分を尊重することを学んでほしいの。それは白いから、黒いから、黄色いからじゃなくて、人間だからそうしてほしいの。そのことを決して忘れないで。誰が何と呼ぼうと、それでもあなたたちは神様の子どもなのよ」という言葉は今も生き、訴えている。このような時代だからこそ、歴史に埋もれて日本ではほとんど知られていないが、非常に重要な本書が、歴史の証言として日本の読者に読まれることを願っている。

この作品に描かれる人物の中でただ一人私が実際にお会いすることができた、モニカの母親である糸井弁子さんは糸井野菊というペンネームで若い頃から短歌を詠み、『収穫』（一九三六年十二月創刊から一九三九年六月の第六号で休刊）という北米詩人協会の機関誌に詩を載せ、巻頭言や編集後記を書いている。本書で、母・弁子の短歌について「なり・けり」と子どもたちが愛情を込めて茶化す場面があるが、モニカの文章には、母親から受け継いだ詩的な感性が息づいているところが随所に見られる。そして彼女が初めてあからさまな日本人差別の言葉にさらされた時に、その裂かれた心を慰めて強くするのは母の短歌の一句であったことが告白されている。明るく軽快なウィットに富み、人間の深い悲しみに共感しながら、しなやかに立ち上がっていくモニカの生き様は確かに母を映している。それは、私がお会いした、年老いた弁子さんの生涯を彷彿とさせるものだった。

私が若かった頃はモニカに共感して読んだが、今この家族のヒストリーを読み返してみて、同じ母親として弁子さんの人生に心を寄せた。彼女は日本に短期滞在をしている間に次男の健二を疫痢で亡くす。次女の澄子は喘息から結核を疑われ、モニカ自身が死を覚悟したと書いているように長女は結核療養所で九カ月過ごす。『収穫』(第三号、一九三九年六月)に載せた随想「守りぶくろ」にも、アラスカに旅立つ息子ヘンリーの安全を祈って血で書いた十字架を守り袋に入れたと書いているが、そのように子どもの命を守ろうとする母の願いと、子どもを持つことで担わなければならない母親としての苦悩が、普遍的な物語として私には心に迫るものがあった。そして、それが一番重いかたちで表されるのが、作品の最後の場面である。モニカの母は「戦争が始まって、全員が強制退去することになったとき、パパと私は胸が張り裂けそうだった。日本人の両親であることがとても申し訳なく思ったのよ」と娘に話しかける。この言葉は、日系一世の母親の苦悩を凝縮していると言えるだろう。

昨年の夏、私はワシントン大学名誉教授でアジア系アメリカ文学、文化、歴史研究で知られるスティーブン・スミダ先生と知己を得ることができた。私がこの邦訳に取り組んでいることを話すと、先生は大いに励ましてくださった。モニカの家族が所属し、兄のヘンリーとミニーが晩年まで通っていたブレイン記念合同メソジスト教会が、今年創立百二十周年を迎えた。それを記念して、同じ教会員のスミダ先生は一九四二年四月にシアトルの日本人街から日系アメリカ人が強制退去させられたアメリカ史上の不当な出来事を、若い教会員たちと一緒に本書からの一場面を演じてドラマ化するプロジェクトに取り組まれたと聞いた。またスミダ先生は、昔オハイオ州カントンでモニカと夫のゲイリーにお会いした時、初対面だったにもかかわらず、すぐに互いをよく知っているような心地良さを感じたと言っておられた。「モニカは知的で明晰、良心的な二世の娘の典型であり、・・・私は彼女の洞察力、自己認識、誠実さを非常に尊敬しています」とその後メールに書いてくださり、私もその言葉に全く同感した。

また、ここに収録した『婦人朝日』のベティ・マクドナルドとモニカの手記の邦訳を、モニカの長女のスーザンさんに英訳してお渡しして、モニカが *Nisei Daughter* を書いていた時の赤ちゃんはあなたではないですか、とお聞きしたところ、「その赤ちゃんは私です。母は本当に大変だったと思います。四六時中世話をしないといけない私を抱えながら、必死で本を書き上げようとしていたのですね。これを読んで、母のことを鮮烈に思い出しました。彼女は本当に素晴らしい人でしたし、そんな母を持てたことを幸運に思います」と書いてくださった。スミダ先生やスーザンさんのお話から、お会いできなかったモニカの人柄に触れたように思えた。

先に挙げた方々に加え、お名前は挙げませんが、さまざまな資料や写真の提供をしてくださった永島・糸井の子孫の方々に心から感謝を申し上げます。

シアトル在住の糸井律さんには、モニカの晩年に会いに行かれた時の貴重な動画と家族写真を見せていただきました。*Nisei Daughter* の一九七九年版の序文でモニカが言及していた子どもたち四人とそのご家族が皆集まった、モニカ九二歳の誕生日の様子を知ることができました。律さんの夫アンドレアス・カルメスさんが撮影されたその時のモニカの写真を著者紹介に使わせていただきました。そして、日系アメリカ人として家族のルーツを大切にし、シアトルを訪ねる度にゆかりの場所を案内してくださったモニカの甥のショーン・ブリンスフィールドさん（財団法人シアトル日系二世退役軍人会前会長）に心からお礼申し上げます。ロサンゼルスのエバーグリーン墓地にショーンさんと夫と共に足を運び、本書にも触れられているモニカの伯母で若く亡くなった安子さんと幼い娘たちの墓石を見つけた時の感激は忘れません。

この物語に接するきっかけとなったシアトル滞在の機会と、永島家・糸井家の子孫の方々との心温まる出会いの機会、そして *Nisei Daughter* 誕生に導いた、モニカとベティ・マクドナルドとの交流を示す貴重な『婦人朝日』の記事を探し当ててくれた夫・永岡正己に感謝します。

本書の構想の段階から大変お世話になり、完成に至るまでたくさんのアイデアをいただき、心を尽くしてサポートをしてくださいました、かんよう出版社長の松山献さんに心より感謝を申し上げます。

二〇二四年秋

永岡規伊子

〈著者紹介〉

モニカ・ソネ（1919 年 9 月 1 日～ 2011 年 9 月 5 日）

日系二世としてシアトルで生まれ育ち、ミニドカ強制収容所の体験を経て、1953 年にアメリカにおける二世の体験を記した *Nisei Daughter* を出版した。ワシントン大学在学中に強制収容され、解放されてからシカゴで歯科助手として働いたのち、ハノーバー・カレッジ卒業。ケース・ウェスタン・リザーブ大学修士課程を修了し、オハイオ州カントンにあるカトリックコミュニティ同盟で臨床心理士およびソーシャルワーカーとして働いた。

〈訳者紹介〉

永岡　規伊子（ながおか　きいこ）

神戸女学院大学文学部英文学科卒業。神戸女学院大学大学院文学研究科修士課程英文学専攻修了。大阪学院大学短期大学部名誉教授。

大島　カレン（おおしま　かれん）

米国ロサンゼルス出身、日系三世。UCLA 人文学部英米文学科卒業。北海道大学大学院文学研究科修士課程英米文学専攻修了。熊本大学教育学部准教授。

モニカ　ある日系二世の物語

2025年2月20日　初版第1刷発行

著者……モニカ・ソネ
訳者……永岡規伊子・大島カレン

発行者……松山　献
発行所……合同会社かんよう出版
〒 530-0012 大阪市北区芝田2-8-11 共栄ビル3階
電話 06-6567-9539 Fax 06-7632-3039
装幀……堀木一男
印刷・製本……亜細亜印刷株式会社

ISBN 978-4-910004-57-0　C0016　Printed in Japan